Harper
Collins

Michael Zadoorian

Das Leuchten der Erinnerung

Roman

Aus dem Amerikanischen von
Elfriede Peschel

Harper
Collins

HarperCollins®
Band 100115

1. Auflage: Februar 2018

Deutsche Erstausgabe

Originaltitel: The Leisure Seeker
erschienen bei: William Morrow, New York

Published by arrangement with William Morrow,
an imprint of HarperCollins *Publishers*, LLC, New York, U.S.A.

Umschlaggestaltung: HarperCollins Germany / Deborah Kuschel
Umschlagsmotiv: 2017 Concorde Filmverleih GmbH
Redaktion: Eva Wallbaum
Satz: GGP Media GmbH, Pößneck
Printed in Germany
Dieses Buch wurde auf FSC®-zertifiziertem Papier gedruckt.
ISBN 978-3-95967-118-7

www.harpercollins.de

Für Norm und Rose

Was ist heller,
Der Stern des Morgens oder der Abendstern?
Der Sonnenaufgang oder der Sonnenuntergang des Herzens?
Die Stunde, in der wir nach vorn in die Fremde schauen,
Und der kommende Tag die Schatten verzehrt,
Oder jene, in der alle Landschaften unseres Lebens
Hinter uns ausgebreitet liegen und vertraute Orte
In der Ferne schimmern und süße Erinnerungen
Wie zarter Nebel aufsteigen und all das,
Was wir erblicken, noch einmal groß werden lassen,
bevor es weichen muss.

Henry Wadsworth Longfellow aus *Michelangelo*

Die Welt ist voller Orte, an die ich zurückkehren möchte.

Ford Madox Ford

EINS

MICHIGAN

Wir sind Touristen.

Damit habe ich mich neuerdings abgefunden. Mein Ehemann und ich gehörten nie zu den Reisenden, die ihren geistigen Horizont erweitern wollten. Wir reisten, um Spaß zu haben – Weeki Wachee, Gatlinburg, South of The Border, Lake George, Rock City, Wall Drug. Wir haben schwimmende Schweine und Pferde gesehen, einen mit Mais verkleideten russischen Palast, junge Mädchen, die unter Wasser aus kleinen Cola-Flaschen tranken, die London Bridge inmitten einer Wüste, einen Kakadu, der auf einem Hochseil Fahrrad fuhr.

Gewusst haben wir es vermutlich schon immer.

Diese unsere letzte Reise haben wir passenderweise auch in allerletzter Minute geplant, ein Luxus, den Rentner sich leisten können. Und ich bin froh über meinen Entschluss, sie anzutreten, obwohl alle (Ärzte, Kinder) dagegen waren. »Ich rate Ihnen nachdrücklich davon ab, eine wie auch immer geartete Reise zu unternehmen, Ella«, sagte Dr. Tomaszewski, einer von gefühlt hundert Ärzten, die sich derzeit um mich kümmern, als ich andeutete, mein Ehemann und ich würden vielleicht fortfahren. Als ich meiner Tochter gegenüber ganz beiläufig erwähnte, mit dem Gedanken an einen Wochenendausflug zu spielen, schlug sie einen Ton an, den sonst nur ungezogene Hundewelpen zu hören bekommen. (*»Nein!«*)

Aber John und ich hatten einen Urlaub so nötig wie noch keinen zuvor. Außerdem wollen mich die Ärzte doch ohnehin nur hierbehalten, damit sie ihre Tests an mir durchführen, mich mit ihren eiskalten Instrumenten piesacken und Schatten in mir aufspüren können, was sie schon zur Genüge getan haben. Und auch wenn die Kinder nur unser Bestes im Sinn haben, so geht es sie dennoch nichts an. Eine dauerhafte Vollmacht heißt noch lange nicht, dass man den ganzen Laden schmeißt.

Sie fragen sich vielleicht: Ist das wirklich eine gute Idee? Zwei vom Glück verlassene Oldies – eine mit mehr Gesundheitsproblemen als ein Dritte-Welt-Land, der andere so senil, dass er nicht mal weiß, welchen Tag wir haben – auf einer Autoreise quer durchs Land?

Machen Sie sich nicht lächerlich. Natürlich ist das keine gute Idee.

Es gibt dazu eine Episode aus dem Leben von Ambrose Bierce, dessen Gruselgeschichten ich als junges Mädchen gerne gelesen habe, und der in seinen Siebzigern einfach beschlossen hatte, nach Mexiko abzuhauen. Er schrieb: »Natürlich ist es möglich, sogar wahrscheinlich, dass ich nicht zurückkommen werde. Das sind fremdartige Länder, in denen unverhoffte Dinge passieren können.« Er schrieb außerdem: »Und diese Dinge sind besser als Alter, Krankheit oder ein Sturz auf der Kellertreppe.« Als jemand, der mit all diesen drei Dingen vertraut ist, kann ich dem alten Ambrose nur von ganzem Herzen zustimmen.

Auf einen einfachen Nenner gebracht: Wir hatten nichts zu verlieren. Also beschloss ich, zur Tat zur schreiten. Unser kleiner Oldtimer-Wohnwagen, der Leisure Seeker, war gepackt und startklar. Das hatten wir erledigt, sobald wir in den Ruhestand eingetreten waren. Und nachdem ich den Kindern versichert hatte, dass ein Urlaub nun wirklich außer Frage stand, habe ich meinen Ehemann John gekidnappt, damit wir uns mit dem Ziel Disneyland an der Westküste davonstehlen können. Dort waren wir immer mit unseren Kindern gewesen, weshalb es uns besser gefällt als der andere Park. Schließlich waren wir an diesem Punkt unseres Lebens mehr Kinder denn je. Vor allem John.

Aus der Gegend um Detroit, in der wir unser ganzes Leben verbracht haben, starten wir in westlicher Richtung quer durch den Bundesstaat. Bisher verläuft die Reise friedlich, und wir kommen gut voran. Der leichte Luftzug, der durch mein Ausstellfenster weht, lässt ein geschmeidiges vollendetes Rauschen entstehen, das uns begleitet, während wir uns Kilometer um Kilometer von unseren alten Ichs entfernen. Der Kopf wird klar, die Schmerzen lassen nach, die Sorgen lösen sich auf, und sei es auch nur für ein paar Stunden. John schweigt, macht hinterm Steuer aber einen zufriedenen Eindruck. Er hat einen seiner ruhigen Tage.

Nach etwa drei Stunden halten wir für unsere erste Nacht in einem Ferienstädtchen, das sich damit schmückt, eine Künstlerkolonie zu sein. Wenn man in den Ort hineinfährt, kommt man an einer von immergrünen Gewächsen umwucherten Malerpalette von der Größe eines Kinderplanschbeckens vorbei, auf deren Farbklecksen jeweils eine leuchtende Glühbirne im passenden Farbton sitzt. Daneben ein Schild:

SAUGATUCK

Hier haben wir vor fast sechzig Jahren unsere Flitterwochen verbracht (Mrs. Millers Pension, längst niedergebrannt).

Wir sind damals mit dem Fernbus der Greyhound-Lines gefahren. Das waren im Grunde dann auch schon die Flitterwochen: eine Busreise ins westliche Michigan. Mehr konnten wir uns nicht leisten, aber es war auch so aufregend genug. (Ach ja, es ist gut, sich so leicht begeistern zu können.)

Nachdem wir uns im Trailerpark eingemietet haben, bummeln wir beide – im Rahmen meiner Möglichkeiten – ein wenig durch die Stadt, um den Rest des Nachmittags zu genießen. Es gibt mir ein gutes Gefühl, nach so vielen Jahren wieder hier zu sein. Unser letzter Besuch liegt dreißig Jahre zurück. Zu meiner Überraschung hat die Stadt sich nicht sehr verändert – jede Menge Konditoreien, Kunstgalerien, Eisdielen und Trödelläden. Der Park ist noch da, wo ich ihn in Erinnerung hatte. Viele der alten Gebäude stehen noch und sind in gutem Zustand. Es erstaunt mich, dass die Stadtväter keine Notwendigkeit sahen, alles abzureißen und neu aufzubauen. Offenbar haben sie begriffen, dass Menschen, die Ferien machen, einfach an einen Ort zurückkehren möchten, der sich vertraut anfühlt, sich anfühlt, als wäre es der ihre, und sei es auch nur für kurze Zeit.

John und ich setzen uns auf eine Bank auf der Main Street, wo sich der Duft von warmem Buttertoffee in die Herbstluft mischt. Wir beobachten die in Shorts und Sweatshirts vorbeiflanierenden Familien, die ihr Eis essen, miteinander schwatzen und tief und halbherzig lachen, entspannte Stimmen von Menschen auf Urlaub.

»Das ist schön«, sagt John, seine ersten Worte, seit wir angekommen sind. »Sind wir hier zu Hause?«

»Nein, aber es ist schön.«

John fragt ständig, ob irgendwo zu Hause ist. Zumal seit dem letzten Jahr, als sein Zustand sich zunehmend verschlechterte. Die ersten Gedächtnisprobleme tauchten etwa vor vier Jahren auf, obwohl es auch davor bereits Anzeichen gab. Bei ihm ist es ein allmählicher Prozess. (Meine Probleme sind erst in jüngster Zeit aufgetaucht.) Man hat mir gesagt, wir könnten uns noch glücklich schätzen, aber es fühlt sich nicht so an. Erst verschwanden die Ecken von der Tafel seines Gedächtnisses, dann die Ränder gefolgt von den Rändern der Ränder, bis ein Kreis entstand, der immer kleiner und kleiner wird, bevor er schließlich in sich selbst verschwindet. Übrig geblieben sind nur noch ein paar Kleckse hier und da, Stellen, an denen der Schwamm nicht richtig gewischt hat, Erinnerungen, die ich in ständiger Wiederholung höre. Immer mal wieder dämmert ihm die Erkenntnis, dass er viel von unserem gemeinsamen Leben vergessen hat, aber diese Momente werden in letzter Zeit immer seltener. Die raren Augenblicke, in denen er sich über seine Vergesslichkeit ärgert, bauen mich auf, weil sie mir zeigen, dass er noch immer auf dieser Seite steht, hier bei mir. Die meiste Zeit ist er das nicht. Es ist in Ordnung. Die Wächterin der Erinnerungen bin ich.

Nachts schläft John erstaunlich gut, ich hingegen kriege kaum ein Auge zu. Ich bleibe wach und lese und schaue mir auf unserem winzigen batteriebetriebenen Fernseher irgendwelche schwachsinnigen Talkshows an. Meine Perücke auf ihrem Styroporkopf leistet mir Gesellschaft. Wir beide sitzen hier im blauen Dämmerlicht und lauschen Jay Leno, dessen Stimme von John und seinen rasselnden Rachenmandeln übertönt wird. Das macht aber nichts. Ich kann ohnehin nicht mehr als ein paar Stunden vor mich hin dösen, und es stört mich nur selten. Heutzutage empfinde ich Schlaf als einen Luxus, den ich mir kaum erlauben kann.

John hat seine Brieftasche, seine Münzen und Schlüssel auf dem Tisch abgelegt, wie er das auch zu Hause macht. Ich greife nach dem dicken, von Schweiß gegerbten ledernen Ziegelstein von einer Brieftasche und öffne sie. Ein moosiger Geruch entsteigt ihr, und die klebrigen Kartenfächer schmatzen, als ich sie durchblättere. Das Durcheinander in seiner Geldbörse wird wohl dem in seinem Kopf entsprechen, alles ist vermengt und haftet aneinander und bildet einen Wust wie den, den ich in den Broschüren der Arztpraxen gesehen habe. Ich finde Zettel mit unleserlichem Gekrakel, Visitenkarten von Menschen, die längst tot sind, einen Ersatzschlüssel für ein Auto, das schon vor Jahren verkauft wurde, abgelaufene Versicherungskarten von Aetna und Medicare neben neuen. Ich wette, dass er sie schon länger als ein Jahrzehnt nicht mehr geordnet hat. Mir ist schleierhaft, wie er auf diesem Ding sitzen kann. Kein Wunder, dass ihm sein Rücken ständig wehtut.

Ich schiebe die Finger in eins der Fächer und finde ein Stück Papier, das doppelt zusammengefaltet ist. Anders als der Rest sieht es nicht so aus, als wäre es schon immer dort gewesen. Ich entfalte es und sehe, dass es ein Foto ist, das er irgendwo herausgerissen hat. Auf den ersten Blick scheint es ein Familienfoto zu sein – Leute, die sich vor einem Gebäude versammelt haben, aber niemand auf dem Foto kommt mir bekannt vor. Als ich den zerfledderten unteren Rand glatt streiche, sehe ich eine Bildunterschrift:

VON IHREN FREUNDEN DES PUBLISHERS CLEARING HOUSE!

Ich sollte an dieser Stelle erläutern, dass wir von diesem Unternehmen jede Menge Post bekommen. Irgendwann in der Anfangszeit seiner Erkrankung hatte John sich auf dieses Verlagshaus eingeschossen. Er nahm bei allen Gewinnspielen teil und gab versehentlich Bestellungen für Zeitschriften auf, die wir gar nicht brauchen konnten – *Teen People*, *Off-Roader*, *Das moderne Frettchen*. Schon bald schickten uns diese Hurensöhne drei Briefe pro Woche. Später fiel es John immer schwerer, die Teilnahmebedingungen zu erfassen, und so stapelten sich die Briefe, geöffnet und halb verstanden.

Es dauert etwas, bis mir endlich einleuchtet, warum John dieses Foto in seiner Brieftasche hat. Er hält es für ein Foto seiner eigenen Familie! Plötzlich muss ich loslachen. Ich lache so laut, dass ich befürchte, ihn aufzuwecken. Ich lache, bis mir die Tränen kommen. Dann zerreiße ich das Foto in hundert winzige Stücke.

ZWEI

INDIANA

Ein früher Aufbruch durch die Dunkelheit auf der Indiana-Interstate mit Ziel Chicago, wo wir die Route 66 von ihrem offiziellen Startpunkt aus einschlagen wollen. Normalerweise würden wir um große Städte immer einen Bogen machen. Denn es sind gefährliche Orte für alte Menschen. Da kann man nicht mithalten und wird sofort niedergewalzt. (Merken Sie sich das.) Aber es ist Sonntagmorgen und so wenig Verkehr wie selten. Und trotzdem brettern und schnaufen riesige laute Sattelschlepper mit einhundertzwanzig, einhundertdreißig Stundenkilometern und mehr an uns vorbei. Doch John lässt sich nicht aus der Ruhe bringen.

Auch wenn sein Geist sich langsam verabschiedet, ist er nach wie vor ein ausgezeichneter Fahrer. Ich muss an Dustin Hoffman im Film *Rain Man* denken. Vielleicht liegt es an den vielen Autoreisen, die wir in der Vergangenheit gemacht haben, oder daran, dass er fährt, seit er dreizehn war, jedenfalls gehe ich nicht davon aus, dass er jemals vergessen wird, wie es geht. Wenn man erst mal im Rhythmus einer Langstreckenfahrt angekommen ist, geht es ohnehin nur noch darum, Richtungsanweisungen zu geben (meine Aufgabe als Herrin der Straßenkarten), unerwartete abrupte Ausfahrten zu vermeiden und im Rückspiegel auf mögliche sich rasch nähernde Gefahren zu achten.

Unbemerkt wird die Luft grau und kontrastlos. Unter

einem trüben Nebelschleier schimmern Gießereien und Fabriken am Horizont.

John runzelt die Stirn und wendet sich mir zu. »Hast du gefurzt?«

»Nein«, sage ich. »Wir fahren bloß durch Gary.«

DREI

ILLINOIS

Auf der Dan-Ryan-Schnellstraße hinter Chicago ist zwar nicht viel los, dafür fahren alle verdammt noch mal viel zu schnell. John versucht, die richtige Spur zu halten, aber ständig kommen neue Spuren dazu oder verschwinden wieder. Inzwischen bereue ich es, dass wir nicht einfach erst bei Joliet auf die Route 66 aufgefahren sind, wie ich das ursprünglich geplant hatte. Aber irgendwas in mir wollte diese Reise unbedingt ganz von Anfang bis zum letzten, letzten Ende machen.

Inoffiziell beginnt die Route 66 direkt am Lake Michigan, am Jackson und Lake Shore Drive, den wir ohne große Probleme finden. Schwieriger ist es, den offiziellen Startpunkt der Route 66 an der Kreuzung von Adams Street und Michigan Avenue ausfindig zu machen. Als wir endlich das Straßenschild entdecken, lasse ich John anhalten. An einem Arbeitstag wäre das unmöglich, aber heute ist diese Straße leer.

BEGINN DER HISTORISCHEN ILLINOIS
U.S. 66 ROUTE

Ich lehne mich aus dem Fenster, um mir die Straße genauer anzusehen, steige aber nicht aus dem Wohnmobil. Diesem Wind würde die Perücke nicht standhalten und binnen Sekunden wie ein Steppenläufer die Adams Street hinunterfegen.

»Das ist sie«, sage ich zu John.

»Jawohl«, sagt er mit großer Begeisterung. Ich bin mir nicht sicher, ob er begreift, was wir tun.

Ich dirigiere uns die Adams Street entlang. Wir fahren durch eine Häuserschlucht, die kein Sonnenlicht durchscheinen lässt. Doch ich fühle mich seltsam sicher in diesem Hochhäuserzwielicht. Als wir auf die Ogden Avenue auffahren, sehe ich die ersten Schilder der Route 66.

In Berwyn hängen Banner von den Laternenpfählen, und ich entdecke einen Laden, der sich Route 66 Immobilien nennt. In Cicero, Al Capones altem Revier, scheinen alle gerade erst wach zu werden. Die Leute fahren durch die Gegend, haben aber keine Eile, lassen es ruhig angehen am Sonntagmorgen.

Mir wird klar, dass John und ich uns, wenn wir diese Reise überleben wollen, genauso verhalten müssen. Keine Eile, kein Druck, keine vierspurigen Schnellstraßen, wenn es sich vermeiden lässt. Mit den Kindern gab es zu viele Ferien, die genau nach diesem Muster abliefen. In zwei Tagen nach Florida touren, in drei Tagen nach Kalifornien – *wir haben doch nur zwei Wochen* –, schnell, schnell, schnell. Jetzt haben wir alle Zeit der Welt. Nur dass ich aus dem letzten Loch pfeife und John sich kaum noch an seinen Namen erinnern kann. Aber das macht nichts. Ich kenne ihn ja. Unter uns sind wir vollständig.

Entlang der Straße laufen zwei kleine Kinder, die gerade aus der Kirche kommen, und winken uns zu. John hupt. Ich halte die Hand hoch und grüße, als wäre ich Königin Elizabeth.

Dann fahren wir an der Statue eines riesigen weißen Huhns vorbei.

Wussten Sie, dass Teile der Route 66 direkt unter der Autobahn begraben sind? Das ist wahr. Diese herzlosen Mistkerle haben sie einfach zugemacht. Deshalb ist die Route 66 heute auch eine tote Straße, außer Dienst gestellt wie ein Soldat, dem sämtliche Abzeichen von den Schultern gerissen wurden, weil er in Ungnade gefallen ist.

Als wir eine dieser Autobahnstrecken erreichen, folgt John seinem im Bleifuß eines jeden Detroiter Jungen steckenden Instinkts und beschleunigt.

»Gib Gas, John!«, sage ich und fühle mich so frei wie seit Jahren nicht mehr.

Von den hohen Sitzen unseres Wohnmobils aus betrachtet, fliegt die begrabene Route 66 mit einem dröhnenden Rauschen unter uns hinweg. Da ich plötzlich einen Anflug von Schläfrigkeit verspüre, öffne ich das Fenster einen Spalt weit, sodass milde Luft hereinströmt und wie ein frisch gewaschenes Bettlaken knattert. Ich möchte den Wind im Gesicht spüren. Im Handschuhfach finde ich eine zusammengefaltete Regenhaube, ein uraltes Werbegeschenk der Reinigung in unserem alten Viertel in Detroit. Ich drapiere sie über meiner Perücke, binde sie unter dem Kinn zu und kurbele dann das Fenster herunter. Die Haube bläht sich auf, als würde sie jeden Moment samt Kopf und Perücke abheben wollen, also kurbele ich das Fenster wieder hoch und belasse es beim kleinen Spalt.

Der Morgen ist nun erwacht, das Wetter könnte nicht besser sein. Ein strahlender Septembertag mit einer kitschigen Sonne, als hätte ein Kind sie mit Wachsmalkreide in die äußerste Ecke gezeichnet. Und dennoch hängt schon ein Hauch von Herbst in der Luft, leicht feucht und ein wenig muffig. Früher hätte ein solcher Herbsttag mir das Gefühl unbegrenzter Möglichkeiten gegeben. Ich erinnere mich an eine Reise vor vielen Jahren, als die Kinder noch mitfuhren und ich an einem Tag wie diesem beim Blick auf die Ebenen von Missouri einen Moment lang glaubte, das Leben könnte ewig so weitergehen und würde niemals enden.

Schon seltsam, was ein wenig Sonnenschein bewirken kann.

Heutzutage kann ich den Herbst nicht mehr als meine liebste Jahreszeit bezeichnen. Tote, verwelkte Blätter üben nicht mehr den gleichen Reiz auf mich aus. Ich weiß auch nicht, warum.

Das Ende der Schichttorte, die diese Autobahn darstellt, geht wieder auf die Route 66 über. Das erkenne ich an dem riesigen grün gekleideten Astronauten, der neben der Straße steht.

»Sieh nur, John!«, sage ich, als wir uns dem smaragdgrünen Koloss mit dem gewaltigen Kopf in einem Fischglashelm nähern.

»Was soll das sein?«, erwidert John und hebt seinen Blick kaum von der Straße. Sein Interesse könnte nicht geringer sein.

Als wir am Launching Pad Drive-in vorbeifahren, ist mir wieder danach, das Fenster ganz weit zu öffnen. Und da kommt mir die Idee, dass eigentlich nichts dagegen spricht, wenn ich den Wind und die Sonne auf meinem Gesicht spüren möchte. Ich reiße mir die Regenhaube vom Kopf und löse den Helm aus synthetischer naturgetreuer Faser (die Eva Gabor Milady II der Farbe Nachtschatten – fünfundsiebzig Prozent weiß; fünfundzwanzig Prozent schwarz) im

Nacken, wo er lose an den mir noch verbliebenen einigermaßen kräftigen Haaren befestigt ist. Ich greife darunter, ziehe die Perücke zurück und nach oben und lege den Schädel frei.

Ich kurbele das Fenster nach unten und werfe das verdammte Ding hinaus, wo es sich flatternd neben der Straße überschlägt wie ein eben angefahrenes Tier. Was für eine Erleichterung. Ich kann mich nicht erinnern, wann meine Kopfhaut zum letzten Mal direktem Sonnenlicht ausgesetzt war. Mein spärliches eigenes Haar ist dünn und fein wie der erste zarte Flaum eines Babys. In der wunderbaren Brise wirbeln und tanzen die langen Strähnen um meinen Kopf, ein trauriger verschlungener Turban, aber das kümmert mich heute nicht. Wie es mich deprimiert hat, als sich meine Haare nach der Menopause gelichtet hatten. Ich schämte mich, als hätte ich was falsch gemacht, hatte Angst vor den Reaktionen der Leute. Da bringt man sein Leben damit zu, sich Sorgen darüber zu machen, was die anderen denken, dabei denken die meisten Leute doch in Wirklichkeit gar nicht. Und wenn sie es, selten genug, dann doch tun, kommt dabei meist nichts Gutes heraus, aber selbst dann sollte man wenigstens anerkennen, dass sie überhaupt denken.

Ich blicke nach hinten auf den Perückenständer. Der noch immer an der Theke festgeklebte Styroporkopf ist nicht mehr mein Gefährte, sondern starrt mich urteilend und verwundert an: »Was zum Teufel hast du gerade getan?« Ich betrachte mich nicht im Spiegel, denn ich weiß auch so, dass ich aussehe wie eine wandelnde Leiche. Aber es macht mir nichts aus, weil ich mich leichter fühle.

Vor uns entdecke ich ein Gebäude, das mir irgendwie bekannt vorkommt. Es ist niedrig und in die Breite gezogen, sein spitzes türkisfarbenes Dach von der jahrzehntelangen Sonneneinstrahlung ausgebleicht. An der Seitenmauer des Gebäudes erkennt man ein verblasstes Pferd mit Kutsche. Und dann sehe ich das Schild.

STUCKEY'S

In den Ferien mit den Kindern, Kevin und Cindy, kehrten wir oft in diesen Raststätten ein, wo es Pekannuss-Riegel und bitteren Kaffee gab. Die entsprechenden Hinweisschilder tauchten manchmal schon mehr als hundert Kilometer zuvor auf. Und dann kam alle fünfzehn, zwanzig Kilometer ein neues. Die Kinder wären jetzt auf einmal wie aufgescheucht und würden unbedingt dort Pause machen wollen, und John würde Nein sagen und dass wir erst noch ein paar Kilometer zurücklegen müssten. Sie würden betteln, und kurz vorher würde John dann doch einknicken, woraufhin sie losjubeln und John und ich uns anlächeln würden wie Eltern, die das richtige Maß gefunden hatten, ihre Kinder zu verwöhnen.

Ein Sattelschlepper donnert an uns vorbei. Gleich darauf ist es bis auf den Wind wieder still. »Ich habe schon seit Jahren keine dieser Raststätten mehr gesehen«, werfe ich ein. »Erinnerst du dich an Stuckey's, John?«

»Oh ja«, antwortet er in einem Ton, der bewirkt, dass ich es ihm fast abnehme.

»Also dann«, sage ich. »Lass uns reingehen. Wir müssen ohnehin tanken.«

Nickend hält John neben den Zapfsäulen an. Kaum bin ich aus dem Wagen gestiegen, nähert sich uns schon ein ordentlich gekleideter Mann im beigen Sporthemd mit kupferfarbener Hose.

»Wir verkaufen kein Benzin mehr, aber ein Stück weiter gibt es eine BP-Tankstelle«, sagt er mit Reibeisenstimme, aber nicht unfreundlich. Er schiebt sich seine bauschige weiße Kappe mit dem Daumen aus der Stirn.

»Das macht nichts«, sage ich. »Wir wollten eigentlich nur einen Pekannuss-Riegel.«

Er schüttelt den Kopf. »Die haben wir auch nicht mehr. Wir haben das Geschäft aufgegeben.«

»Oh, tut mir leid, das zu hören.« Ich klammere mich an die Armlehne. »Wir waren immer gern mit unseren Kindern hier.«

Er zuckt verloren mit den Schultern. »Da waren Sie nicht die Einzigen.«

Als er sich entfernt, kämpfe ich mich zurück in den Wohnwagen. Bis ich mich angeschnallt habe und bereit bin, John das Zeichen zur Abfahrt zu geben, ist der Mann wieder zurück und steht neben meiner Tür.

»Ich hab einen gefunden«, verkündet er und reicht mir einen Pekannuss-Riegel.

Und bevor ich mich bedanken kann, ist er schon wieder weg.

Mir fällt erst jetzt auf, dass die Route 66 bereits im Verfall begriffen war, als wir sie in den Sechzigern bereisten. Ein Großteil der alten Straße ist jetzt gesperrt, begraben oder niedergewalzt und schon vor langer Zeit von den Highways

55 und 44 und 40 ersetzt worden. An einigen Stellen ist der originäre Portland-Beton so brüchig, dass man nicht mehr darauf fahren kann. Dafür gibt es jetzt Karten und Bücher mit dem Verlauf der alten Straße, detaillierten Wegbeschreibungen und Wegweisern zu den Wohnwagenplätzen. Das sauge ich mir nicht aus den Fingern. Diese Informationen fand ich in unserer Bibliothek im World Wide Web. Allem Anschein nach wollten die Leute an der alten Straße festhalten, und viele der nach dem Krieg geborenen Kinder, die sie mit ihren Eltern befahren hatten, haben offenbar den Wunsch, sich auf Spurensuche in die Vergangenheit zu begeben. Wie es scheint, wird alles Alte wieder neu.

Bis auf uns.

»Ich habe Hunger«, meldet sich John. »Lass uns zu McDonald's gehen.«

»Immer willst du zu McDonald's«, frotzele ich und stupse ihn mit dem Nussriegel an. »Hier. Iss das.«

Er wirft einen misstrauischen Blick darauf. »Ich will einen Hamburger.«

Ich verstaue den Riegel in unserem Sack mit dem Knabberzeug. »Dann werden wir wohl zur Abwechslung irgendwo einen Hamburger für dich finden.«

John liebt McDonald's. Ich bin nicht so versessen darauf, aber er könnte dort jeden Tag essen. Das hat er auch eine ganze Weile getan. Seit seinem Ruhestand war McDonald's für viele Jahre sein Stammlokal, in dem er jeden Tag herumhing, von Montag bis Freitag, immer um die Mittagszeit. Irgendwann fragte ich mich, was er daran eigentlich findet, und begleitete ihn. Da hockten einfach nur ein paar alte Säcke herum, die quatschten, Kaffee mit Seniorenrabatt tranken, Zeitung lasen und sich über den Zustand der Welt auskotzten. Dann ließen sie sich kostenlos nachschenken und begannen von vorn, wenn neue alte Säcke dazukamen. Ich konnte gar nicht schnell genug weg von dort. Mein erster Besuch sollte auch mein letzter sein, was John offenbar nur recht war. Offen gestanden denke ich, dass er im Ruhestand einfach einen Ort brauchte, wo er mir aus dem Weg gehen konnte. Und ganz ehrlich, ich war froh, dass er mir nicht auf der Pelle saß.

Doch nachdem wir beide unseren Rhythmus gefunden hatten, konnten wir den Ruhestand genießen. Wir waren damals noch in recht guter Verfassung und haben viel unternommen. Wenn John von McDonald's zurückkam, kümmerten wir uns um den Haushalt, erledigten Einkäufe, gingen auf Schnäppchenjagd in den Supermärkten oder Kaufhäusern, sahen uns eine Nachmittagsvorstellung an, aßen zeitig zu Abend. Wir tankten den Leisure Seeker voll und fuhren übers Wochenende mit Freunden weg oder machten uns auf den weiten Weg zur Outlet Mall in Birch Run. Es war eine gute Phase, die aber nicht lange genug anhielt. Bald schon verbrachten wir unsere Tage damit, von einer Arztpraxis in die nächste zu gehen. Wochenlang haben wir uns den Kopf um Tests zerbrochen, für deren Ergebnisse wir monatelange Behandlungen über uns ergehen lassen mussten. Irgendwann wurde es ein Vollzeitjob, allein am Leben zu bleiben. Kein Wunder, dass wir Urlaub nötig hatten.

Wir können McDonald's lange genug widerstehen, um dann irgendwo außerhalb von Normal, Illinois zum Mittagessen anzuhalten. Ich greife nach der Vierfußgehstütze und steige aus dem Wohnmobil. John, der noch immer fit ist, ist bereits ausgestiegen und an meiner Seite, um mir zu helfen. »Ich hab dich«, sagt er.

»Danke, Schatz.«

Zusammen sind wir ein gutes Team.

Offensichtlich wollte man dem Lokal im Inneren den Anstrich der Fünfzigerjahre geben, was aber keinesfalls dem entspricht, wie ich sie in Erinnerung habe. Irgendwann hat sich bei den Leuten die Überzeugung festgesetzt, es sei eine Dekade voller Tanzveranstaltungen, weit schwingender Röcke mit Pudelemblem, Rock 'n' Roll, glänzender roter T-Bird-Jacken, James Dean, Marilyn Monroe und Elvis gewesen. Schon komisch, wie ein ganzes Jahrzehnt auf ein paar anscheinend zufällige Bilder reduziert wird. Für mich bestand dieses Jahrzehnt aus Windeln und Lauflernrädern und Fehlgeburten und dem Bemühen, mit siebenundvierzig Dollar in der Woche über die Runden zu kommen und drei Leute mit einem Dach überm Kopf und Essen auf dem Tisch zu versorgen.

Nachdem John und ich Platz genommen haben, kommt ein Mädchen zu uns, das wie eine Kellnerin in einem Drive-in-Restaurant gekleidet ist. (Warum das denn? Wir sind doch *drinnen*, verdammt.) Sie hat lange gefärbte blonde Haare, einen Kussmund und Augen wie eine Kewpie-Puppe.

»Willkommen im Route 66 Diner«, sagt sie mit hauchender Stimme. »Ich bin Chantal. Ich werde Sie bedienen.«

Da ich nicht weiß, was ich darauf antworten soll, sage ich irgendwas. »Hallo, Chantal. Ich bin Ella, und das ist mein Ehemann John. Ich nehme an, wir sind Ihre Kunden.«

»Ich möchte einen Hamburger«, verkündet John schroff.

Mit seinem Gedächtnis hat er auch ein paar seiner Umgangsformen verloren.

Ich versuche, es wegzulachen. »Wir nehmen beide einfache Hamburger und Kaffee«, sage ich.

Man sieht Chantal ihre Enttäuschung an. Vielleicht arbeitet sie auf Kommission. »Wie wär's mit ein paar Fabian Fries? Einem Pelvis-Shake?«

»Was ist das denn?«

»Ein Schokoladenmilchshake.« Sie nickt mir aufmunternd zu. »Die sind gut.«

»Also gut. Dazu müssen Sie mich nicht lange überreden.«

»Pelvis-Shake, kommt gleich«, sagt sie, zufrieden, etwas verkauft zu haben.

Nachdem unsere neue Freundin Chantal gegangen ist, entschuldige ich mich kurz, um zu telefonieren.

»Wo zum Teufel seid ihr, Mom?«, kreischt meine Tochter durchs Telefon, und ihre Stimme schallt bis in den Empfangsbereich dieses Lokals.

Ich blicke mich um, fast ist es mir peinlich, ihr zuzuhören. Ich weiß nicht, woher sie dieses Mundwerk hat, von mir jedenfalls nicht, das versichere ich Ihnen.

»Cindy, Liebes, nicht in diesem Ton. Deinem Vater und mir geht es gut. Wir machen nur eine kleine Reise.«

»Ich fasse es nicht, dass du das durchgezogen hast. Wir haben uns alle darüber unterhalten und beschlossen, dass eine Reise für euch außer Frage steht.«

Ich höre die Erbitterung in ihrer Stimme. Ich mag es nicht, wenn Cindy sich in etwas hineinsteigert. Sie hatte in letzter Zeit Probleme mit ihrem Blutdruck, und sich derart aufzuregen, wird ihr mit Sicherheit nicht guttun.

»Cindy. *Beruhige dich.* Dein Vater und ich haben überhaupt nichts beschlossen. Du und Kevin und die Ärzte haben das für uns beschlossen. Und dann haben Dad und ich beschlossen, dass wir dennoch wegfahren.«

»Mom. Du bist krank.«

»Krank ist relativ, meine Liebe. Ich bin übers Kranksein schon hinaus.«

»Ich kann nicht glauben, dass du das tust«, sagt sie ungehalten. »Du kannst doch nicht einfach nicht mehr zum Arzt gehen.«

Ich vergewissere mich, dass auch keiner im Restaurant mithört, und ergänze dann mit gesenkter Stimme: »Ich möchte nicht mehr von ihnen behandelt werden, Cynthia.«

»Aber die Ärzte versuchen doch nur, deinen Zustand zu verbessern.«

»Und wie? Indem sie mich umbringen? Da mache ich lieber Urlaub mit deinem Vater.«

»Verdammt, Mom!«

»Ich mag es nicht, angeschrien zu werden, junge Dame.«

Es folgt eine lange Pause, in der Cindy sich sammeln will. Das hat sie auch getan, wenn sie sich über ihre Kinder geärgert hat, jetzt tut sie es bei John und mir.

»Mutter«, sagt sie, gefasster jetzt. »Du weißt, dass Dad in seinem Zustand nicht Autofahren sollte.«

»Dein Vater fährt immer noch ausgezeichnet. Wenn ich nicht dieser Ansicht wäre, würde ich nicht mit ihm fahren.«

»Und was ist, wenn ihr beiden seinetwegen einen Unfall verursacht? Wenn er jemanden verletzt?«

Da hat sie nicht ganz unrecht, aber ich kenne John. »Er wird niemanden verletzen. Wenn man Sechzehnjährige auf die Straße loslässt, dann sollte das auch deinem Vater erlaubt sein, der ein hervorragender Fahrer ist.«

»O Gott. *Mutter*«, erwidert sie mit erhobener Stimme, die Kapitulation signalisiert, »wo bist du?«

»Das ist unwichtig. Wir haben gerade angehalten, um zu Mittag zu essen.«

»Wohin fahrt ihr denn?«

Ich schätze die »Wer bin ich?«-Fragen meiner Tochter nicht und bin mir auch nicht sicher, ob ich ihr antworten soll, tue es dann aber trotzdem. »Wir werden nach Disneyland fahren.«

»*Disneyland?* In Kalifornien? Das kann doch nicht dein Ernst sein?« Und da wird mir klar, dass meine Tochter noch immer den Hang zum Dramatischen hat, den sie als rotzfrecher Teenager entwickelt hat.

»Oh doch, wir meinen es ernst.« Ich glaube, ich setzte dem Telefonat bald ein Ende. Wer weiß? Womöglich verfolgen sie den Anruf zurück, wie im Fernsehen.

»O Gott. Ich fasse es nicht. Hast du wenigstens das Handy dabei, das wir dir gekauft haben?«

»Habe ich, aber ich mag dieses Ding nicht, meine Liebe. Aber für den Notfall habe ich es dabei.«

»Könntest du es nicht zumindest eingeschaltet lassen«, fleht sie mich an, »damit ich mit dir in Kontakt bleiben kann?«

»Wohl eher nicht. Mach dir nicht so viele Sorgen. Dein Vater und ich, wir kommen schon klar. Es ist nur ein kleiner Urlaub.«

»Mom …«

»Ich hab dich lieb, Schätzchen.« Es ist Zeit aufzulegen,

also tue ich es. Sie wird sich schon beruhigen, aber wenn sie glaubt, ich werde dieses Handy einschalten, spinnt sie. Ich habe schon mehr Krebs als genug, besten Dank.

Wieder zurück an unserem Tisch, essen John und ich unsere Route-66-Burger. Das Schokoladen-Pelvis-Shake ist gar nicht so schlecht.

Als wir wieder auf der Straße sind, übermannt die Müdigkeit mich heftig und unvermittelt. Ich würde John gern sagen, dass wir für heute genug gefahren sind, aber wir sind gerade mal vier Stunden unterwegs. Ich versuche, es zu ignorieren. Nach dem Telefonat mit Cindy möchte ich mehr Abstand zwischen uns und zu Hause bringen. Gestern noch hatte ich aus naheliegenden Gründen Angst, unser Heim zu verlassen, aber nun, da wir unterwegs sind, möchte ich, dass wir auch *wirklich* weg sind.

John wendet sich mir mit besorgter Miene zu. »Geht es dir gut, Miss?«

»Ja, das tut es, John.« Er hat einen jener Momente, in denen er weiß, dass ich jemand bin, der ihm lieb und teuer ist, ohne sich ganz sicher zu sein, wer ich bin.

»John. Weißt du, wer ich bin?«

»Natürlich weiß ich das.«

»Und wer bin ich?«

»Ach, lass gut sein.«

Ich lege eine Hand auf seinen Arm. »John. Sag mir, wer ich bin.«

Er starrt auf die Straße, Verärgerung und Sorge im Blick. »Du bist meine Frau.«

»Gut. Wie heiße ich?«

»Um Himmels willen«, sagt er, überlegt aber. »Du bist Ella«, sagt er nach einer Weile.

»Das ist richtig.«

Er lächelt mich an. Ich lege die Hand auf sein Knie und drücke es. »Schau auf die Straße«, fordere ich ihn auf.

Ich kann nicht sagen, woran John sich erinnert und woran nicht. Die meiste Zeit weiß er, wer ich bin, aber wir sind ja auch schon so lange zusammen, dass, selbst wenn er sich in der Zeit langsam zurückbewegt und der Spur des Vergessens folgt, ich am Ende schon bei ihm gewesen bin. Ich frage mich: Täuschen sich die Augen zusammen mit dem Geist? Wenn es für ihn … sagen wir 1973 ist, sehe ich dann auch aus wie damals? Und wenn ich das nicht tue (wovon ich eigentlich ausgehe), wodurch weiß er dann, dass ich es bin? Ergibt das einen Sinn?

Auf diesem Abschnitt ist die Route 66 die Nebenfahrbahn der I-55. Links von uns verlaufen vom Alter und den Abgasen geschwärzte Telefonmasten, die von blau-grünen Glasisolatoren gekrönt werden (wie man sie manchmal in Trödelläden findet). Einige der Masten sind abgebrochen und zersplittert, an manchen Stellen umgeknickt oder schief, und die gekappten Kabel baumeln herunter. Doch viele der Leitungen sind noch erhalten und verbinden uns mit der Straße wie eine alte Straßenbahn, als wären wir an die Luft angebunden.

Auf der anderen Seite: die Autobahn und die Eisenbahngleise, die der Straße fast durchgängig bis nach Kalifornien folgen werden. Zwischen unserer Straße und der Autobahn sehe ich verbarrikadierte Stellen, bei denen es sich um sehr alte Anschlüsse der 66 handeln muss, ein schmaler rosafarbener Pfad, der kaum breit genug für einen Pkw zu sein scheint. Langsam holt die Natur ihn sich zurück. Von den Rändern her breitet sich die Vegetation aus, engt ihn ein wie eine Arterie. Unkraut sprießt in Abständen von etwa zwei Metern aus den Spalten, wo die Betonplatten aneinanderstoßen. Noch ein paar Jahre und man wird von dieser alten Autobahn gar nichts mehr sehen können.

Wenn wir uns nicht auf der Nebenfahrbahn befinden, fahren wir durch winzige trostlose Ortschaften. Wenn keiner mehr die Route 66 benutzte, gab es auch keinen Grund mehr, anzuhalten und an diesen Orten Geld auszugeben, also ging es bergab mit ihnen. In einem Städtchen namens Atlanta kommen wir an einem weiteren Kunststoffriesen vorbei (wie man sie in meinem Reiseführer nennt). Das hier ist Paul Bunyan, der sagenhafte Holzfäller, der eine riesige Bockwurst hält.

»Nun sieh dir das an«, sagt John. Es ist das erste Mal, das er Interesse an so einer Skulptur zeigt.

»Den haben sie einfach von Chicago hierher verfrachtet.«

»Wozu?«

Ich lasse meinen Blick über die trostlose Straße schweifen, deren Gebäude mit Brettern zugenagelt wurden. »Das, mein Lieber, ist die Vierundsechzigtausend-Dollar-Frage.«

Wir halten an und kurbeln unsere Fenster herunter, um die gewaltigen Oberarmmuskeln des Riesen zu bestaunen. Dem Reiseführer zufolge hielt er ursprünglich einen Auspuff, weshalb die Bockwurst jetzt auf seiner klauenhaft geballten linken Faust sitzt. Es sieht aus, als würde Bob Dole einen Jumbo-Hotdog halten. Mich stimmt es traurig, dass die Leute hier alle ihre Hoffnungen an so ein Ding hängen, nur damit wieder etwas Leben in ihre kleine Geisterstadt kommt.

Hinter Springfield halten wir für die Nacht. Der Wohnmobilpark ist weniger ein Campingplatz als eine Siedlung mit ein paar Restplätzen für Leute, die mit dem Wohnmobil vorbeikommen. Im Grunde genommen kommt man sich vor, als würde man in einem schäbigen Wohnviertel campen. Aber wir sind müde, und außerdem war noch was frei.

Wir parken und schließen uns an Strom, Wasser und Abwasser an. (Mit dem Wissen, das John noch geblieben ist, und dem, was er mir beigebracht und an das ich mich erinnere, wursteln wir uns durch die diversen Anschlüsse und Verbindungen.) Wir essen Sandwiches und nehmen unsere Medikamente, dann legt John sich zum Schlafen hin. Ich lasse ihn schlafen, weil es mir guttut, ganz allein am Picknicktisch zu sitzen.

Nebenan kommen unsere Nachbarn zurück. Als Erster fährt der Mann des Hauses in einem verbeulten Oldsmobile vor, dessen Kühlerhaube und Dach von einer Landschaft aus Rost wie eine korrodierte Weltkarte überzogen ist. Als ich dem Mann zur Begrüßung zuwinke, starrt er durch mich hindurch und betritt seinen Trailer. Wenige Minuten später kommt die Frau zu Fuß an. Sie trägt noch ihren Walmart Kittel, ist gebräunt und spindeldürr – ein Erscheinungsbild, das mich an Trockenfleisch erinnert und das ich entweder mit zwei Packungen Zigaretten am Tag oder einem Langstreckenläufer verbinde. Als ich ihr zuwinke, kommt sie sofort anmarschiert.

»He, Nachbarin!«

Ich lächele sie an. »Leider nur für diesen Abend.«

»Ich bin Sandy«, sagt sie und streckt mir ihre Hand hin.

»Ella«, sage ich und schüttele sie.

Sie zündet sich eine Kippe an und legt dann sofort los. »Meine Güte, was war das heute für ein Tag. Mein Chef saß mir von dem Moment an, als ich eingestempelt hatte, bis zum Feierabend im Nacken. Hat mich während meiner Mittagspause aufgespürt, so wahr ich hier stehe! Ich saß ganz ruhig da und hab mein Salesbury Steak gegessen, da kommt er auf mich zu und fängt an, mir was über die anstehende Inventur vorzujammern. Schreit mich einfach während des Mittagessens an! Das ist doch nicht zu fassen. Ich bin einfach sitzen geblieben und hab mir vor seinen Augen das Essen in den Mund geschoben. Ohne ihn zuzumachen. Hab ihn weit offen gelassen und gekaut, während er vor sich hin gemotzt hat. Ich hab sogar einen kleinen Brocken auf meinen Teller gespuckt. Der hat es nicht mal bemerkt. Ich hab mir gesagt, verdammt, das ist meine Essenspause, und ich werde mir mein Mittagessen schmecken lassen, ob es ihm nun gefällt oder nicht …«

Das geht eine ganze Weile so weiter. Rauchen und reden. Reden und rauchen. Sie zündet sich eine nach der anderen an. Anfangs tut sie mir leid, dass sie das vor völlig Fremden tun muss, aber nach etwa zwanzig Minuten befürchte ich, die ganze Nacht draußen verbringen zu müssen. Armes Ding, ich weiß ja, dass sie sich nur Luft machen möchte, jemanden braucht, der ihr Aufmerksamkeit schenkt und bemerkt, dass sie überhaupt da ist. Sie begreift nicht, dass es gar nicht darauf ankommt, ob ich sie wahrnehme. Ich würde morgen wieder weg sein. Man braucht dazu Leute, auf die man zählen kann.

»Mein erster Ehemann schenkte mir zu unserem vierten Hochzeitstag die Gonorrhoe. Er war ein richtiger Mistkerl. Seine bescheuerten Witze haben mich nur angeödet ...«

In dem Moment kommt ihr Ehemann heraus, packt sie wortlos am Arm und fängt an, sie zurück in ihr kleines Heim zu zerren.

»Aua! Donald! Was machst du da!«

Er sagte kein Wort, aber sie quasselte und rauchte unentwegt weiter. Auch als die Tür schon zu war, konnte ich sie noch reden hören.

Wie eine ängstliche Kreatur schleicht sich die Dämmerung heran. In der Wohnwagensiedlung gehen die Lichter an. Die Luft wird kühler. Ich nehme mir eine von Johns alten Jacken und lege sie mir über die Schultern. In einer Aufbewahrungskiste finde ich eine alte graue Wollmütze, die ich mir aufsetze, weil es mich ohne die gewohnten Haare am Kopf friert. Die Kälte und der muffige Geruch von Johns Jacke wecken Erinnerungen an eine Nacht im Winter 1950, als wir frisch verheiratet waren. Wir wohnten in der Twelfth Street gleich neben dem West Grand Boulevard. Es hatte die ganze Nacht geregnet, und die Temperatur war gefallen. Als der Regen gegen Mitternacht aufhörte, beschlossen John und ich, einen Spaziergang zu machen.

Es war kalt, aber wunderschön. Alles war von einer dicken glänzenden Eisschicht überzogen, als wäre die Welt unter Glas hermetisch eingeschlossen. Wir konnten uns nur tippelnd vorwärtsbewegen, um nicht auszurutschen. Über uns knisterten die Stromleitungen und zerrten an ihren Masten; die vom Eis beschwerte Kugel einer Straßenlaterne fiel zu Boden und zersprang auf der Straße mit einem gedämpften Knall. Unter einem spröden schwarzen, von Sternen gesprenkelten Nachthimmel und einem Mond, dessen hartes Licht auf die kristallenen Gebäude fiel, die den Boulevard säumten, wanderten wir dahin. Wir liefen immer weiter, bis wir nach fast zwei Kilometern den goldenen Turm des Fisher Building erreichten, ohne den Grund dafür zu kennen, ohne zu wissen, warum wir dorthin wollten. Aufgewühlt und mit glitzernden Eisklümpchen in den Haaren und einem wahnsinnigen Hunger auf einander kehrten wir in jener Nacht in unsere Wohnung zurück. Das war die Nacht, in der Cindy gezeugt wurde.

Jetzt höre ich das lauter werdende Zirpen der Grillen und das Knirschen der Steine unter den langsam auf dem Kiesweg vorbeifahrenden Autos. Von irgendwoher dringt mir der Duft von Mikrowellenpopcorn in die Nase. Ich kann es nicht begründen, aber umgeben von all diesen Menschen fühle ich mich sicher. John ist inzwischen aufgewacht, und ich kann ihn leise vor sich hin murmeln hören. Er schimpft jemanden. Ich höre ihn Obszönitäten flüstern, Feinden drohen, Beschuldigungen. Während unseres ganzen gemeinsamen Lebens war John ein passiver, ruhiger Mann. Aber jetzt, seit sein Geist sich nach und nach von ihm verabschiedet, spricht er die Dinge aus, die er den Leuten immer schon mal sagen wollte. Permanent liest er jemandem die Leviten. Das passiert häufig um diese Tageszeit. Wenn die Sonne untergeht, steigt die Wut in ihm auf.

Er erscheint in der Tür des Wohnwagens. »Wo sind wir?«, herrscht er mich streitlüstern an.

»Wir sind in Illinois«, erwidere ich wachsam.

»Sind wir hier zu Hause?«

»Nein, zu Hause ist in Michigan.«

»Was machen wir hier?«, faucht er mich an.

»Wir machen Urlaub.«

»Tatsächlich?«

»Ja. Und wir amüsieren uns blendend.«

Er verschränkt seine Arme. »Nein, ich nicht. Ich will eine Tasse Tee.«

»Ich werde bald einen kochen. Jetzt ruhe ich mich aus.«

Er setzt sich zu mir an den Tisch. Etwa eine Minute lang ist es still, dann fängt er erneut an. »Wie wär's mit einer Tasse Tee?«

»Wir warten noch ein wenig, bis es Tee gibt.«

»Warum?«

»Weil du dann die ganze Nacht wach bist und pinkeln musst.«

»Verdammt noch mal, ich will eine Tasse Tee!«

Schließlich werfe ich ihm einen Blick zu und wende mich mit demselben drohenden Tonfall an ihn, den er selbst gerade angeschlagen hat, nur etwas gedämpfter. »Sprich leiser. Hier leben noch andere Menschen. Warum stehst du nicht auf und machst dir selbst einen? Du bist nicht behindert.«

»Vielleicht mache ich das.«

Er wird es nicht tun. Ich glaube nicht, dass er weiß, wo er was im Wohnmobil findet. Er sitzt einfach da und schmort vor sich hin. Das ist der Preis, den ich dafür zahle, dass er den ganzen Tag so lieb ist. Vielleicht ist er das, weil er etwas zu tun hat. Normalerweise unternehmen wir keine so langen Touren. Es scheint zu helfen, wenn er etwas hat, das ihn beschäftigt.

»Wie wär's mit einer Tasse Tee?«, sagt John, als wär's eine neue Idee, die ihm gerade erst gekommen ist.

»Also gut«, erwidere ich.

Ich stehe auf und mache uns beiden eine Tasse Tee.

Es ist Nacht, und wie ein Wunder schläft John schon wieder. Ich dagegen finde natürlich um alles in der Welt keinen Schlaf. Der enge Wohnwagen, der einem braun-weiß gestreiften Erholungssarkophag gleichkommt, ist noch ungewohnt für mich. Der Leisure Seeker ist tatsächlich ziemlich schmal. Im Moment sitze ich in unserem Wohnbereich gleich gegenüber der hinteren Seitentür. Er besteht aus einem kleinen Resopaltisch und zwei kariert bezogenen Bänken rechts und links davon. Hier essen wir oder spielen Karten (oder schlafen dort, wie ich manchmal). Gleich gegenüber ist meine Küche mit einem Drei-Flammen-Herd (den ich nie benutze), einer kleinen Arbeitsplatte, einer Spüle von der Größe einer Spülschüssel und einem kleinen Kühlschrank. Das Bett, in dem John schläft, ist ganz hinten direkt unter dem Heckfenster. Es ist eine Couch, die sich zum Doppelbett ausziehen lässt. Das kleinste Badezimmer der Welt befindet sich gleich nebenan, was hilfreich ist, wenn man mitten in der Nacht so oft aufstehen muss wie wir. Es gibt noch eine weitere Schlafkoje über der Fahrerkabine, die wir allerdings schon seit Jahren nicht mehr nutzen, genauso wenig wie diverse Schränke, Stauräume und Fächer. Ganz vorne sind die Kapitänssitze, große, dick gepolsterte verstellbare Sessel für den Fahrer und den Beifahrer. Es sind die bei Weitem bequemsten Sitze im Haus.

Wir haben uns den Leisure Seeker vor langer Zeit angeschafft, und auch wenn das Dekor nicht mehr ganz zeitgemäß ist, so ist es immer noch hübsch. Alles ist in Erdtönen gehalten – Paneele mit Holzmaserung, Vorhänge in Herbstgold und Avocadogrün, genoppte Polster mit gold-grün-braunem Karomuster, alles noch immer in wunderbarem Zustand. Wir pflegen unsere Sachen.

Mir ist bewusst, dass unsere Art des Reisens für manche Leute nichts mit Camping zu tun hat, und besonders rustikal ist es wohl auch nicht, aber ich hielt es immer für ein befriedigendes Mittelding zwischen Hotels und primitiverem Wohnen. Dabei haben wir überhaupt erst damit angefangen, weil wir Geld sparen wollten. Erst hatten wir einen kleinen Apache-Wohnanhänger, den wir ein paar Jahre lang hinter uns herzogen. Damit konnten wir für zwei Dollars die Nacht campen. Das war billig und machte Spaß, und ich bin immer davon ausgegangen, dass es den Kindern gefiel. Aber weder Kevin noch Cindy campen heute. Sie erzählen mir jetzt, dass sie als Kinder viel lieber in Motels mit Pools und Fernsehen und Restaurants übernachtet hätten. Na gut, Pech gehabt.

Ich ziehe mich am Tisch hoch, öffne die Seitentür, trete hinaus und lausche der Nacht. Jetzt ist es ganz still, und ich kann die Sattelschlepper hören, die in der Ferne über die Autobahn brettern. Dieses Geräusch weckt eine Sehnsucht in mir, aber wonach, könnte ich nicht sagen. Damals, als wir das ganze Wohnmobil voll hatten, fand ich es beruhigend, wenn wir hundemüde, aber zufrieden wegen der vielen zurückgelegten Kilometer, auf einem Wohnwagenplatz neben einer Autobahn haltmachten.

Vielleicht hilft mir ein Drink, ein wenig Schlaf zu finden. Ich hole die Flasche Canadian Club heraus, für die ich beim Packen gesorgt habe, und mixe mir einen kleinen Highball mit etwas 7UP. Es muss wohl nicht gesondert erwähnt werden, dass ich keinen Alkohol trinken soll, aber was soll's, ich habe Urlaub. Ich setze mich mit meinem Glas wieder an den Tisch und lausche dem fernen Dröhnen der Trucks, und schon fühle ich mich wohler.

Um 6:40 Uhr erwache ich mit Kopfweh und einer vollen Blase. Nachdem ich auf der Toilette war, fülle ich unseren Wasserkocher und stecke ihn ein. Draußen wird es gerade erst hell. Die Grillen übertönen mit ihrem Geschwätz das Geräusch zuschlagender Autotüren. John, der noch im Bett liegt, ist ein wenig unruhig. Als er die Augen aufschlägt, wendet er sich mir zu und spricht mit einer überraschend sachlichen Stimme, als würde er an ein Gespräch anknüpfen, das wir gestern Abend begonnen hatten. Es ist der alte John, der auf Besuch kommt.

»Wir haben schon eine ganze Weile nicht mehr im Camper übernachtet, nicht wahr? Fühlt sich ziemlich gut an. Wie hast du geschlafen, Liebes?«

Ich trete ans Bett und setze mich auf den Sims daneben. »Nicht besonders. Aber es ist doch schön, wieder mal Camping zu machen?«

»Aber ja. Wo sind wir noch mal?« Er reibt sich die Wangen und zieht an seiner Unterlippe.

So ist er morgens manchmal, normaler geht es nicht. »Wir

sind in Illinois«, erkläre ich. »Etwa hundertsechzig Kilometer von der Staatsgrenze zu Missouri entfernt.«

»Mann. Dann kommen wir ja wirklich gut voran.«

»Ja, ja.«

»Mensch, das ist ein gutes Gefühl, wieder auf der Straße zu sein. Fühlt sich richtig an.«

»Ja, das tut es.«

Die Furchen in seiner Stirn vertiefen sich. »Hast du mit den Kindern gesprochen?«

»Ich habe gestern beim Mittagessen mit Cindy telefoniert. Sie macht sich Sorgen, weil wir unterwegs sind.«

»Warum macht sie sich Sorgen?« Er steht auf und biegt seinen Rücken durch, um die Verspannungen zu lösen. »Puh«, stöhnt er. »Alter Mann.«

»Ach, du kennst doch Cindy. Die macht sich immer Sorgen.«

Er lächelt mich an. »Ich frage mich, woher sie das wohl hat.«

Ich lächele zurück, hieve mich vom Sims hoch und gebe ihm einen Gutenmorgenkuss. Mit der Hand streiche ich über die rotfleckige Haut seines Kopfes und schiebe die Strähnen seines feuchten grauen Haars auf beiden Seiten seiner endlosen Stirn zurück. An Tagen wie diesen ist der Morgen wie eine Heimkehr, bei der man sich wiedertrifft.

»Hey, kocht da nicht das Kaffeewasser?« Mit einem Nicken kehre ich an die Theke zurück und brühe uns beiden eine Tasse Instantkaffee auf. In seine rühre ich eine halbe Packung Süßstoff und bringe sie ihm dann. Er hat sich wieder hingelegt und die Augen geschlossen.

»John?«

Er schlägt sie auf und sieht mich an. »Wo sind wir?«

»Das habe ich dir gerade gesagt, Liebling. Wir sind in Illinois.«

»Nein, das hast du nicht.«

»Doch, das habe ich, John.«

»Sind wir hier zu Hause?«

Und mir nichts, dir nichts ist der alte John wieder verschwunden. So geht das. Manchmal bekomme ich ihn morgens für ein paar Minuten, wunderbare Augenblicke, in denen er ganz wie er selbst agiert, als hätte sein Geist vergessen, vergesslich zu sein. Dann ist es schlagartig so, als hätte unser ganzes Gespräch nie stattgefunden. Ich sollte mich daran gewöhnen, aber ich kann es einfach nicht.

»Willst du dich nicht anziehen, John? Und zieh ein paar saubere Sachen an.«

»Mach ich.«

Ich gehe nach draußen und setze mich in den Campingstuhl, um meine Medikamente zu nehmen.

Heute Morgen macht sich »Unwohlsein« bemerkbar, wie meine Ärzte das gerne nennen, also nehme ich zu der Handvoll Medikamente, die ich immer nehme, auch noch eine der kleinen blauen Oxycodonpillen. Eigentlich möchte ich mir das Urteilsvermögen nicht vernebeln, denn schließlich bin ich die Kommandantin dieses Narrenschiffs, aber es ist ein ziemlich heftiges Unwohlsein, das können Sie mir glauben.

Ich höre, wie John sich drinnen im Wohnwagen anzieht. Vermutlich könnte er Hilfe gebrauchen, aber ich will jetzt eine Weile nicht mit ihm reden. Ich möchte diese wenigen klaren Momente mit ihm genießen, solange sie mir noch frisch im Gedächtnis sind.

Bald schon sind wir so proper, wie jeder von uns nur sein kann. John trägt ein grellgrünes Karohemd und eine beige karierte Hose. Fast hätte ich ihm gesagt, dass er aussieht, als gehörte er zum Barnum & Bailey-Zirkus, aber in letzter Zeit bin ich schon froh, wenn er saubere Sachen anhat. Und was soll ich sagen? Ich habe mir statt der Perücke Kevins alte wollene Baseballkappe auf den Kopf gesetzt, die er ständig trug, wenn er mit uns unterwegs war. Fast hätte ich sie verkehrt herum aufgesetzt, wie die Jugendlichen das tun, es mir dann aber doch anders überlegt. Immerhin gibt es noch verschiedene Grade der Torheit. Notfalls greife ich später auf ein Kopftuch zurück, aber im Moment gefällt mir diese alte Kappe der Detroit Tigers.

Als wir wieder auf der 66 sind, ist John guter Stimmung, nicht so wie am Morgen, aber er ist frohgemut und fährt gut. Was mich betrifft, wirken das Koffein und die Medikamente Wunder. Meine Fingerspitzen prickeln. Mein Herz surrt wie eine Drossel. Ich bin geistig hellwach und euphorisch, unterwegs zu sein. Das Summen unserer Reifen auf dem Asphalt klingt wie fröhliche Musik in meinen Ohren, die meine Ängste bezwingt und mein Unwohlsein an einen Ort verlegt, der ganz am Ende der Straße liegt, ein zitternder Fleck am sichtbaren Horizont.

Und schon befinden wir uns in einem anderen Bundesstaat.

VIER

MISSOURI

Wir kommen an einer Kirche mit einem gigantischen blauen Neonkreuz vorbei, das ein erhabenes Gefühl tiefer Religiosität in mir freisetzt. Nein, tut es nicht, um Himmels willen. Machen Sie sich nicht lächerlich. Aber mir gefällt an dieser Straße, dass das Kitschige zu etwas Großartigem und Geschmacklosigkeit alltäglich wird. Man muss durchaus bewundern, wie schamlos diese Leute um deine Aufmerksamkeit buhlen, während du vorbeifährst, egal, ob sie dir einen Hamburger oder einen Erlöser vorsetzen.

Wir fädeln uns in die I-270 ein, um St. Louis zu umfahren, worauf wir den Mississippi auf einer langen, pockennarbigen Hängebrücke überqueren, die mehr Jahre auf dem Buckel hat als wir. Darunter rollt das schmutzige Wasser dahin, schwappt zu uns hoch wie flüssige Erde. Ich bin erleichtert, als ich das Schild sehe:

WILLKOMMEN IN MISSOURI

So alt ich auch bin, jagen mir diese Schilder noch immer einen Schauder über den Rücken. Doch dieses Vergnügen währt nicht lange, weil uns ein Trottel in einem großen blauen SUV, wie ihn heutzutage alle fahren, unbedingt schneiden muss.

»John! Pass auf!«, rufe ich, und ich bin sicher, dass wir ihm hinten drauffahren werden. Ich drücke den Fuß in die

Holzdiele, kneife die Augen zusammen und warte auf den Aufprall.

John tritt auf die Bremse und schert nach rechts aus. Ich werde nach vorn geschleudert, der Sicherheitsgurt schneidet mir in die Brust. Sonnenbrillen und Reiseführer fliegen von den Sitzen. Ich höre, wie hinten ein Schrank aufspringt und Lebensmitteldosen polternd herausfallen. Als ich die Augen öffne, sehe ich John geistesabwesend auf die Rücklichter des Fahrers starren, der nichts von alledem mitbekommen hat. »Uns ist nichts passiert«, murmelt John.

Wie ich schon sagte, John ist ein ausgezeichneter Fahrer.

Nach einigen Kilometern holen wir den großen blauen Geländewagen wieder ein, der wegen des Verkehrs langsamer fahren muss. Als er abbremst, erkenne ich, dass jemand was in den Staub auf seiner Heckscheibe geschrieben hat, direkt unter dem dritten Rücklicht, mit dem die neuen Autos ausgestattet werden. Als er noch mal bremst, leuchten uns die Worte entgegen:

SCHWACHKOPF AM STEUER

Nachdem wir uns vom Lachen wieder eingekriegt haben, kehren wir zurück auf die 66.

Immer mal wieder entdecke ich etwas, das aussieht, als hätte es noch die alten Tage des Highways erlebt: eine von der Sonne ausgebleichte stromlinienförmige Tankstelle oder ein marodes Motel mit einem halb beleuchteten Schild, auf dem ZIMMER FREI steht. Nicht selten sehen wir verfallene Gebäude oder auch nur ein verblasstes oder verrostetes Schild neben der Straße vor einem leeren Grundstück, was in mir wahllos merkwürdige Erinnerungen heraufbeschwört – die wenigen staubigen, ohrenbetäubenden Fahrten in der Klapperkiste, die ich mit meinen Eltern vor einer Ewigkeit zu bleiernen Städten wie Lansing, Michigan oder Cambridge, Ohio unternahm. (Damals kannte man keine Urlaube, nur zweckdienliche Besuche bei mürrischen Verwandten, immer zu Todesfällen oder unerfreulichen Arbeitseinsätzen, die diese nach sich zogen.)

Um die traurige Wahrheit zu sagen: John, ich und die Kinder haben die Reise nach Disneyland nur ein einziges Mal auf der Route 66 zurückgelegt. Wie das restliche Amerika war auch unsere Familie dem Reiz der schnelleren Highways, der direkteren Routen, der höheren Tempolimits erlegen. Darüber vergaßen wir den langsameren Weg. Man könnte sich fragen, ob etwas in uns weiß, dass unsere Leben schneller vorbeigehen werden, als wir uns das vorstellen können. Und wir deshalb wie kopflose Hühner durch die Gegend rennen.

Das macht unsere kleinen zwei- und dreiwöchigen Urlaube mit unseren Familien nur umso bedeutsamer, und ich erinnere mich an viele Details: die gegen die Coleman-Laterne prallenden Motten, wenn wir am Picknicktisch Karten spielten; oder wie ich Olivenbrotsandwiches auf der Kühlbox belegt habe, während John uns in Colorado durch einen Frühlingsschneesturm kutschierte; die Lektüre der Zeitungen aus Arizona im hellen Mondschein an den Ufern des Lake Powell; die Comichefte, die ich für Kevin im Kofferraum unseres alten Pontiac verstaute und ihm nach und nach gegen die Quengelei und die Langeweile aushändigte; die abweisenden grauen Gesteinsformationen der South Dakota Badlands, die sich wie versteinerte Mammuts aus der Erde erhoben; das Barbecue aus dem Verpflegungswagen in einem riesigen Tipi am Jenny Lake, Wyoming; die tuckernden Spielautomaten im alten Vegas Stardust und so vieles andere, das ich gar nicht beschreiben kann. Was die Zeit angeht, die zwischen diesen Urlauben liegt – die ist ein ganz anderes Kapitel. Sie kommt mir vor wie ein ausgedehntes Flüstern von Tagen, Monaten, Jahren, Jahrzehnten, die vergangen sind, ohne dass auch nur einmal Luft geholt wurde.

Hinter Stanton dirigiere ich John auf den Parkplatz der Meramec Caverns. Seit wir zu dieser Reise aufgebrochen sind, haben wir unterwegs überall Werbung für diesen Ort gesehen – auf Anzeigetafeln, Hausdächern, Stoßstangenaufklebern, an Scheunenwänden.

»Na los, John, du willst doch sicherlich die Höhlen sehen?«

»Wozu?«, sagt er in einem Ton, der mir nicht gefällt.

Immer wieder vergesse ich, dass ich ihm keine richtigen Fragen mehr stellen kann, weil er sich, wenn er in Trotzstimmung ist, mit mir darüber streiten wird, ob Wasser nass ist. Ich muss mich an die Empfehlung der Ärzte halten, die mir erklärt haben, dass ich nicht fragen darf, sondern ihm Anweisungen geben muss.

»So, da wären wir«, verkünde ich, als wir neben einer Statue von Frank und Jesse James parken. Offensichtlich haben die James-Brüder sich hier eine Weile versteckt gehalten, und weil wir ebenfalls auf der Flucht sind, fühle ich mich hier sofort zu Hause. Ich nehme meinen getreuen Stock, und wir machen uns auf den Weg.

Doch schon beim Ticketschalter tauchen Probleme auf. Der junge Mann hinterm Tresen nimmt mich genau in Augenschein. Er ist ein rotgesichtiger kleiner Scheißer in einer Pseudo-Ranger-Uniform, die ihm zwei Nummern zu groß ist.

»Diese Tour ist ziemlich lang, Ma'am. Ich denke, Sie werden einen Rollstuhl benötigen«, sagt er.

»Ganz sicher nicht«, erwidere ich.

Er verzieht das Gesicht, als hätte er etwas Schlechtes gegessen. »Die Tour geht über eine Strecke von zweieinhalb Kilometern. Ein Teil davon aufwärts, außerdem sind die Wege meist nass. Es kam schon vor, dass Leute gestürzt sind. Und es ist wirklich sehr, sehr schwer, eine Krankenbahre da hineinzubringen.«

Ich wende mich an John. Er zuckt mit den Schultern, ist mir keine große Hilfe.

»Na schön«, blaffe ich zurück, wohl wissend, dass der kleine Scheißer vermutlich recht hat. Eine Höhle ist kein Ort, an dem eine alte Frau aus den Latschen kippen sollte. (Vielleicht aber auch genau der richtige Ort.) Also steige ich in den Rollstuhl, der so schmal ist, dass ich meinen feisten Hintern kaum hineingezwängt bekomme.

»Ich hab dich, Mutti«, sagt John, während er die Führungsgriffe in die Hände nimmt.

»Danke, John«, erwidere ich und greife nach hinten, um seine Hand zu berühren. Na gut, da es ihm nichts auszumachen scheint, kann ich die Fahrt auch genießen.

Bevor es in die Höhlen geht, statten wir den Toiletten einen Besuch ab und halten dann noch an der Imbisstheke, wo John hastig seinen vermutlich allerersten unterirdischen Hotdog hinunterschlingt. (Sehen Sie? Reisen erweitert unsere Horizonte!) Kurz darauf kommt die Ansage, dass unsere Gruppe aufbricht.

Gleich am Anfang wird mir klar, wie schlecht sich dieser Ort mit meiner anderen Höhlenerfahrung vergleichen lässt. John und ich waren mit den Kindern mal in den Carlsbad Caverns in New Mexico, wo wir stundenlang am Höhleneingang auf den Sonnenuntergang und die Fledermäuse gewartet haben, die dann herauskamen, um sich auf die Insekten zu stürzen. (Das passiert nur, wenn man aufhört, an den Sonnenuntergang zu denken, und vergisst hinzusehen.) Als die Fledermäuse schließlich aus der Höhle flogen, waren es Tausende und Abertausende, die den rotbraun-violetten Himmel verdunkelten und regelrecht verschlangen. Der Anblick war erschreckend und schön zugleich. Kevin versteckte während der ganzen Zeit seinen Kopf unter einem Badelaken.

Hier wird, wie gesagt, nichts dergleichen geschehen. Das verrät mir die erste Höhle, deren Boden sogar mit Linoleum ausgelegt ist, als wär's jemandes Partyraum. Es gibt Tische und Stühle, und von der Decke hängt eine glitzernde Discokugel. Ich kichere in mich hinein, als John mich hindurchschiebt.

»Schöne Höhle«, sage ich laut genug, sodass die anderen sechs oder sieben Leute in unserer Gruppe es hören. Sie schauen zu uns rüber. Ja, ich bin eine Nervensäge, aber das macht mir nichts aus.

Unsere Führerin, eine pummelige junge Frau mit strähnigen sandbraunen Haaren, tiefen Rändern unter den Augen und einer schlimmen Erkältung, ignoriert mich und beginnt ihren Vortrag mit näselnder Singsangstimme. »In dieser Höhle hier, die wir ›den Ballsaal‹ nennen, fanden in den Vierziger- und Fünfzigerjahren des letzten Jahrhunderts Tanzveranstaltungen statt. Können Sie sich junge Männer und Frauen beim Swing-Tanz in einer Höhle vorstellen? Man kann die Höhle auch heute noch mieten.«

Na wunderbar. Eine Werbeveranstaltung.

Als wir tiefer vordringen, geht das Linoleum in einen gepflasterten Weg über, auf dem der Rollstuhl ruckelt. Es gibt lange Phasen, in denen unsere Führerin überhaupt nichts sagt und nur das Echo ihres bellenden Hustens zu hören ist. Sobald die Höhlen dunkler werden, drückt sie hier und da wie beiläufig auf einen Lichtschalter. Wir rollen an langen Räumen mit zitternden unterirdischen Teichen, riesigen feuchten Steinformationen und unergründlichen Grotten vorbei, die alle in grellen Farben ausgeleuchtet sind: grelles Rot, gallige Gelbtöne, giftiges Grün. Diese widerlichen Farben verstören mich, vor allem, wenn sie auf die Stalaktiten projiziert werden, die wie Schwerter von der Höhlendecke hängen und Kalkstein ausbluten. Ich schließe die Augen, aber das führt nur dazu, dass ich mir meine Innereien vorstelle, so wie sie jetzt sind, hässlich und von Eiter verkrustet. Als ich die Lider kurz darauf wieder aufschlage, ragen die riesigen Schatten zweier Gestalten an einer Höhlenwand vor mir auf. Erst halte ich sie für Schatten, aber dann erkenne ich darunter die angestrahlten Statuen von Frank und Jesse James in ihrem Geheimversteck.

»Sei vorsichtig, John«, warne ich und zeige auf die feuchten Stellen auf dem Weg.

Er sagt nichts, schiebt mich einfach seelenruhig weiter. Unsere Führerin bringt uns in eine mittelgroße Höhle mit einem angestrahlten Bett aus Stein. Auf dem Schild steht:

FLITTERWOCHENZIMMER DER
FERNSEHSHOW »PEOPLE ARE FUNNY«

Unsere Führerin hustet kräftig und schenkt uns ein breites künstliches Lächeln. »Art Linkletter, dieser Spaßvogel, hat einmal ein frisch verheiratetes Paar dazu gebracht, für den verlockenden Gewinn einer Reise auf die Bahamas in seiner Fernsehshow neun Nächte in dieser Höhle zu schlafen.«

»Das soll wohl ein Scherz sein?«, sage ich laut. Die Leute um mich herum nicken.

»Nein, es ist wahr. Sie blieben neun ganze Nächte, weil sie einen schönen Flitterwochenurlaub gewinnen wollten.«

»So was Schreckliches«, sagt eine kleine Frau in den Sechzigern links von mir.

»Das ist doch nicht lustig, sondern einfach nur fies«, sage ich.

Alle in der Gruppe murmeln ihre Zustimmung. Jetzt habe ich die Massen auf meiner Seite. »So ein Mistkerl«, höre ich jemanden sagen.

Die Führerin setzt ein noch breiteres Lächeln auf und geleitet uns weiter, bevor eine Revolte ausbricht, die sich gegen Art Linkletter richtet. Während wir vorwärtsrollen, erzählt sie weiter. Jetzt ist ihr Redefluss nicht mehr zu stoppen.

»Lester Dill, der Mann, der sich viele Jahre lang für die Höhlen eingesetzt hat, war jungen Paaren gegenüber tatsächlich sehr entgegenkommend. So hat er 1961 eine kostenlose Hochzeitsfeier für alle Paare angeboten, die bereit waren, sich in den Höhlen das Jawort zu geben. Es war ein großer Erfolg. Zweiunddreißig Paare hatten sich gemeldet.«

Sie richtet ihren Blick auf mich, wohl in der Erwartung, ich würde ihre Worte erneut kommentieren, aber ich bin die Aufhetzerei leid und lächle sie einfach nur an. Warum jemand in einer Höhle heiraten möchte, entzieht sich meinem Vorstellungsvermögen. Als John und ich in den Hafen der Ehe einliefen, machten wir es wie alle anderen damals auch. Eine schlichte Zeremonie in der Kirche meines Viertels, eine kleine Feier im Haus meiner Tante Carrie zusammen mit unseren Eltern und unseren Freunden, dazu ein von meiner Mutter gebackener Kuchen, ein paar Sandwiches und Kaffee. Nur ein kleines Fest und nicht so eine protzige Angelegenheit wie die Hochzeiten, die man heutzutage ausrichtet, mit Kathedralen und Festsälen und Limousinen. Cindys Hochzeit hätte uns fast ins Armenhaus gebracht, und dabei hat die Ehe nicht mal gehalten. Und da frage ich Sie, was soll dieser ganze Wahnsinn? All die hochtrabenden Hochzeiten dieser Welt bereiten einen nicht auf das vor, wo alles endet – im Rollstuhl, in dem dich dein Mann und Vater deiner Kinder durch eine penetrant beleuchtete Touristenhöhle schiebt. Aber ehe du dich versiehst, bist du schon dort.

Überraschung! Es gibt noch so ein deprimierendes kleines Drecksloch an der Route 66 – Cuba, Missouri. In den Reiseführern lese ich über den vergangenen Glanz dieser kleinen Ortschaften. In Cuba gab es früher mal »The Midway«, einen riesigen Gebäudekomplex mit einem Hotel, einem Autohändler und einem rund um die Uhr geöffneten Restaurant, das an einem Tag sechshundert Leute bewirtete. Heute gibt es da noch einen Obststand mit einer Person. Das muss man sich mal vorstellen.

»John, halt mal an dem Stand an. Ich will ein paar Weintrauben kaufen.«

John parkt das Wohnmobil vor einem kleinen Bretterverschlag, aus dem heraus frische Weintrauben und Traubensaft verkauft werden. Offenbar ist das hier ein Weinanbaugebiet, und wir sind zur Erntezeit hier.

»Willst du nicht im Wagen bleiben, John?«

»Na gut, Ella. Gibt es hier was zu trinken?«

»Ich bringe uns einen Traubensaft, einverstanden?«

John nickt. »Klingt gut.«

»Fahr nicht ohne mich ab«, sage ich scherzhaft, meine es aber durchaus ernst. Aber John ist inzwischen für Späße nicht mehr zu gebrauchen. Er kann mich noch immer zum Lachen bringen, ob beabsichtigt oder nicht, aber meine Scherze, wenn es denn welche sind, gehen völlig an ihm vorbei.

Ich nehme eine kleine Tüte Weintrauben und einen Viertelliter Traubensaft, dessen Farbe so dunkel wie Blut ist. Die Frau am Stand verstaut beides in einer Papiertüte. »So, meine Liebe«, sagt sie mit einem zuckersüßen Lächeln, das, wie ich mir sicher bin, nur liebenswerten alten Damen wie mir vorbehalten ist, Exzentrikerinnen, die mit Baseballkappen auf dem Kopf charmant mit ihren Gehhilfen aus ihren mit Aufklebern tapezierten Wohnwagen angewatschelt kommen. (John hatte immer eine Schwäche für diese Aufkleber mit dem Namen des Bundesstaats in fetten Lettern und einem Motto wie »Land of Wonder« darunter. Die ganze Rückseite des Leisure Seeker ist damit zugepflastert.)

Nicht, dass ich die Aufrichtigkeit der Frau in Zweifel ziehen würde. Das tue ich nicht. Es freut mich in letzter Zeit immer, ein freundliches Gesicht zu sehen, vor allem, wenn es jemandem gehört, der mir Essen anbietet.

»Danke, Miss«, erwidere ich schlicht, als ich ihr die Dollarscheine hinhalte, da ich die regionale Liebenswürdigkeit nicht erwidern kann.

»Einen schönen Tag noch, Ma'am.«

In ihrer Stimme schwingt ein Rollen mit, eine für den Mittleren Westen typische Undeutlichkeit in der Aussprache, die ich hier mitten in den Ozarks nicht erwartet hätte, aber angenehm finde. Wir Mittelwestler, denke ich, erkennen die Akzente anderer Leute schneller, weil der unsrige in vieler Hinsicht so unscheinbar ist. Aber wenn ich die Varianten unserer harten *R*s und den näselnden Tonfall höre, weiß ich unsere Heimatsprache zu schätzen, diese brettartige Mundart, die so gut zu unserer Landschaft passt.

Wir bleiben eine Weile im Wagen sitzen und trinken unseren Saft, essen Weintrauben und dazu etwas Hähnchenfleisch im Biskuitcracker. Das ist eine merkwürdige Kombination, die ich auch nicht gutheißen kann, aber mir ist jetzt nicht danach, hinten im Wagen nach irgendwas Nahrhafterem zu kramen. Die Trauben sind köstlich, dunkel und so saftig, sodass ich mir vorher eine Serviette in den Kragen schiebe. Wir schweigen beide. John gibt gelegentlich ein zustimmendes Grunzen von sich, aber dabei bleibt es. Es ist gut, dass wir nicht sprechen. Sprechen würde es nur kaputt machen. Einen Moment lang bin ich so glücklich, dass ich heulen könnte. Genau das ist es, was Reisen für mich so wunderbar macht, der Grund, weshalb ich allen getrotzt habe. Wir beide zusammen, wie wir das immer waren, ohne zu sprechen, ohne etwas Besonderes zu tun, einfach nur *auf Urlaub*. Mir ist klar, dass nichts von Dauer ist, aber selbst wenn man weiß, dass es bald vorbei sein wird, kannst du doch manchmal zurücklaufen und dir noch einen kleinen Nachschlag nehmen, ohne dass es jemand bemerkt.

Wir fahren über einen alten, sehr alten Streckenabschnitt der 66 – rosafarben, mit Teeradern und Randbegrenzung –, bis dieser in die Teardrop Road mündet, die uns dann zum Devil's Elbwow bringt, einer gewundenen Straße, die zu einer rostigen Hängebrücke über den Big Piney River führt. Bei Namen wie »Big Piney River« muss ich lächeln, denn sie erinnern mich daran, dass ich weitab von meinem Geburtsort bin, wo die Flüsse Namen wie Rouge oder St. Clair tragen. (Dabei fällt mir auf, wie französisch und hochtrabend diese Namen klingen. Aber seien Sie versichert, Detroit ist nichts von beidem. Selbst in den Fünfzigern, als die Stadt einen Boom erlebte, war sie eine raue Industriestadt voller Wichtigtuer und durchsetzt von Schmutz. Und doch kann ich mir mein Leben nirgendwo anders als genau dort vorstellen.)

Nach einer Tank- und Toilettenpause in Arlington verschwindet die Route 66, und wir werden auf die I-44 zurückgezwungen. Obwohl in den Reiseführern steht, wie wir nach kurzer Strecke wieder zurück auf die alte Straße finden, schwindeln wir ein wenig und bleiben auf der Autobahn. Erst als wir schon wieder bei an einem Städtchen namens Springfield vorbeifahren, dirigiere ich uns zurück auf die alte Straße.

»Wie fühlst du dich, John? Alles gut bei dir?«

John nickt, streicht sich mit der Hand über den Kopf und wischt sie sich dann an seinem Ärmel ab. »Mir geht es gut.«

»Bist du müde? Sollen wir einen Platz zum Übernachten suchen?«, frage ich ihn, obwohl vermutlich ich diejenige bin, die für heute Schluss machen möchte. Ich fühle mich kränklich und zitterig. Ich fühle mich *unwohl.*

»Ja, in Ordnung.«

Doch nachdem wir uns zum Anhalten entschlossen haben, finden wir natürlich keinen geeigneten Ort. Wir schlängeln uns durch ein Geflecht von Ortschaften mit seltsamen Namen: Pew, Rescue und Albatross, alte Ansiedlungen aus Holz und Stein. In einer Stadt namens Carthage finden wir einen Campingplatz, der genügen muss. Wir bezahlen die Gebühr und schlagen unsere Zelte auf.

Die Spätnachmittagssonne ist noch viel zu intensiv, weshalb wir uns an den Tisch im Leisure Seeker setzen. Ich schalte einen kleinen Ventilator an, nehme meine nachmittägliche Medizin und mache es mir mit einer alten Ausgabe der *Detroit Free Press* gemütlich. Es dauert nicht lange, da zieht John sich in den hinteren Teil des Wohnmobils zurück und legt sich hin. Seine Bewegung überträgt sich auf das Gefährt, das sanft mitschwingt. Im Fahrgestell knackt etwas.

»Wo sind die Kinder, Ella?«

»Die sind zu Hause.«

John setzt sich im Bett auf und starrt mit weit aufgerissenen Augen auf die Kante, wo die Wandverkleidung auf die der Decke trifft. »Wir haben sie zurückgelassen?«

»Äh, hm.« Ich weiß, was jetzt kommt.

Jetzt dreht er seinen Kopf, sucht nach mir, panische Angst in den Augen. »Um Himmels willen, wir haben die Kinder allein gelassen?«

Ich klatsche die Zeitung auf den Tisch, bin wirklich nicht in Stimmung dafür. »John, die Kinder sind erwachsen. Sie haben jetzt eigene Familien. Sie haben ihre eigenen Häuser. Es geht ihnen gut.«

»Tatsächlich?«, wundert er sich ungläubig.

»Ja. Erinnerst du dich nicht? Kevin und Cindy haben beide geheiratet. Kevin und Arlene haben zwei Jungs bekommen, Peter und Steven. Und Cindy hat einen Jungen und ein Mädchen.«

»Hat sie das?«

»Ja, John. Erinnerst du dich nicht? Sie heißen Lydia und Joey.«

»Ach, ja. Es sind kleine Kinder.«

»Joey ist achtzehn. Lydia geht aufs College. Erinnerst du dich nicht? Wir waren auf der Abschlussfeier an der Highschool.«

Manchmal habe ich das Gefühl, zu John nur noch »Erinnerst du dich nicht?« zu sagen. Ich weiß, dass irgendwo in seinem Kopf alle diese Erinnerungen an unser gemeinsames Leben herumschwirren. Und ich weigere mich zu glauben, dass sie weg sind. Sie müssen nur hervorgelockt werden. Und wenn man dazu penetrant sein muss, dann ist das eben so.

»Lydia hat auf der Feier eine kleine Rede gehalten, in der es darum ging, woher man weiß, wohin man möchte, und wie man seinen eigenen Weg in die Zukunft findet? Alle haben applaudiert? Joey hat auf der Feier in der Band gespielt?«

»Ja, ich erinnere mich.«

»Das ist gut. Du solltest dich daran erinnern. Halte die Erinnerung fest, weil ich es verdammt noch mal leid bin, mich ständig für dich erinnern zu müssen.«

»Es tut mir leid, Ella«, sagt er beschämt.

Manchmal könnte ich mir selbst eine Ohrfeige geben. »Ach Mist. Mir tut es auch leid, Schatz. Ich wollte nicht wütend werden.«

»Es ist mein Gedächtnis.«

»Das weiß ich doch, mein Lieber.«

Ich blättere um und beschließe, das Buchstabenrätsel zu lösen. Ich suche nach einem Bleistift.

»Wo sind die Kinder, Ella?«

Tief Luft holen. »Es geht ihnen gut, John. Warum machst du nicht ein Nickerchen?«

Ich rate ihm also, er solle ein Nickerchen machen. Und was passiert? Natürlich schlafe ich selbst am Tisch ein. Unfreiwilliges Wegdösen: ein weiterer Grund dafür, weshalb alt werden für die Katz ist. Man will nicht einschlafen, aber dann wird man plötzlich wach, und Stunden sind vergangen. Es ist eine völlig andere Tageszeit. Es gibt eine Lücke, eine Zwischenphase, die man sich nicht erklären kann.

Es ist jetzt pechschwarz im Wohnmobil, und ich ängstige mich ein wenig. Jahrelang haben John und ich darauf geachtet, dass es in unserem Haus nie komplett dunkel wird. Denn er ist in letzter Zeit desorientiert, und mir ist es einfach unheimlich. Wenn wir zu Bett gehen, lassen wir überall im Haus das Licht an. Wir schlafen in halbdunklen Räumen, dösen im Schatten. Wir leben dort im Zwischenreich, vor allem John.

»John«, rufe ich und versuche dabei, meine Panik im Zaum zu halten. Sein Schnarchen stellt alles in den Schatten. Endlich fällt mir ein, dass sich gleich über dem Tisch eine Lampe befindet. Herrje. Ich greife nach oben und fummele so lange, bis ich den Schalter finde. Das Licht gibt mir wieder Sicherheit.

»Steh auf, John.« Ich werfe einen Blick auf die Uhr.

»Was ist denn?«, fragt er mit schlaftrunkener Stimme.

»Wir dösen jetzt seit fast drei Stunden. Draußen ist es schon dunkel.« Ich versuche aufzustehen, aber mir sind die Füße eingeschlafen. Ich wackle mit den Zehen, um die Blutzirkulation anzuregen. »Hilfst du mir bitte?«

»Eine Sekunde«, sagt er. Und schon ist er am Tisch und streckt mir die Hand entgegen, um mich hochzuziehen.

»Aua, aua, aua.« Die Tischkante streift meinen Bauch. »Hier kommt die Zwei-Tonnen-Tessie aus Tennessee.« Dann stehe ich wieder auf den Füßen, die Knie tun mir höllisch weh.

»Sch«, sagt John und streicht mein Haar zurück. Seine Hände riechen wie Essig, aber ich mag seine Berührung.

»Alles gut. Hast du Hunger?«

Johns Miene erhellt sich, als ich Essen erwähne. Offenbar hat das Nickerchen seine Stimmung gehoben. Manchmal ist er nach dem Aufwachen hundsgemein. Beides ist möglich.

»Was hältst du davon, wenn ich uns ein paar Eier mit Speck brate?«, schlage ich vor.

»Gute Idee.«

Ich schlurfe die drei Schritte zur Küchenzeile. (Ein großer Vorteil dieses Wohnmobils: Wenn man alt wird, rückt alles weiter weg, aber hier im Leisure Seeker ist alles genau da, wo man es braucht.)

Ich schalte die Elektropfanne ein, hole Speck und Eier aus der Kühlbox und lege sechs Streifen in die Pfanne. Nachdem ich ihn losgeschickt habe, sich die Hände zu waschen, kümmert John sich um das Brot. Er steht an der Theke, vor sich eine Packung Toast.

»Warte noch mit dem Toasten«, sage ich.

Ich verfolge, wie er die Tüte mit Bindedraht verschließt und dann in unserer Kramschublade nach einer Schere sucht. Er schnippelt das überstehende Stück der Plastiktüte direkt über dem Bindedraht ab. Das macht John schon ein paar Jahre so. Es ist die Krankheit. Zu Hause ist er ständig damit beschäftigt, etwas zu stapeln, glatt zu streichen oder an etwas herumzufummeln. Er stutzt den Beutel, verlässt den Raum, kommt zurück und fängt wieder damit an. Manchmal ist der Beutel, ohne dass wir eine Scheibe Brot daraus verwendet hätten, bis aufs letzte Stück gestutzt. Doch davon abgesehen ist er klarer als sonst, und alles fühlt sich ziemlich normal an.

»He, was hältst du von einem Cocktail?«, biete ich ihm an.

»Klingt gut.«

Ich weiß, dass Sie jetzt vermutlich denken werden, da ist sie dankbar um die paar kostbaren wachen Momente mit ihrem Ehemann, und was macht sie? Füllt ihn mit Alkohol ab. Womöglich haben Sie ja recht, aber es ist mir wirklich egal. Ich greife nach oben ins Regal und hole die Flaschen mit Canadian Club und süßem Wermut herunter.

»Wir haben schon lange keine Cocktailstunde mehr gehabt«, werfe ich ein, während ich beim Speck die Hitze wegnehme. »Hol uns mal ein paar Eiswürfel aus dem Gefrierfach.«

John überrascht mich damit, dass er das Kassettendeck einschaltet. Plötzlich schweben der satte Klang von Streichinstrumenten und der weiche Ton eines Baritonsaxofons durch den Wohnwagen. Vor Jahren hat er einen Stapel seiner Lieblingsalben aufgenommen, damit wir sie unterwegs hören können. Ein paar richtig gute Sachen sind dabei: Arthur Lyman, Tony Mottola, Herb Alpert, Jackie Gleason.

»Ist das ›Midnight Sun‹?«, will ich wissen.

»Ich denke schon«, erwidert er, als er mit dem Eiswürfelbehälter zurückkommt.

»Ich bin mir ziemlich sicher.« Ich mixe uns extrasüße Manhattans. Nachdem die Kinder aus dem Haus waren, gingen John und ich dazu über, uns vor dem Abendessen einen kleinen Drink zu genehmigen. Dazu setzten wir uns an die Bar unseres Partykellers, in dem wir früher Feste gefeiert hatten, zündeten eine Kerze an, legten Musik auf und plauderten einfach. John war damals zum Ingenieur bei General Motors aufgestiegen und hat den letzten Tratsch aus dem Technikzentrum zum Besten gegeben, erzählte, wer wem in den Rücken gefallen war, wer flachgelegt wurde und so weiter. Seit er im Ruhestand ist, interessiert ihn das alles nicht mehr. (Den Ruhestand hat er übrigens einem Rentensystem zu verdanken, das ihn nach dreißig Jahren im Job freisetzte. Das war Mitte der Achtzigerjahre, gerade als die Autoindustrie von Detroit den Bach runterging.) Ich berichtete ihm dann, mit wem ich an diesem Tag gesprochen hatte, was sich im Leben der Kinder tat, von Sonderangeboten im Lebensmittelladen – nichts Weltbewegendes. Aber wir kamen ins Gespräch und tauschten uns aus.

Jetzt sitzen wir an unserem Tisch und starren wortlos auf unsere Drinks. Ich bin dankbar, dass Andy Williams »Moon River« singt. So sagt wenigstens einer etwas. Ich lasse die Flüssigkeit im Glas kreisen und sehe zu, wie die Kirsche zu Boden sinkt. Ich hebe mein Glas. »Na dann, prost.«

John hebt sein Glas und lächelt, wie er das immer getan hat. Ob die Muskeln an den letzten Cocktail erinnern? Ich trinke einen Schluck. Er ist kalt, süß und stark, und mir fällt wieder ein, dass nichts über den ersten Schluck von einem Cocktail geht. Ah! Die Freude des Vergessens und Wiederfindens. Das gibt mir neue Hoffnung für das, was ich mit dieser Reise bezwecken möchte. John trinkt einen Schluck und presst dabei die Augen zusammen. Ich bin ein wenig in Sorge, aber dann seufzt er zufrieden. »Verdammt, ist das gut.«

»Wir machen Fortschritte, findest du nicht?«

John nickt. »Aber ja doch.«

»Ich glaube, wir haben heute fast fünfhundert Kilometer geschafft.«

John trinkt einen weiteren Schluck und runzelt die Stirn. »Scheint mir nicht besonders viel zu sein.«

»Wir kommen gut voran. Auf der alten Straße dauert es einfach länger. Mach dir keine Sorgen.«

»Vielleicht morgen«, meint er.

»Vielleicht morgen«, wiederhole ich und proste ihm zu. Und noch nie kamen mir zwei Worte so wahrhaftig vor.

Nach unserem Abendessen beschließe ich, dass wir den Abend noch mit etwas anderem füllen müssen. Ich gebe John eine Pepsi und mache mir noch einen Drink. »Zeit für die Abendunterhaltung.«

»Aha?«, meint John, der einen Zahnstocher in seinem Mund hin und her rollt.

John wusste nicht, dass ich den Projektor und eine große Schachtel mit Dias eingepackt hatte. Zu Hause in unserem Keller gibt es einen ganzen Schrank voller Diamagazine – Urlaube, Familientreffen, Wochenendausflüge, Geburtstagspartys, Hochzeiten, Neugeborene, alles, was sich in unserem Leben zugetragen hat. Es gab eine Zeit, da war John ein richtiger Fotonarr. Er war unser offizieller Familienfotograf.

Es ist eine milde Nacht, und mir gefällt die Vorstellung, dass wir uns die Dias wie in einem Autokino im Freien anschauen. Nicht weit weg von hier leuchtet ein Flutlichtstrahler, daher ist es nicht ganz so gefährlich dunkel. Auch im Wohnmobil lasse ich die Lichter an, die ihren warmen Schein auf unseren Stellplatz werfen, wobei es immer noch dunkel genug für den Projektor ist, den ich John auf den Picknicktisch stellen lasse.

»Wie kommst du draußen zurecht, John?«, rufe ich ihm zu.

»Wo ist die Leinwand?«

»Oje. Die habe ich vergessen mitzunehmen. Ich hole mal ein Laken.«

Ich krame in unserer kleinen Vorratskiste aus Pappkarton und entdecke gleich einen ganzen Stapel verwaister Einzelteile von verschlissenen Garnituren. Auf die Gefühle, die sie in mir auslösen, bin ich nicht vorbereitet. Als ich diese alten Laken sehe, die von den vielen Hundert Wäschen im Lauf der Jahre ganz weich geworden sind, kann ich nicht umhin, einen Spiegel meines Lebens in ihnen zu sehen, jedenfalls meines Ehelebens: Die fleckigen steifen weißen Laken, die wir zur Hochzeit bekommen hatten, stehen für unsere ersten gemeinsamen Jahre, in denen wir einfach unersättlich waren. Dieselben Laken waren später von gelben Urin-Flecken übersät, weil Cindy nachts zu uns ins Bett kam. Die pastellfarbenen Laken, die ich mir nach achtzehn Jahren Ehe ausgesucht habe (ein Zeitpunkt, der es erforderlich macht, die Anfangskomponenten eines gemeinsamen Haushalts zu ersetzen – Matratzen, Radios, Handtücher, alles ging gleichzeitig in die Binsen – und daran erinnert, wie viel Zeit schon vergangen ist) – diese Laken begleiteten uns bis in die mittleren Jahre, ehe sie von neueren gestreiften Modellen aus Baumwollmischgewebe abgelöst wurden, die wir unterwegs auf unseren Fahrten in den Outlet-Malls kauften (der Luxus, aus drei oder vier Sets auswählen zu können) und die bis weit in die Mitte unseres Lebens und dann noch ins Alter hinein bei uns blieben. Diese letzte Bettwäsche fühlt sich vom ständigen Waschen inzwischen seidenweich an, ist neuerdings allerdings von Johns nachlassender Hygiene verunreinigt und mit dem Geruch eines ungewaschenen Körpers belegt, der sich selbst auf einen langen Schlaf vorbereitet.

Ich denke an den Schrank voller Bettwäsche zu Hause, die bei einer Haushaltsauflösung verkauft wird. Bei meinen Besuchen solcher Veranstaltungen wäre mir nie der Gedanke gekommen, jemandes Bettwäsche zu kaufen. Altes Bettzeug ist einfach zu persönlich, zu sehr mit Träumen gesättigt.

Ich nehme ein altes weißes Laken heraus, das fast durchgewetzt ist, unseren Bedürfnissen aber bestens genügt. Ich gehe nach draußen, wo ich John leise vor sich hin weinend am Picknicktisch vorfinde.

»Was ist los, John?«

Er blickt zu mir auf, die Augen rot und feucht und randvoll mit Frust. »Ella, verdammt. Ich kriege dieses Ding nicht an.«

Es verstört mich, ihn weinen zu sehen. »Alles ist gut, mein Süßer. Lass mich mal sehen.« Ich überprüfe das Verlängerungskabel, das er zwar in den Außenstecker gesteckt, aber nicht mit dem Projektorkabel verbunden hat. »Ist doch okay. Du hast nur vergessen, das zu verbinden.«

John hebt seine Brille an und streicht sich mit den Handrücken über die Augen, drückt diese fest in die Augenhöhlen. »Mein verfluchtes Gedächtnis.«

Ich gebe meinem Mann einen Kuss auf die Wange und reiche ihm ein Papiertaschentuch. »Na los. Lass uns ein paar Dias anschauen.«

Die Sonne geht langsam über dem Lake St. Clair unter. Unsere Tochter Cindy, im mittleren Teenageralter, faulenzt auf einem Steg. Wir erkennen nur ihre Silhouette, ihren damals so agilen jungen Frauenkörper vor einem Himmel, der mit feurigem Orange und Gold auftrumpft und von lavendelblauen Streifen durchzogen ist. Die Farben wirken jetzt künstlich, von den Jahren haben sie einen roten Stich bekommen, surreal wie die Farben meiner Träume, sofern sie denn farbig sind. (So alt ich mich auch fühle, überrascht es mich doch manchmal, dass meine Träume Tonfilme sind.) Es gab dort ein Cottage, in dem wir viele Sommerwochenenden verbrachten und das wir uns mit meinem Bruder und meinen Schwestern und deren Familien teilten.

»Wer ist das, John?«, frage ich, um ihn zu testen. »Weißt du, wer das ist?«

»Natürlich weiß ich das. Das ist Cynthia.«

»Das ist richtig.« Ich nehme die Fernbedienung und klicke das nächste Dia an. Es zeigt uns alle vier zusammen auf einem Schnappschuss, den John mit dem Selbstauslöser der Kamera aufgenommen haben muss. Ein schönes Foto, wir alle in Shorts und bunten Hemden und Blusen nach einem langen Tag im Freien. Wir sehen sonnengebräunt und fröhlich aus, bis auf Cindy, die schmollt, sehr wahrscheinlich wegen eines Jungen.

»Das ist eine schöne Aufnahme, John.«

»Ja.«

Ein paar Dias weiter sieht man uns in der Küche des alten Cottage. Mein jüngerer Bruder Ted und seine Frau Stella sind dort mit ihren drei Kindern Terry, Ted junior und Tina. (Manche Eltern sind entschlossen, ihren Nachwuchs mit den gleichen Anfangsbuchstaben zu taufen. Mir tat Stella immer leid, die durch ihren Namen von der Meute getrennt war.) Meine ältere Schwester Lena ist ebenfalls mit ihrer Brut anwesend. Al, ihre Saufnase von einem Ehemann, hatte sich vermutlich vorher in der Garage volllaufen lassen. Er verbrachte die meiste Zeit dort, gleich neben dem Kühlschrank voller Bier. (Die Zirrhose, die dann diagnostiziert wurde, überraschte keinen von uns.)

»Sieht nach einer Party aus«, meint John.

»Ist nur Abendessen.«

Auf dem Dia sieht man Leute, die um einen Tisch herumstehen und sich selbst bedienen. Auf dem Tisch stehen kalter Braten und Kartoffelchips und Nudelsalate, Gemüse in

Aspik, Schalen mit Dips und Crackern, Flaschen mit Limo (rot, orange, grün) mit Namen, die ich kaum wiedererkenne: Uptown und Wink und Towne Club. Mir fallen Dutzende anderer Fotos wie dieses ein, die im Lauf der Jahre von Tischen voller Essen gemacht wurden. Ich denke an die Menschen auf den Dias, von denen die meisten bereits an Herzanfällen oder Krebs gestorben sind, verraten von dem Essen, das wir zu uns nahmen, unseren La-Z-Boy-Sesseln, unserer Nachkriegszufriedenheit, die uns von Jahr zu Jahr dicker werden ließ auf den Fotos, weil unser Wohlstand immer ausladender wurde.

Heute Abend jedoch interessiert mich an diesem speziellen Foto vor allem meine Wenigkeit. (Warum fasziniert es uns jedes Mal aufs Neue, uns selbst auf einem Foto zu sehen? Das ändert sich nicht, auch nicht in meinem Alter.) Ich stehe ganz hinten in einer Ecke und starre zur Seite, ohne mit jemandem zu sprechen.

»Du warst traurig an dem Abend«, meldet sich John aus dem Nichts.

Seine Worte überraschen mich. Aber als ich mir das Dia noch mal ansehe, wird mir klar, dass ich tatsächlich traurig aussehe. »War ich das? Weshalb war ich traurig?«

»Das weiß ich nicht.«

Plötzlich möchte ich den Grund meiner Traurigkeit wissen. Ihn zu erfahren, wird ungeheuer wichtig für mich, aber ich kann mich nicht erinnern.

Hinter uns bleibt eine junge Familie auf der Straße stehen und winkt. Der Ehemann, ein dunkelhaariger athletischer Typ Mitte dreißig, lächelt uns so penetrant an, als würde er uns kennen.

»Hallo, wie geht's?«, spricht er uns an und zieht seinen widerspenstigen kleinen Flachskopf von einem Jungen in unsere Richtung. Seine Frau, eine kesse Blondine in einem pinkfarbenen Sommerkleid, folgt ihrem mitteilsamen Ehemann auf eine Weise, die mir äußerst vertraut vorkommt.

Die Frau beugt sich zu dem Jungen hinab und zeigt auf die Leinwand. »Sieh mal, Schatz, so war das früher.«

Der Junge, dem Aussehen nach ein Siebenjähriger, trägt ein T-Shirt, auf dem steht: BEEN THERE, DONE THAT, BOUGHT THE T-SHIRT.

Den Ausdruck auf seinem Gesicht kenne ich. Er möchte fliehen, vermutlich mit seinem Game Boy spielen, sofern er ähnlich gepolt ist wie meine Enkelkinder.

»Einen hübschen Aufbau haben Sie hier«, findet der Ehemann.

»Uns gefällt es«, erwidere ich. Zu mehr kann ich mich nicht durchringen. Ich hoffe, dass John etwas sagt, aber er konzentriert sich auf die Leinwand. Noch vor ein paar Jahren hätte man ihn nicht stoppen können in seiner Redseligkeit. John plauderte gern mit Fremden. Er und sein Gesprächspartner wären ganz famos miteinander ausgekommen, hätten vom Wetter über Camping über die jeweiligen Reiseziele alles durchgekaut. Aber jetzt sitzt John schweigend da. Die Familie bleibt für ein paar Dias, ehe sie sich verabschiedet. Ich bin froh, dass sie gehen, weil mich die Bemerkung der Blondine über »früher« ein wenig geärgert hat, aber vor allem, weil ich mich schäme, neidisch auf ihre Jugend zu sein, auf das Leben in seiner Fülle, das noch vor ihnen liegt, und ihre völlige Unwissenheit darüber, wie sehr sie sich glücklich schätzen können.

Noch ein paar andere Leute spazieren vorbei, aber ich muss sagen, dass unser Leben, das wir hier projizieren, sie ziemlich schnell langweilt. Dann tauchen ein Mann und eine Frau Ende sechzig auf. Sie bleiben stehen und sehen eine ganze Weile zu. Ich erkenne, dass es für sie nicht nur eine kuriose Belustigung ist. Vermutlich sieht ihr Leben nicht viel anders aus.

Als unsere Kinder heranwuchsen, gab es nichts Schlimmeres für sie, als Dias anzuschauen. Cindy war damals noch ein Teenager und trat so schnell wie möglich die Flucht an, sobald wir den Projektor hervorholten. Kevin war nicht viel besser. Ich brachte die zwei dazu, zehn oder fünfzehn Minuten zuzusehen, aber dann wurden sie so zappelig, dass ich sie laufen ließ, damit John und ich unsere Ruhe hatten. Aber in den letzten paar Jahren haben beide Kinder eingelenkt. Jetzt schauen sie sich die Dias gern an, genauso wie ihre Kinder. Vermutlich ist ihnen klar geworden, dass dies ihre Geschichte ist. Die Geschichte von uns allen.

Auf der Leinwand erwacht nun ein anderer Tag desselben Sommerwochenendes, es gibt ein Barbecue, und alle sind draußen und spielen Fangen, Kinder schlagen Purzelbäume für die Kamera, alle laden sich die Teller voll mit Hotdogs, Hamburgern, Kartoffelsalat mit Senf, Drei-Bohnen-Salat, Ambrosia-Salat. Die anderen Cottages hinter den Menschen im Bild sehen langweilig und gewöhnlich aus, wie eine Theaterkulisse, um die Leere zu füllen. Während eines Hufeisen-Weitwurfspiels bin ich wieder ganz im Hintergrund und sehe nicht fröhlicher aus als zuvor, aber John hat das Foto dennoch dringelassen. Ich weiß nicht, warum. Dann fällt mir was ein. Ich erinnere mich, dass John mir an diesem Tag von hinter der Kamera gewunken und versucht hat, mich aufzumuntern. Das war kurz nach meiner dritten Fehlgeburt mit dem Baby, das ich so lange behalten und dann plötzlich verloren hatte. Niedergeschmettert hatte ich damals die Hoffnung auf ein zweites Kind aufgegeben. Und mir war wirklich nicht nach einer Wochenendparty zumute, aber John und meine Schwester Lena dachten, es wäre gut für mich.

Obwohl ich nun das Ende dieser Geschichte kenne, die glücklich ausging – ich hatte den Arzt gewechselt und anderthalb Jahre später Kevin zur Welt gebracht –, schmerzt es mich noch immer, diese leidende junge Frau zu sehen, die dort oben in ihrer schrecklichen Gegenwart gefangen ist. Ich höre auf, weiterzuklicken, und starre auf mein verschwommenes Hintergrund-Ich. Ich bin kaum zu erkennen, während ich mich langsam auflöse. Mit diesem Bild höre ich auf. Die älteren Leute verabschieden sich winkend und laufen dann die Straße hinunter, halten mich womöglich für gaga. Womit sie vermutlich recht haben. Wir haben uns zwar erst anderthalb Magazine angesehen, aber ich denke, für heute Abend reicht es.

FÜNF

KANSAS

Nachdem wir am Route-66-Flohmarkt, Route-66-Drive-in, Route-66-Schrottplatz, einem weiteren Route-66-Diner und dem Route-66-Buchladen vorbeigekommen sind, erreichen wir Kansas. Ich will mal Folgendes sagen: Mögen auch nur knappe zwanzig Kilometer der Route 66 durch Kansas führen, so hat man diese deutlich kenntlich gemacht. Nicht nur hat man überall Schilder mit »Historic 66« aufgestellt, sondern auch das 66-Abzeichen mehr oder weniger alle drei Meter auf die Straße gepinselt. Sie lassen wirklich nichts aus.

Doch die Freude, eine Staatengrenze zu überqueren, ist von kurzer Dauer. Gleich darauf finden John und ich uns im »Hell's Half Acre« wieder, einem grässlichen unfruchtbaren Landstrich aus rauem Gestrüpp, Schwielen aus getrocknetem Schlamm und verstreuten Schotterhaufen. Der Reiseführer verrät mir, dass diese Gegend dauerhaft geschädigt ist und im Tagebau Jahr um Jahr ausgebeutet wurde. Mir gefällt es hier überhaupt nicht. Ich muss an lächelnde Männer mit harten Gesichtern denken, die sich in die Erde bohren und alles herausreißen, während sie dir erzählen, dass etwas Gutes dabei herauskommt, am Ende aber doch nur Narben hinterlassen.

Ich fühle mit der Erde. Nach einem Leben voller Blinddarmoperationen, Dammschnitte, Kaiserschnitte, Gebärmutterentfernungen, Lumpektomien, künstlichen Hüftgelenken, künstlichen Kniegelenken, Arterektomien und

Katheterisierungen ist die Landschaft meines Körpers selbst auch ein Hell's Half Acre. (In meinem Fall eher ein ganzer Höllenacker statt ein halber.) Eine topografische Landkarte der Stiche, Narben, Klammerabdrücke und diversen Verätzungen durch medizinische Behandlungen. Also werden Sie verstehen, dass ich diesmal froh war, als die Ärzte mich ausnahmsweise nicht wieder aufschneiden wollten. Und Sie verstehen, dass ich mit meinem Ehemann losfahren musste. Genug ist genug, früher oder später.

Die Sache ist die: Ärzte retten gern Menschen, aber wenn es um jemanden geht, der achtzig Jahre alt ist, was um Himmels willen gibt es da noch zu retten? Welchen Spaß macht es, *so jemanden* aufzuschneiden? Sie tun es, wenn du es unbedingt möchtest, aber sie achten auch darauf, dich auf die Komplikationen hinzuweisen. Die niederträchtigen Burschen kommen dir mit Zungenbrechern wie »Begleiterkrankungen«. Das ist ein Wort, das sich dir erst nach einigem Nachdenken erschließt, aber hast du das getan, liegt der Sinn auf der Hand. Es ist das Pferderennen zwischen den Dingen, die dich am Ende zur Strecke bringen werden: *Beim Erreichen der Zielgeraden führt der metastasierende Brustkrebs! Zweiter ist fortgeschrittene Hypertonie, dahinter, etwas abgeschlagen, Obstruktion der Halsschlagader und als Nachhut Nierenversagen. Oh! Aber da exponiert sich Hirninfarkt! Jetzt ist Hirninfarkt gleichauf mit Brustkrebs! Hirninfarkt, Krebs! Krebs, Hirninfarkt! Was für ein Rennen, meine Damen und Herren!*

Neben dem Lebensmittelladen der Eisler Brothers nennen die Reiseführer und Karten nur eine einzige Sehenswürdigkeit, eine Brücke, die den Namen »Marsh Rainbow Arch« trägt. Früher einmal gab es drei dieser in den 1920er-Jahren erbauten lang gezogenen, wie ein Regenbogen geschwungenen Brücken in Kansas, aber die anderen beiden hat man abgerissen, sodass jetzt nur noch diese eine übrig bleibt. Ich gebe John die Richtung vor, und kurz darauf sehen wir eine hübsche kleine Betonbrücke, die offensichtlich erst kürzlich frisch geweißt wurde und mit ihrer Bogenrundung ein Rinnsal von einem Bach überspannt. Jemand hat das 66-Abzeichen an das Ende des Regenbogens gepinselt. Da weit und breit niemand zu sehen ist, bitte ich John, auf der Brückenmitte anzuhalten.

»Was?«, entgegnet John, der glaubt, sich verhört zu haben.

»Halt dir Karre an, John!«

Nachdem er es getan hat, öffne ich die Tür und steige aus. Ich stelle mich auf diese winzige Brücke, welche die beiden Seiten von Brush Creek verbindet.

»Was machst du da um Himmels willen?«, fragt John säuerlich.

Das weiß ich selbst nicht, aber ich möchte einfach einen Moment hier verweilen. Die anderen beiden Brücken waren den Fotos nach zu urteilen sehr viel größer und sogar noch schöner. Man hat sie zerstört, einfach nur, weil jemand dachte, etwas Neues, Nichtssagendes stattdessen errichten zu müssen. Warum muss die Welt alles zerstören, das nicht hineinpasst? Uns ist noch immer nicht klar geworden, dass genau dieser Makel der wichtigste Grund ist, etwas zu lieben.

Gestützt zwischen den beiden Ufern fühle ich mich zu Hause. Denn es entspricht meiner derzeitigen Stimmung, zwischen Hier und Dort, Dunkel und Licht, Schwere und Schwerelosigkeit gefangen zu sein. Ich beuge mich über den Rand der Brücke und versuche, auf den Grund des Wassers zu schauen, aber es ist dunkel und schlammig.

»Ella!«

»Nur eine *Sekunde.*« Mein Blick wandert am Bach entlang, und da entdecke ich etwas an seinem Ufer. Es ist irgendein Tier – eine Katze oder Bisamratte oder ein Biber mit glattem schwarzem Fell. Was auch immer es ist, es ist schon lange Zeit tot. Ich habe keine Ahnung, ob das der Grund ist, warum ich anhalten und schauen wollte, aber falls ja, dann tut es mir leid. Einen Blick auf den Tod brauche ich nun wirklich nicht. Sein Anblick sorgt jedenfalls dafür, dass ich mich schneller, als es mir üblicherweise möglich ist, zurück in unser Wohnmobil verkrieche und dabei an jedem der zusätzlichen Griffe festhalte, die John im Lauf der Jahre notdürftig angebracht hat.

»Nichts wie weg von hier, John.«

Wir fahren durch Baxter Springs. Kurz dahinter verkündet ein Schild WELCOME TO OKLAHOMA.

»Das ging aber schnell«, meint John.

So schnell haben wir Kansas durchquert. Selbst John fällt es auf.

»Das will ich meinen. Wir kommen heute wirklich gut voran.« Ich lächele ihn an. Er lächelt zurück. Er scheint heute Morgen guter Verfassung zu sein, weshalb mich die Frage überrascht, die er mir gleich darauf stellt.

»Hast du irgendwo meine Waffe gesehen, Ella?«

SECHS

OKLAHOMA

Ich habe keine Ahnung, was ich darauf antworten soll. Seine Waffe befindet sich hier im Wohnwagen, aber ich weiß, dass er nicht weiß, wo sie ist. Dafür habe ich gesorgt. Jedenfalls ist es eigentlich *unsere* Waffe, denn wir haben sie auf unseren Reisen immer dabeigehabt, zumal in den letzten zwanzig Jahren. Es ist regelrecht illegal, Waffen mit über die Grenzen der Bundesstaaten zu nehmen, aber wir brauchen etwas zu unserem Schutz.

Vermutlich ist jetzt der richtige Zeitpunkt, zu erklären, dass John sich in seinen wachsten Momenten manchmal umbringen möchte. Das hat er mir zwar nur in Andeutungen zu verstehen gegeben, aber ich weiß, dass er daran denkt.

Vor Jahrzehnten litt seine Mutter an derselben Krankheit, die er jetzt bekommen hat, nur dass man das damals »Arterienverkalkung« nannte. Er stand seiner Mutter nicht gerade nah, aber ihre Krankheit hat ihn tief berührt. Ehrlich gesagt war sie eine unangenehme Frau, die das Gefühl hatte, im Leben zu kurz gekommen zu sein, weshalb die Welt ihr noch jede Menge schulde. Ich glaube nicht, dass sie anderen jemals wirklich nah war, nicht ihren beiden Ehemännern, nicht ihrem Sohn oder ihrer Tochter und ganz gewiss nicht mir. Und dennoch litt John sehr darunter, mit ansehen zu müssen, wie sie sich in etwas verwandelte, das noch viel schlimmer war als seine unglückliche Mutter. Gegen Ende ihrer noch zu Hause verbrachten Zeit stand sie nachts immer wieder auf und geisterte durch die Nachbarschaft, neigte zu Wutausbrüchen und Apoplexie.

Von ihrem zweiten Ehemann Leonard, einem sanften Mann, der ihr absolut unterlegen war, bekamen wir spät nachts Anrufe mit der Bitte um Hilfe. Nachdem man sie in einem Pflegeheim untergebracht hatte (und das waren die frühen Zeiten von Pflegeheimen, in denen es dort tatsächlich wie die Hölle auf Erde zuging), meinte John, er wolle niemals in einem dieser Heime enden, und ließ mich schwören, ihn unter keinen Umständen in so eine Einrichtung zu bringen, egal, was mit ihm passierte. Und fügte hinzu, dass er, sollte er jemals das Gefühl haben, senil zu werden, sich eher umbringen werde.

Vor etwa einem Jahr fing es an, dass ich seine Waffe an den merkwürdigsten Orten unseres Hauses fand – Sockenschublade, Küchenschrank, Zeitschriftenregal – und es mit der Angst zu tun bekam. Ich stellte ihn zur Rede, aber er konnte nie erklären, wie sie dorthin gekommen war. Damals verstärkten sich die Probleme, und da ich wusste, dass Menschen in seinem Zustand sich oft von allen verfolgt fühlen, versteckte ich die Waffe endgültig. Ich war erleichtert, bis ich ein paar Monate später eine angefangene Selbstmordnotiz zwischen den Seiten eines seiner Lieblingsbücher von Louis L'Amour fand – *The Proving Trail.* Das meiste davon war unleserlich, aber der Sinn erschloss sich mir. Wie Sie sich vorstellen können, wühlte mich das ziemlich auf. Aber soll man sich tatsächlich wegen einer Selbstmordnotiz Sorgen machen, wenn die betreffende Person offenbar mittendrin das Interesse verliert?

Wie ich bereits erwähnt habe, dämmert John in letzter Zeit nur noch gelegentlich, dass er seinen Verstand verliert. Ich denke, es ist dann der Fall, wenn er nach seiner Waffe fragt. Das ist das Gemeine, Verdammenswerte, aber auch wieder Positive an seiner Krankheit. Bis er die Waffe findet, hat er vergessen, wozu er sie überhaupt brauchte.

»Ich habe sie gesehen, John, kann mich aber nicht erinnern, wo das war.«

»Ist sie im Wohnmobil?«

»Das weiß ich nicht. Ich kann mir auch nicht mehr alles merken, so wie früher. Du weißt ja, wie das ist.« Ein Blick auf ihn sagt mir, dass ihn diese Erklärung zufriedenzustellen scheint.

»Sieh dir das an, John«, sage ich und zeige auf die schiefen und zersplitterten Strommasten, die der Straße bereits seit einiger Zeit folgen. Plötzlich schwenken sie wie eine Reihe betrunkener Soldaten nach rechts und verschwinden aus unserem Blickfeld.

»Wo wollen die wohl hin?«

John sagt nichts. Mir ist klar, dass er noch immer an die Waffe denkt, solange es ihm möglich ist und bevor sein Gedächtnis den Knopf für den Neustart drückt. Unbeholfen schwatze ich drauflos, versuche, die Luft und seinen Kopf mit Worten zu füllen. »Ich habe in den Reiseführern über diese Masten gelesen«, sage ich. »Die Telefonverbindungen folgen einer alten Trasse der Route 66, aber jetzt gibt es dort gar keine Straße mehr. Es gibt jede Menge unterschiedliche alte Streckenabschnitte des Highways. Die haben sich im Lauf der Jahre immer wieder verändert. Manchmal führen sie durch Städte, die gar nicht mehr existieren.«

John nickt, aber nicht zu meiner Ausführung über vergessene Straßen, die zu Phantomstädten führen. Er führt wieder eins seiner Streitgespräche mit sich selbst und schimpft denjenigen, der seine Waffe gestohlen hat, wer auch immer es war. Er folgt seiner eigenen vergessenen Straße.

Ich wünschte, die wandernde Reihe der Telefonmasten würde zurückkehren, denn ich möchte ihr folgen, herausfinden, wohin sie uns führen würde. Eine Geisterstadt hört sich gut an für mich, ein passender Ort, um sich niederzulassen. Ich kurble das Fenster ein wenig weiter herunter, setze die Kappe ab und bürste mir die Haare. Die Borsten kratzen auf der Kopfhaut, aber es tut gut. Ich ziehe die fettigen Strähnen, die milchigen Hautpartikel aus der Bürste und entlasse sie in den Wind. Dann krame ich so lange im Handschuhfach, bis ich ein Gummiband finde, mit dem ich mir die Haare zu einem kurzen Rattenschwänzchen zusammenfasse. So werde ich meine Haare jetzt tragen, beschließe ich, obwohl sie so dünn sind. Die Kappe lege ich hinter den Sitz. Ich bin es leid, so aufzufallen. Schließlich war mein Leben alles andere als auffällig.

»Wo bist du, Mutter?«

Heute Morgen spreche ich mit meinem panischen Sohn. Ich hatte John einen kurzen Zwischenstopp in Miami, Oklahoma einlegen lassen, um einen kurzen Blick auf das wunderschöne alte Theater dort zu werfen, das Coleman. (Es weckte in mir die Erinnerung an den Vanity Ballroom an der Jefferson Avenue in Detroit, wohin ich während des Kriegs zum Tanzen gegangen bin. Zusammen mit drei Freundinnen und Dutzenden anderer Mädchen und deren Freundinnen und ein paar als untauglich ausgemusterten jungen Männern, denen die Umstände zupasskamen.) Im Vorbeifahren habe ich eine Telefonzelle entdeckt und beschlossen, einen Anruf zu machen.

»Wir sind in Oklahoma, Kevin.«

»Alle machen sich große Sorgen um euch beide. Ich werde hinfliegen und euch aufsammeln.«

Ich habe mich für diesen Kampf gewappnet. »Nein, das wirst du nicht tun. Dein Vater und ich verbringen eine wunderbare Zeit, und wir möchten nicht, dass du herkommst.«

Kevin holt tief Luft und atmet dann geräuschvoll durch den Mund aus. Ich kann direkt durchs Telefon spüren, wie er die Schultern sinken lässt. »Mom, wir sind kurz davor, die Polizei einzuschalten und eine Vermisstenanzeige aufzugeben.«

»*Wag* das ja nicht, Kevin!« Und es ist mir ernst damit.

Er seufzt. »Mom. Das ist verrückt. Warum macht ihr das?«

»Weil wir das so wollen, mein Lieber. Ich kann dir gar nicht sagen, wie schön es ist, wieder unterwegs zu sein.«

»Wirklich?«, fragt er mit verändertem Ton, der ein wenig Enthusiasmus zulässt. Aber gleich darauf bricht seine Verzweiflung wieder durch. »Warte mal, gab es da nicht ein Problem mit dem Wohnwagen? Irgendwas mit dem Abgaskrümmer?«

»Ach, das haben wir doch schon vor Jahren richten lassen, Liebling.«

»Bist du dir da sicher?« Er nimmt es mir nicht ganz ab. »Das könnte gefährlich werden.«

»Keine Sorge, Kevin. Alles funktioniert so, wie es funktionieren soll.«

Er seufzt wieder, diesmal sogar noch lauter. Es liegt nicht in meiner Absicht, es ihm schwer zu machen, aber Kevin regt sich immer über irgendetwas auf. Schon als Kind war er ständig traurig oder hatte Schuldgefühle oder weinte wegen jeder Kleinigkeit. Cindy passte selbst auf sich auf. Kevin war der Empfindsame. So was lernt man, wenn man Kinder hat: Ihre Persönlichkeiten offenbaren sich, sobald sie aus dem Mutterleib kommen.

Er war wohl ein Muttersöhnchen, aber ich kann nicht behaupten, dass mir das was ausgemacht hat. Ich wünschte mir nur, er hätte nicht so viel geweint, freute mich aber auch, wenn er zu mir kam, um sich trösten zu lassen. John hingegen regte sich immer auf über ihn. Er hatte Angst, die Welt würde ihn bei lebendigem Leib verschlucken, und er hatte recht damit. Raufbolde konnten Kevin schon von Weitem riechen. Wenn er nach Hause kam, waren seine Sachen immer entweder kaputt, gestohlen oder in den Schmutz geworfen worden. John versuchte, ihn zu stählen – mit aufmunternden Worten und Boxunterricht –, aber es schien nicht zu greifen. Ich dagegen war ständig bemüht, ihm seine Angst davor zu nehmen, sich zur Wehr zu setzen, aber es brachte nichts. Seine Fäuste blieben unten.

Selbst jetzt noch erzählt Kevin mir Geschichten aus der Firma, für die er arbeitet, einem Unternehmen, das für eine der drei großen Automobilhersteller Ersatzmotoren liefert. Er erzählt mir dann, wie seine Mitarbeiter ihn übervorteilen und schikanieren. Manches ändert sich nie.

»Ihr müsst nach Hause kommen, Mom. Nimmst du denn deine Medikamente?«

»Natürlich nehme ich die.« Dies entsprach fast der Wahrheit.

»Oh Mom.« Wieder ein Seufzer.

Also jetzt reichte es mir. »Verdammt, Kevin. Sei doch kein Trottel. Wir kommen nicht nach Hause. Wofür soll ich denn nach Hause kommen? Weitere Arzttermine? Noch mehr Behandlungen? Noch mehr Medikamente? Ich nehme jetzt schon so viele, dass ich kurz vor der Drogensucht bin. Nein. Wir werden nicht nach Hause kommen. Verstehst du das?«

Ein letzter Seufzer. »Ja. Ich verstehe.«

»Gut. Und jetzt erzähl mir, wie es Arlene und den Jungs geht.«

Eine Pause. »Denen geht es gut. Wie geht es Dad? Ist alles in Ordnung mit ihm?«

»Ihm geht es gut, mein Liebling. Er fährt ganz hervorragend und kommt gut klar. Mach dir keine Sorgen mehr um uns. Wir müssen das tun.«

»Okay. Seid einfach vorsichtig.«

Ich sehe, dass John auf der anderen Straßenseite am Wohnwagen herumdoktert, und habe das Gefühl, dass ich schnellstens rübergehen sollte.

»Bye-bye. Grüß alle von mir.«

»Mom …«

Ich lege gerade noch rechtzeitig auf, um zu verfolgen, wie John das Wohnmobil startet. Herr im Himmel, er wird doch wohl nicht ohne mich losfahren wollen? Der Leisure Seeker schaukelt ein paar Meter vorwärts, und ich schreie Johns Namen, so laut ich kann. Ein paar Leute bleiben auf der Straße stehen und sehen mich an. Ich möchte losrennen, aber ich kann nicht. Das würden meine Knie nicht mitmachen. Also fuchtele ich mit dem Stock und zeige auf das Wohnmobil.

»Jemand muss dieses Ding aufhalten!«, kreische ich.

Ein junger Mann im Mechanikeroverall kommt auf mich zu. Auf dem Aufnäher über seiner rechten Brusttasche steht MAL. Seine Hände sind schmutzig, aber er lächelt freundlich und spricht mich sanft an. »Brauchen Sie Hilfe, Ma'am?«

»Ja. Könnten Sie bitte zu diesem Wohnmobil rennen und dem Mann sagen, er soll auf mich warten?«

Ohne auch nur einen Blick darauf zu verschwenden, ob die Straße frei ist, rennt der junge Mann auf das Wohnmobil zu, das langsam die Straße entlangrollt. Aber bevor er noch die Fahrerseite erreicht hat, bleibt der Wagen stehen. Er verschwindet auf der anderen Seite, sodass ich nicht mitbekomme, was da vor sich geht, aber ich flitze über die Straße, so gut ich eben flitzen kann.

Als ich die Beifahrertür erreiche, spricht der junge Mann mit John durchs Fenster. »Alles gut, Ma'am«, sagt er. »Er wollte nirgendwohin. Kann ich Ihnen behilflich sein?« Er öffnet die Tür für mich.

»Ganz herzlichen Dank, Mal. Sie sind ein Schatz.«

Mal lächelt mich an und reicht mir die schmutzige Hand, die ich gern annehme. Als er mir auf den Sitz hilft, bemerke ich den Aufnäher über seiner linken Brusttasche. Es ist ein Phillips-66-Abzeichen. Dieses Unternehmen liefert wohl den Sprit. Ich steige ein, schließe die Tür und winke. Ich halte mich mit meinem Kommentar zurück, bis wir ein Stück weit gefahren sind.

»Bist du jetzt völlig *verrückt* geworden?«, schreie ich John an. »Einfach ohne mich loszufahren? Wohin wolltest du denn? Was wolltest du tun? Ohne mich wärst du völlig verloren, du verdammter Idiot.« Ich spüre, wie mein Blutdruck hochgeht. »Wohin wolltest du denn? He? Sprich mit mir. Was? Du dummer Esel.«

John sieht mich an, Wut und Verwirrung im Blick. »Ich wollte nirgendwohin. Ich dachte nur, ich hätte ein Geräusch gehört, also bin ich ein paar Meter weit vorgefahren. Ich würde doch um Himmels willen niemals ohne dich losfahren.«

»Nun, das solltest du auch besser nicht tun. Verrückter alter Mann.«

»Leck mich am Arsch«, sagt John.

Ich ziehe ein Papiertaschentuch aus dem Spender und wische mir die Hand ab. »Leck dich doch selber.«

Während der nächsten zwanzig Kilometer liegt Schweigen zwischen uns. Dann wendet John sich mir zu und lächelt. »Hi, Schatz«, sagt er und legt seine Hand auf mein Knie.

Mit dieser kleinen Geste, einer Kurzfassung von »Ich bin froh, dass du da bist«, »Ich hab dich lieb« oder etwas in der Art, haben wir uns immer begrüßt. Aber was immer es auch bedeuten mag, im Moment bin ich nicht in der Stimmung dafür.

Ich ziehe das Knie zur Seite weg. »Scher dich zum Teufel.«

»Warum?«

»Ich bin immer noch wütend auf dich.« Ich verschränke die Arme. »Fast wärst du ohne mich losgefahren.«

»Was?«

O Gott, wie ich das hasse, wenn er das macht. Wir bekommen Streit und schreien einander an, und fünf Minuten später hat er alles wieder vergessen. Spielt den turtelnden Verliebten. Was macht man, wenn jemand vergisst, wütend zu bleiben? Wie soll man mit so etwas umgehen? Gar nicht. Du hältst einfach den Mund, weil es dich sonst verrückt macht.

»Du wolltest ohne mich wegfahren, Blödmann.« Vermutlich ist das Wissen darum, was du tun musst, etwas anderes, als es dann auch wirklich umzusetzen.

»Du bist verrückt. Du kannst mich mal!«

Und schon fühle ich mich besser. Jetzt sind wir beide wütend, genau so, wie es sein sollte. Das darauffolgende Schweigen hält etwa eine Minute lang an, dann wendet John sich mir zu.

»Hi, Schatz«, sagt er.

Ich gebe seufzend nach: »Hi, John.«

Es war meine Enkeltochter, die als Erste bemerkte, wie Johns Verhalten sich veränderte. Während einer Weihnachtsfeier bei uns zu Hause vor vier Jahren traf sie John unten in unserem Partykeller an, in dem wir alle Erinnerungsstücke an unsere Reisen aufbewahren, darunter auch eine fest montierte Landkarte der Vereinigten Staaten, auf der John alle unsere Fahrten mit Klebeband in unterschiedlichen Farben festgehalten hat. Nach Aussage Lydias lief er verstört umher, sah sich alles an und murmelte vor sich hin: »Es wird schwer werden, das alles zurückzulassen.«

Lydia ging auf ihn zu und sagte: »Ist alles in Ordnung mit dir, Opa?« Sie erzählte später, er habe sie angesehen, als sei er sich nicht ganz sicher gewesen, wer sie war. Als sie die Frage wiederholte, nickte er nur.

»Wohin gehst du denn, Opa?«, fragte sie dann. »Du sagtest, du müsstest das alles zurücklassen.«

Er erwiderte nur: »Nirgendwohin. Ich gehe nirgendwohin.«

Nachdem Lydia ihn dann zurück nach oben gebracht hatte, schien es ihm wieder besser zu gehen und er fast der Alte zu sein, aber sie nahm mich beiseite und erzählte mir, was passiert war.

Als ich John später darauf ansprach, stritt er alles ab. Er war sich sicher, nicht mal unten gewesen zu sein, aber ich hatte ihn selbst heraufgekommen sehen. Während der folgenden Monate kam es zu keinen weiteren Zwischenfällen, und es gelang mir, den Vorfall zu verdrängen.

Dann fuhren wir nach Florida. Wir wollten nach Kissimmee, um Freunde zu besuchen, die dort eine Eigentumswohnung hatten. Während der ganzen Fahrt litt John an Magenverstimmung, Benommenheit und Atemnot. Ständig betonte er, es gehe ihm gut, aber ich nahm ihm das nicht ab. Während unseres zweiten Reisetags (wir versuchten, den Weg in zwei Tagen zu schaffen, immer in Eile) fuhr er unvermittelt auf den Seitenstreifen der Autobahn und schnaufte heftig. Dann öffnete er die Tür und übergab sich.

»John? Was ist los?« Diesmal hatte ich wirklich Angst.

»Ich weiß es nicht, ich weiß es nicht!« Inzwischen hustete und keuchte er. »Ich kriege keine Luft mehr, Ella!«

Ich nahm an, dass er einen Herzanfall hatte, aber er hielt sich weder die Brust noch den Arm oder dergleichen.

John hielt sich die Hände vor den Mund, sein Atem ging flach, die Augen tränten, die Stimme zitterte. »Ich weiß nicht, ob ich fahren kann, Ella. Mir ist so schwindelig. Ich habe Angst.«

Es war das einzige Mal, dass ich ihn das habe sagen hören.

Inzwischen hatte hinter uns ein anderer Leisure Seeker angehalten. Ein Mann in den Fünfzigern kam zu uns ans Fenster und erkundigte sich, ob alles in Ordnung sei. (Leisure-Seeker-Besitzer halten zusammen.)

»Ich glaube, mein Mann hat einen Herzanfall«, sagte ich darauf.

Der Mann sah John an und erkannte, dass er wirklich krank war. »Können Sie Ihr Wohnmobil fahren?«, fragte er mich.

»Ich habe seit dreißig Jahren keinen Wagen mehr gefahren, schon gar nicht dieses Ding«, erwiderte ich.

»Okay.« Er rannte zu seinem Wohnmobil, dann wieder zurück zu uns. »Ich werde Sie in die nächste Stadt fahren, und meine Frau fährt hinter uns her.«

Wir landeten in einem abgelegenen Krankenhaus auf dem Florida-Panhandle. (Sollten Sie es vermeiden können, in Florida ein Krankenhaus aufzusuchen, tun Sie es, das verdient es, hier erwähnt zu werden. Anstatt »Sunshine State« sollte das Motto dieses Staates »Land der überflüssigen Operationen« lauten.) Ein schmieriger Quacksalber nahm John in Empfang, brachte ihn auf die Station, untersuchte ihn und erklärte ihn zum Kandidaten für eine Operation am offenen Herzen innerhalb der nächsten zehn Minuten.

»Blödsinn«, erklärte John, der sich inzwischen wieder besser fühlte. »Auf gar keinen Fall.«

Danach setzten sie mich unter Druck. »Es ist zu seinem Besten. Er könnte jeden Moment sterben.« Im Grunde genommen erschreckten sie mich zu Tode. Ich erklärte ihnen, ich müsse meine Kinder anrufen. Cindy war der gleichen Ansicht wie John. Kevin erklärte sich bereit, am nächsten Tag herzukommen. Ich teilte dem Krankenhaus mit, dass es keine wie auch immer geartete Operation geben würde, jedenfalls nicht im Moment.

Am nächsten Tag traf Kevin ein. Da fühlte John sich schon wieder gut. Er war bereit, unsere Reise fortzusetzen.

»Ich fahre das Wohnmobil zurück nach Detroit«, erklärte Kevin überzeugter, als ich ihn je erlebt hatte. »Ihr beide fliegt nach Hause.«

Wir beide lamentierten, weil keiner von uns gern flog, gaben dann aber doch nach. Es war das erste Mal, dass wir tatsächlich spürten, wie die Macht sich verlagerte, wie unsere Kinder nun das Gefühl hatten, für uns verantwortlich zu sein anstatt andersherum. Das ist kein gutes Gefühl, das kann ich Ihnen versichern. Als ich drei Tage später den Leisure Seeker in unsere Einfahrt einbiegen sah, fühlte ich mich wie ein gescholtenes Kind, das Hausarrest bekommen hat.

Nachdem unser Hausarzt sich angehört hatte, was passiert war, und er John gründlich untersucht hatte, erklärte er ihm, er habe eine Panikattacke gehabt, wie man das landläufig nennt. Eine *Panikattacke*. Ist das zu fassen?

John machte sich darüber lustig. Ich für meinen Teil hielt es nicht mal für möglich, dass jemand aus unserer Generation eine derartige Krankheit bekommen konnte. Angst war etwas für unsere Kinder und deren Kinder, aber doch nicht für Leute, die während der Weltwirtschaftskrise groß geworden waren, die im Krieg gekämpft hatten. Wer hat schon

Zeit für Angst, wenn du versuchst, dir den Bauch zu füllen oder deinen Kopf zu behalten?

Jetzt weiß ich, dass der Arzt recht hatte. Ich glaube, dass John zu diesem Zeitpunkt anfing, wirklich zu begreifen, was mit ihm geschah. Wir waren beide immer Bedenkenträger gewesen. Allerdings bin ich diejenige, die diese Bedenken häufiger laut ausspricht. John behält sie für sich, wie Männer das zu tun pflegen. Ich stelle mir vor, wie er mit erschreckender Klarheit erkannte, dass er tatsächlich genauso enden würde wie seine Mutter. Wer kann schon wissen, was der Auslöser dafür war? Aber ich vermute, dass ihm diese Vorstellung während unserer Fahrt immer wieder durch den Kopf gegangen ist. Und schließlich dazu führte, dass er keine Luft mehr bekam und sich am Straßenrand übergeben musste. Und das war, wie man so sagt, der Beginn der schlechten Zeiten.

Unser Mittagessen nahmen wir in Claremore in einem kleinen Grillrestaurant mit dem Namen »The Pits« ein. Sowohl John als auch mir geht es jetzt besser, doch wir sind mit gegrillten Schweinefleischsandwiches zufrieden. John ist danach mit orangeroter Soße bekleckert und hat Fett im Gesicht und an den Fingern kleben. Ich sehe vermutlich auch nicht viel besser aus.

Dies ist unsere Reise, auf der wir alles essen, worauf wir Lust haben. Wenn man ein gewisses Alter erreicht hat, müssen Sie wissen, gibt es immer Leute, die einem vorschreiben, was man essen und was man nicht essen darf. Wir starten in dieses Leben mit Milch und Brei, und am Ende würde man uns gern auf dieselbe Weise abspeisen. (Aber ohne Milch, wegen des Cholesterins.) Darüber plaudere ich jetzt so locker, aber ich weiß ganz genau, dass wir für dieses Sandwich mit Grillfleisch später trotz des Säureblockers, den wir vorher im Wagen eingenommen haben, mit einer gastrischen Höllenfahrt bezahlen müssen.

»Ihr beiden seht mir ganz danach aus, als hättet ihr Spaß«, spricht uns unsere aus dem Nichts auftauchende Kellnerin, eine langgliedrige Rothaarige mittleren Alters in einem zu kurzen Rock, in schleppendem Tonfall an.

Ich lächele, wische John die Soße aus dem Gesicht, danach mir.

»Noch etwas Tee, meine Liebe?«, fragt sie mich mit zäher, tiefer Stimme und füllt bereits mein Glas.

In meinem ganzen Leben war ich nicht so oft *meine Liebe* wie auf dieser Reise. Aber hat man den ersten Schock, im mittleren Lebensalter plötzlich mit »Ma'am« oder »Sir« angesprochen zu werden, überwunden, macht es einem nichts mehr aus, wenn man später »meine Liebe« wird.

»Danke, nein«, erwidere ich und lächele zurück. Das ändert nun nichts mehr, denn sie hat mir das Glas bereits vollgeschenkt. »Meine Backenzähne schwimmen schon.«

»Hehe.«

Normalerweise würde ich so etwas nicht sagen, aber in letzter Zeit scheine ich immer weniger auf solche Dinge zu achten.

Sie lässt die Rechnung da, und ich hole meine Tasche hoch, die ich mir zwischen die Füße geklemmt habe (weit weg von Taschendieben und ähnlichem Gesindel), um an meine Brieftasche zu kommen. Ich gebe John das Geld und lasse ihn bezahlen. In der Zwischenzeit suche ich die Damentoilette auf. Als ich auf dem Klo sitze, blicke ich auf und sehe, dass jemand etwas in feiner Schrift auf die Klosetttür geschrieben hat.

In ewiger Liebe,
Charlie

Wer verdammt schreibt so etwas auf die Klosetttür einer Damentoilette? Die Welt wird immer befremdlicher. Beim Händewaschen mache ich mir Sorgen, John könnte ohne mich abgefahren sein, aber als ich aus der Toilette komme, wartet er seelenruhig auf mich, verputzt einen Hershey-Riegel und unterhält sich mit der Rothaarigen, als wären wir hier zu Hause.

»Wir sind auf dem Rückweg nach Michigan«, erklärt John ihr.

»Ich war noch nie in Michigan. Ist es schön dort?«

»Es ist wunderschön«, sagt John. »In ein, zwei Tagen sind wir zurück.«

Ich mache mir nicht die Mühe, ihn zu korrigieren. Als ich näher komme, hält er mir den Arm hin, damit ich mich unterhaken kann. Und ich freue mich, verheiratet zu sein.

In Claremore fahren wir am Will-Rogers-Memorial vorbei. Dieser Mann hat mir nie viel bedeutet. Ich halte ihn für einen großen Blender. Wem nie ein Mensch begegnet ist, den er nicht leiden konnte, hat sich einfach nicht genügend angestrengt. Ich kurbele das Fenster ganz herunter und lasse den Arm im Fahrtwind baumeln. Der Wind möchte meine Hand zurückdrängen, aber ich strecke sie durch und stemme mich einen Moment lang kräftig gegen die Strömung, drehe sie in die Horizontale und mache dann eine hohle Hand, als würde ich schwimmen. Danach bewege ich sie auf und ab, wie beim umgekehrten Seitenschlag. In dieser Geste steckt eine eigenartige Freiheit, sie hat was Kindliches, aber es tut gut, albern zu sein. In dieser Lebensphase gibt es so wenig Albernheit, obwohl man sie genau jetzt am dringendsten bräuchte. Ich mache eine hohle Hand und schwimme weiter durch den Wind, und zu meiner Überraschung taucht bald darauf Wasser neben der Straße auf – ein lang gestreckter Teich umgeben von Schilfrohr und mit einem riesigen blauen Wal in seiner Mitte. Er strahlt hell wie der Himmel und lacht mit offenem Maul, während kreischende Kinder von seinem Betonrücken ins Wasser springen. Ich strecke den Arm aus und schwimme plötzlich mit den Walen.

Manchmal, wenn man es am wenigsten erwartet, wird dein Leben zu einer National-Geographic-Sonderausgabe.

Vor Tulsa lotse ich John auf die Umgehungsstraße. Weiter hinten bei Sapulpa stoßen wir dann wieder auf die 66. Plötzlich überfällt mich starkes Unwohlsein. Ich möchte eine kleine blaue Pille nehmen, aber nicht, bevor wir angehalten haben.

»John«, sage ich und bemühe mich, mir meine Erschöpfung nicht anmerken zu lassen. »Ich bin müde. Wir sollten vielleicht etwas finden, wo wir übernachten können.«

»Wie spät haben wir?«

Die Uhr im Wohnmobil ist seit Jahren kaputt. Meine Uhr sagt, dass es erst fünf Minuten nach drei ist, aber ich möchte mich auf kein Gespräch darüber einlassen, dass wir noch nicht lange genug gefahren sind.

»Es ist nach fünf«, lüge ich meinen Ehemann an. »Lass uns nach einem geeigneten Platz Ausschau halten.« Ich krame in meiner Tasche nach den kleinen blauen Pillen und versuche, eine entzweizubrechen, was mir aber nicht gelingt. Und so nehme ich gegen mein besseres Wissen das ganze Ding und spüle es mit Faygo Root Beer hinunter.

Nach etwa zehn Minuten fühle ich mich ein wenig besser, werde aber dösig. Vor uns taucht eine Werbetafel für eine Tankstelle in einer Stadt namens Chandler auf. Ich erinnere mich dunkel, dass dieser Ort in den Reiseführern empfohlen wurde. Und kaum haben wir die Stadt erreicht, sehe ich auch schon das Schild für das Lincoln Motel.

»Bieg hier ab, John. Heute Nacht möchte ich in einem richtigen Bett schlafen.«

Es freut mich, festzustellen, dass John meiner Weisung nachkommt. Wir biegen ein und parken vor dem Büro. Obwohl ich so kaputt bin, muss ich sagen, dass wir es hier mit einem Schätzchen von einer Unterkunft zu tun haben, einem altmodischen Motel aus den Dreißigerjahren. Und zum Glück ist auch noch was frei.

Als wir hinten entlangfahren, um vor unserem Häuschen zu parken, fällt mir was auf. »Sieh nur, John, all die alten Autos.«

»Na, so was«, meint er und stößt einen leisen Pfiff aus.

Ich zeige dabei speziell auf ein bauchiges, graugrünes Auto mit einer runden Schnauze. »Da steht ein 1950er Studebaker, John. Erinnerst du dich? So einen hatten wir in den ersten paar Jahren unserer Ehe. Du hast mir in diesem Wagen das Fahren beigebracht.«

»Das gibt's ja nicht«, sagt er. »Das war ein gutes Auto.«

»Meine Güte, hast du mich an diesem Tag angeschrien. Ich war so sauer auf dich.«

John schüttelt den Kopf. »Du warst eine grauenhafte Fahrerin.«

Ich möchte ihm sagen, dass er sich seinen Kommentar sonst wohin stecken soll, aber Tatsache ist, er hat recht. Ich war eine grauenhafte Fahrerin. Ich hab nie den richtigen Dreh gefunden. Hatte immer Angst, zu schnell zu werden. Ich hasste Autobahnen und Linksabbieger und paralleles Einparken. Ständig wurde ich angeschrien, entweder von John oder von Leuten in anderen Autos. Doch ohne Auto kommt man in Detroit nicht weit. Aber sobald die Kinder alt genug waren, ließ ich mich von ihnen überallhin fahren. Und als auch Kevin seinen Führerschein hatte, gab ich es ganz auf.

»Da steht ein alter Imperial. Ein tolles Schätzchen«, begeistert sich John mit Blick auf ein protziges lavendelblaues Gefährt mit gewaltigen Heckflossen und Rücklichtern in Fassungen, die an Zielfernrohre erinnern.

Ja, es lässt sich nicht leugnen, wir kommen aus einer Autostadt. Wir parken neben einem glänzend roten Ford Pinto, auf dessen Autokennzeichen IBLOWUP steht.

Unsere Hütte ist klein, aber sauber und bequem, und ich möchte mich ohnehin nur hinlegen, muss mich aber darum kümmern, dass auch John zur Ruhe kommt.

»Lass uns ein kleines Nickerchen machen, John. Unsere Sachen holen wir später rein.«

»Ich bin nicht müde.«

»Tja, ich aber.« Ich schalte den Fernseher ein, um ihn abzulenken. Wir sehen uns eine Wiederholung von M*A*S*H an, und John lässt sich sofort hineinziehen. Ich könnte schwören, dass er jede Folge bereits hundertmal gesehen hat, sie sich aber noch immer gerne ansieht. Genießen kann er sie vermutlich deshalb, weil sie vertraut, aber zugleich auch neu sind. Ich schließe die Tür ab und lege mich dann völlig erschöpft in das viel zu weiche Bett.

Als ich aufwache, ist John weg. Es ist erst 17:25 Uhr, also habe ich nicht lange geschlafen. Ich bete, dass er nicht irgendwohin gewandert ist. Ich schwinge die Beine seitlich übers Bett und stemme mich auf meinen Stock und den Nachttisch gestützt hoch. Als ich dann irgendwie aufrecht stehe, fühle ich mich gleich besser, als würde ich meinem Körper Elan vorgaukeln. Ich öffne die Tür unserer Hütte und sehe mit Erleichterung, dass John auf einem Gartenstuhl sitzt und einfach vor sich hin starrt. Auf einem kleinen Tisch neben ihm steht unser Diaprojektor.

»John?«

»Ich habe den Projektor aufgebaut.«

»Das hast du gut gemacht, aber noch ist es zu hell, um Dias anzuschauen.«

»Das sehe ich auch, Ella.« Wenn nötig, kann er immer noch sarkastisch sein.

»Na gut. Das Laken hängen wir ein wenig später auf. Lass uns jetzt ein paar Sandwiches herrichten. Ich habe Schinken und Fleischwurst. Was möchtest du?«

»Fleischwurst.«

Warum frage ich überhaupt? Fünfunddreißig Jahre lang habe ich ihm jeden Tag sein Fleischwurstsandwich für die Arbeit belegt. Fleischwurst mit einer Scheibe Schmelzkäse und darauf Senf, gerade und nicht diagonal geschnitten. Die könnte ich im Schlaf zubereiten.

Wir gehen zum Wohnwagen. Ich hoffe, dass der Projektor richtig steht, denn mir ist nicht nach Umbau zumute. Ich richte uns Sandwiches und Kartoffelchips und Rootbeer. Das Unwohlsein hat nachgelassen, und so beschließe ich, mir einen Old Fashioned zu mixen. Ich hole den Whiskey hervor, finde im Schrank ein paar staubtrockene Zuckerwürfel und lege los. Gekrönt wird die Mixtur von einer aufgespießten Orangenscheibe und einer Kirsche. Erst die macht den Old Fashioned perfekt. John bekommt einfach nur ein Glas Limo. Jetzt, da die Sonne untergeht, trübt sich sein Verstand ein wenig.

»Sind wir hier zu Hause?«, fragt er, als wir in unseren Gartenstühlen vor unserer Tür Platz nehmen.

»Nein, Schatz. Wir fahren nicht nach Hause. Wir sind in den Ferien.«

»Oh.«

Ich weiß, dass ihm diese Reise viel abverlangt. Die einzigen Dinge, die ihn mit der Welt verbinden, sind unser Haus und ich, und jetzt habe ich ihm unser Haus weggenommen. Aber keiner, nicht unsere Ärzte, nicht unsere Kinder, nicht mal unser Mann im Kongress kann mich davon überzeugen, dass diese Reise kein guter Plan ist. Teufel noch mal, es ist der einzige Plan, der uns noch geblieben ist.

Anfangs kann ich nichts weiter als dichten Wald erkennen: Himmel und Erde liegen unter einem Farbenfeuerwerk in leuchtendem Gold, Purpur und Orange. Es ist, als hätte der Herbst selbst Einzug in den Film gehalten. Bei genauerem

Hinsehen erkennt man tief in den flammenden Bäumen etwas anderes: die Umrisse unseres Wohnmobils. Und daneben ein weiteres Wohnmobil, das genauso aussieht und unseren Freunden Jim und Dawn Jillette gehört. Die beiden Wohnwagen stehen parallel zueinander, und ihre ausgefahrenen Schutzdächer berühren sich fast. Das machten wir immer so, um auf diese Weise einen Gemeinschaftsraum für den Picknicktisch zu schaffen, an dem wir Karten spielen konnten. Wenn es regnete, warfen Jim und John manchmal sogar noch eine Plane über die Lücke zwischen den beiden Schutzdächern, damit wir uns darunter im Trockenen frei bewegen konnten.

Auf dem nächsten Dia sitzen die beiden am Picknicktisch und spielen Binokel. Jim zieht an seiner Pfeife und wirft einen kritischen Blick in seine Karten. Die Brille mit dem Metallgestell hat er sich hoch auf die Stirn geschoben, wo sie auf seinen Augenbrauen balanciert. Dawn, die ihr kastanienbraunes Haar mit einem malvenfarbenen Tuch zusammengebunden hat, lacht ihn an. Ganz unten auf dem Dia ist Johns fleckige Hand ausgebreitet auf dem karierten Wachstuch zu sehen.

»Da ist Jim!«, sagte John und legt dabei mehr Begeisterung an den Tag als bisher auf unserer Reise.

»Und Dawn«, sage ich.

»Der alte J.J.«

Einen Moment lang klingt John, als wäre er ganz der Alte. J.J. war sein Spitzname für Jim. Sie haben viele Jahre gemeinsam bei GM gearbeitet, und so sind wir alle Freunde geworden.

»Junge, wie *geht* es Jim? Ich habe ihn seit Ewigkeiten nicht gesehen.«

Seufzend wende ich mich an John. »Jim ist vor acht Jahren gestorben, mein Lieber.«

»Tatsächlich? Jim ist tot?«

»Ja, Schatz. Erinnerst du dich nicht. Wir waren auf seiner Beerdigung.« Das sind wir alles schon mal durchgegangen. John hat all das vergessen, woran er sich nicht erinnern möchte.

»Ach, Mist. Lebt Dawn denn noch?«

»Sie ist leider schon ein Jahr vor ihm gestorben.«

»Ach, Gott«, sagt er und hält sich die Hand vor den Mund.

Als ich den zerbrechlichen Ausdruck auf Johns Gesicht sehe, bedauere ich, dieses Diamagazin ausgewählt zu haben. Ich hätte ihm lieber nicht die Wahrheit sagen sollen, aber ich bin es so leid, ihn anzulügen. Doch ich klammere mich an die Hoffnung, dass etwas von dieser Information hängen bleibt. Was aber nie der Fall ist.

Ich klicke weiter. Auf diesem Bild laufen Dawn und ich eine Straße entlang, beide mit tollen Sträußen leuchtend bunter Blätter in den Händen. Ich weiß noch gut, dass wir sie in einen alten Milchkarton gestellt und unseren gemeinsamen Picknicktisch damit geschmückt haben.

Genau das ist auf dem nächsten Dia zu sehen, ein Blätterstrauß auf dem Tisch, und da wird mir bewusst, dass genau dies das Problem mit Fotos ist. Nach einer Weile weiß man nicht mehr, ob man die tatsächliche Erinnerung abruft oder die Erinnerung an das Foto. Oder ob vielleicht das Foto der einzige Grund dafür ist, dass man sich an diesen Moment erinnert. (Nein, ich weigere mich, das zu glauben.)

Ich klicke weiter mit der Fernbedienung. Das Foto zeigt uns alle zusammen um ein Lagerfeuer sitzen, John dürfte es mit dem Selbstauslöser aufgenommen haben. Wir befinden uns alle im Dunkeln, unscharf von der langen Belichtungszeit, wohingegen das Feuer hell und grell leuchtet. Dieses letzte Dia verstört mich, vor allem, nachdem Jim und Dawn nicht mehr unter uns sind, und ich ziehe das Magazin heraus. Das Laken, das seitlich an der Hütte hängt, erstrahlt in einem die Netzhaut ätzenden Weiß, aber ich kann den Projektor nicht ausschalten, denn sonst wird es noch schwerer, das nächste Magazin hineinzuschieben.

»Verdammt, das ist aber hell«, sagt John.

Ich lege ein neues Magazin ein, doch es rastet nicht ein. »Eine Sekunde«, beruhige ich ihn. Früher hat John den Projektor bedient, jetzt überlässt er das mir. Er sieht mir eine Weile zu, wie ich daran herumfummele, kommt dann rüber an den Tisch und gibt dem neuen Magazin einen Schubs, bis es einrastet. Er grinst.

»Dein selbstgefälliges Grinsen kannst du dir sparen«, sage ich. Manchmal denke ich, seine Krankheit hat mehr mit Faulheit als sonst etwas zu tun.

Als das erste Dia des Magazins auf das Laken geworfen wird, höre ich um uns herum Geplapper. Ich drehe mich um und sehe, dass wir Zuschauer angezogen haben, die sich neben einer Straßenlaterne in etwa sieben Metern Entfernung versammelt haben. Auf den ersten Blick halte ich die Luft an – *Ganoven*! Dann sehe ich, dass sie gar nicht wie die Rowdys von heute mit ihren sackartigen Klamotten und den Schlauchmützen und versteinerten Gesichtern aussehen. Diese Jugendlichen sehen aus wie die, die wir früher

Halbstarke nannten. Die Jungs tragen knapp sitzende weiße T-Shirts, unter deren kurzen Ärmeln Zigarettenpackungen stecken, dazu umgekrempelte Jeans und Motorradstiefel. Ihre Haare sind zu sorgfältig geformten Wasserfällen und Entenschwänzen nach hinten gegelt. Eins der Mädchen trägt Jeans und ein enges blaues Bowlinghemd und klobige schwarze Schuhe. Ein anderes einen langen Filzrock und Mary-Jane-Pumps, dazu Lipgloss, die tintenschwarzen Haare über den Stirnfransen hat sie zu einer Tolle gerollt.

Ihre Körper sind von Tattoos überzogen – auf Armen und Beinen leuchten Flammen und Herzen und nackte Damen und Schädel. Als ich sie mir jetzt etwas genauer ansehe, erkenne ich, dass es sich gar nicht um Jugendliche handelt, sondern um Dreißigjährige, die dort im Licht der Straßenbeleuchtung wie mobile tintige Werbetafeln stehen. Und bald schon wird mir klar, dass sie keine Bedrohung für uns darstellen. Als sie sehen, dass ich den Blick auf sie richte, winken uns ein paar von ihnen schüchtern zu und lächeln. Sie sind höchst fasziniert von unserer Diashow und können schon allein deshalb keine ganz schlechten Menschen sein.

Auf der Leinwand ist jetzt ein Foto von unserer Reise nach Montreal zur Expo 67 zu sehen, ein weiterer Urlaub mit den Jillettes. Beim Anblick der Geodätischen Kuppel werden hinter uns Ahs und Ohs laut. Sie haben richtig Spaß. Ich klicke zum nächsten Dia. Es ist eins der Ausstellungsstücke; welches genau, weiß ich nicht mehr, aber der Hauptgrund, warum John das Foto gemacht hat, war die junge Frau im Minirock, die davorsteht. Sie hatte sich dorthin gestellt, um etwas zurechtzurücken, und John hat spaßeshalber abgedrückt. Dieser Stil der Mods war gerade erst in

Mode gekommen und sorgte für ziemlichen Aufruhr. Die Männer jedenfalls hatten keine Einwände. John und Jim kamen auf dieser Reise ziemlich ins Schleudern angesichts all der umherhuschenden kurzen Röcke. Dawn und ich mussten uns in dieser Woche einiges gefallen lassen.

Von den billigen Plätzen hinter mir höre ich Gejohle und Gebrüll und Pfiffe von den Jungs, als sie das kanadische Mädchen sehen. Was mir beweist, dass sich eigentlich nicht viel geändert hat. Ich höre auch eins der Mädchen sagen »hübscher Rock«. Ich drehe mich um und lächele sie alle an.

Einer der Jungs brüllt: »Sind Sie das, Ma'am?«

»Wohl kaum«, gebe ich zurück.

Ein anderer tritt einen Schritt vor. Er ist genauso gekleidet wie die anderen, trägt dazu aber ein Jackett. Obwohl es auch nichts weiter als eine Tankstellen-Mechanikerjacke ist, scheint er jedenfalls der Einzige mit ein wenig Verstand zu sein. Es ist heute Abend nämlich ziemlich frisch hier draußen. Er nähert sich uns. John erhebt sich. Ich sehe ihn an und schüttele den Kopf.

»Alles ist gut, John«, beruhige ich ihn.

»Hallo, Ma'am. Sie haben hoffentlich nichts dagegen, dass wir uns an Ihren Dias erfreuen.«

Ich lächele. Er macht einen sehr höflichen Eindruck. Mir ist egal, wie jemand aussieht, sofern er nur ein paar Manieren vorweisen kann. »Ganz und gar nicht«, erwidere ich. »Genießen Sie's. Ich bin Ella, und das ist mein Ehemann John.«

»Hallo, Sir«, sagt er zu John, als er auf uns zugeht und uns die Hände schüttelt. John lächelt. »Wir sind wegen einer Hot Rod Rallye hier in der Stadt.«

»Hört sich gut an«, sage ich.

»Ja, wir fahren die alte Route 66.«

Bei diesen Worten geht mir das Herz auf. »Nun, genau das machen wir auch.«

Er reißt die Augen auf. »Wirklich? Das nenne ich cool.« Er wendet sich den anderen zu und ruft: »Die fahren auch die 66!«

Sie lachen und nicken zustimmend. Jetzt weiß ich, dass diese ganze Geschichte doch kein ganz so verrückter Plan war.

Nach und nach schließt die Gruppe auf. Sie wirken befangen, als wollten sie uns keine Angst machen. Ich weiß wirklich nicht, ob das nicht passiert wäre, wenn ich vorher nicht die Gelegenheit gehabt hätte, sie genauer in Augenschein zu nehmen.

»Ich bin Big Ed«, stellt der Erste sich vor.

Ich nicke. »Ja, das hätte ich auch am Aufnäher Ihrer Tasche erkannt, auf dem ›Big Ed‹ steht.«

Er grinst mich an, verschmitzt, aber nett. »Hilfreich, nicht wahr?« Dann deutet Ed auf das Mädchen mit dem tintenschwarzen Haar. »Das ist Missy, meine Frau.« Dann zeigt er auf jeden Einzelnen seiner Gruppe und stellt die jungen Männer und Frauen vor. Sie haben Namen wie »Gage«, »Dutch«, »Betty« und »Charlotta«.

Ich sage zu allen Hallo. »Sie dürfen sich auch gern hinsetzen, wenn Sie möchten.«

Big Ed sieht die anderen fragend an. »Im Ernst? Wenn es Ihnen nichts ausmacht, wäre das prima.« Die meisten setzen sich gleich auf den Boden. Big Ed will schon Platz nehmen, überlegt es sich dann aber anders. »Wäre es in Ordnung, wenn ich für uns alle Bier hole? Wir stehen gleich da oben. Ich komme gleich wieder zurück.«

»Hauen Sie rein, Big Ed«, sage ich.

»Möchten Sie sich uns anschließen?«, fragt er und kippt eine imaginäre Dose an seinen Mund.

»Klingt gut.«

Und so zieht Ed ab und rennt zur Straße hinauf. Während er weg ist, sind wir alle still, aber gleich darauf höre ich wieder seine Stiefel auf dem Asphalt, und er kommt mit ein paar baumelnden Sixpacks Pabst Blue Ribbon zurück. Ein Sixpack wirft er für die Gruppe auf den Boden, aus dem anderen zieht er eine Dose für mich und dann eine für John heraus.

Mit theatralischer Geste wischt er sie oben mit seinem Ärmel ab und lässt sie knallen, mit schwungvoller Geste, als wär's ein Feuerzeug.

»Madame«, sagt er und reicht mir mein Bier. *»Sire«*, sagt er und reicht John seines. Der Junge ist eine Marke. Dann prostet er uns mit seiner Dose zu. »Prost alle miteinander. Danke für Ihre Gastfreundschaft.«

»Danke für Ihre«, sage ich.

Wir trinken alle einen Schluck.

Den jungen Leuten gefallen die Dias. Wir verputzen beide Sixpacks, während wir uns sämtliche Dias der Expo 67 ansehen und ich zu allem, was darauf zu sehen ist, einen kleinen Kommentar abgebe. Das hier drüben ist der japanische Pavillon, achten Sie auf das schöne Kunsthandwerk; das hier ist der amerikanische Pavillon, haben Sie schon mal so was Großes gesehen? Weitere Miniröcke, mehr Gejohle von den Jungs.

»Sieht ganz danach aus, als hätte John sich gar nicht daran sattsehen können«, meint Dutch. Wir lachen alle. Ich glaube, dass ich Spaß habe. Irgendwie erinnert mich das an die alten Zeiten, obwohl ich mir in meinem ganzen Leben noch nie Dias gemeinsam mit tätowierten Fremden auf dem Hof eines Hotels angeschaut habe.

Nun ist ein Dia zu sehen, auf dem wir alle vier vor dem Hauptpavillon stehen. Nebeneinander aufgereiht, lächeln wir vor einer endlosen Reihe von Flaggen aus jedem Land der Welt in die Kamera. Ich erzähle den jungen Leuten von Jim und Dawn, mit denen wir befreundet und ständig unterwegs waren. »Wir vier haben eine ganze Menge Reisen gemeinsam unternommen«, sage ich. »Und hatten viel Spaß dabei.«

»Das ist schön«, sagt Big Ed. »Es ist schön, mit Freunden zu verreisen.« Er wendet sich seiner Frau und seinen Freunden zu und hebt wieder seine Bierdose. Sie prosten ihm zu und trinken dann. Dann wendet er sich wieder an mich. »Und sind Ihre Freunde auch noch immer … äh …?«

Er unterbricht sich und lässt den Satz unvollendet. Plötzlich wird es ganz ruhig in der Gruppe.

Ich ignoriere die von ihm aufgeworfene Frage und klicke zum nächsten Dia. Darauf ist Jim ganz allein neben dem Pavillon von GM vor einer futuristischen Limousine zu sehen. Und da stellt John natürlich seine Frage.

»Da ist der alte J.J.! Wie geht es ihm, Ella? Ich habe ihn schon eine Ewigkeit nicht mehr gesehen.«

Ich sehe ihn an. »Es geht ihm gut, John. Richtig gut.«

Die Hot Rod Kids lächeln alle. Und das tue ich auch.

Ich weiß nicht, ob es am Bier lag, aber in dieser Nacht schlafen John und ich wie Murmeltiere. Da gibt es kein verwundertes Aufwachen oder frühmorgendliches Zurechtstutzen der Brottüte, kein Feilen an den Batterieenden durch John und meinerseits kein erschrockenes Augenaufreißen zu einem Weinkrampf um vier Uhr morgens. Es ist eine gute Nacht. Wir erwachen beide erfrischt und munter.

John dreht sich zu mir um, öffnet die Augen, ist er selbst. »Hallo, meine Liebe.«

»Guten Morgen, John.« Er ist zurück. »Wie fühlst du dich?«

»Gut«, sagt er und gähnt.

Ich lege eine Hand an seine Wange. Obwohl sein Gesicht im Lauf der Jahre schlaffer und hagerer geworden ist, hat es eine gewisse Festigkeit bewahrt, eine Kantigkeit, die ich immer anziehend gefunden habe. »Hast du keinen Kater?«, frage ich lächelnd.

Er weiß gar nicht, wovon ich spreche. Ich mache trotzdem Spaß. Wir beide zusammen haben nicht mal drei Dosen Bier getrunken.

»Nein, ich habe keinen Kater. Möchtest du frühstücken?«, fragt er mich.

Ich lasse die Hand, wo sie ist. Ich möchte nichts tun, was ihn in diesem Moment verstören könnte. »Nein, lass uns einfach noch eine Weile hier liegen, okay?«

»Hast du in letzter Zeit mit den Kindern gesprochen?«

John erkundigt sich oft nach den Kindern, wenn er in klarer Verfassung ist, als wäre er weg gewesen, was er ja wohl auch war.

»Ja«, antworte ich. »Es geht ihnen gut. Kevin ist gerade befördert worden.« Das stimmt nicht ganz. Sie haben ihm nur mehr Arbeit und eine andere Bezeichnung, aber nicht mehr Geld gegeben.

»Schön für ihn.«

»Cindy macht einen Kurs an der Volkshochschule. Korbflechten. Sie ist sehr gut darin.«

»Das ist toll«, sagt er und tätschelt mir die Hand, die noch immer auf seiner Wange ruht.

»John. Liebst du mich?«

Er kneift die Augen zusammen. »Was ist das denn für eine Frage? Natürlich liebe ich dich.« Er rückt näher an mich heran und küsst mich. Ich kann ihn riechen. Er riecht nicht gerade gut, aber er riecht noch immer wie mein Ehemann.

»Ich weiß«, sage ich. »Ich wollte es nur von dir hören. Du sagst es nicht mehr allzu oft.«

»Ich vergesse es, Ella.«

Ich vergesse Ella. Davor habe ich am meisten Angst.

»Das weiß ich doch, John.« Ich lege die andere Hand an sein Gesicht. Ich küsse meinen Mann. Ich drücke ihn an mich und sage nichts mehr. Minuten vergehen, bis sich ein Halbschlaf auf seine Augen legt.

Es ist Zeit aufzustehen.

Wir verbringen kurze Zeit auf der Autobahn, auf der zahllose Sattelschlepper in Höchstgeschwindigkeit an uns vorbeidonnern. Man kann die Verärgerung der Fahrer spüren. Wir sind nicht schnell genug für sie. Als einer an uns vorbeizieht, schaut er mürrisch zu uns rüber, ein dicker Mann mit Tarnmütze, und zeigt uns den Vogel. Ich forme aus Zeigefinger und Daumen eine Waffe und schieße auf ihn wie Charles Bronson.

Er glotzt mich an, als wäre ich verrückt, dann gibt er Gas und fährt weiter wie eine gesengte Sau.

Wir kehren auf die 66 zurück. Bei Arcadia kommen wir an einem sehr bekannten Rundbau-Bauernhof vorbei, aber die Stadt selbst ist so nichtssagend und traurig, dass wir gar nicht erst anhalten. Wir fahren einfach weiter, langsam, aber stetig, bis wir nach Edmond kommen, einer Kleinstadt mit College. Dort treffen wir dann wieder auf die I-44, die es uns erlaubt, Oklahoma City zu umfahren.

Auf der Autobahn sind die Lasterfahrer garstiger denn je. Einer schneidet uns fast. John muss auf die Bremse steigen, und mir klopft das Herz bis zum Hals, als sich das Gewicht des Wohnmobils für einen kurzen Moment nach vorn verlagert.

Nichts passiert. Wir fahren weiter, vorbei an einem Schild vor einem Kolleg der Kolumbusritter, auf dem steht:

ALLES GUTE ZUM JAHRESTAG
DAVIE & PUNKIN 23 JAHRE

Schön für sie. Nachdem wir wieder auf die 66 gestoßen sind, überqueren wir in Bethany den Lake Overholser auf einer alten Stahlbrücke, dahinter hält John an.

»Was ist los?«, frage ich.

John sieht mich an, als hätte ich den Verstand verloren. »Ich muss pinkeln.«

»Oh.«

Er schaltet den Motor aus und verschwindet in den Büschen. Zwei Minuten später sitzt er wieder auf dem Fahrersitz.

Ich greife zu unserer kleinen Sprühflasche mit der Desinfektionslösung. »Streck deine Hände aus.«

John startet den Motor.

»John. Du musst sie säubern, nachdem du gepinkelt hast.«

»Hör auf, mich zu schikanieren, Ella. Lass mich in Frieden.«

Ich besprühe seine Handrücken, nur um ihn auf die Palme zu bringen. Er wischt sie sich an der Hose ab, legt den Gang ein, und wir fahren los. Er wird wieder störrisch, wie ich feststelle. Wir fahren ein Stück weit, dann bekomme ich Hunger.

»Lass uns anhalten und zu Mittag essen, John.«

»Ich bin nicht hungrig.«

»Nun, ich schon.« In letzter Zeit habe ich für gewöhnlich keinen besonderen Appetit, weshalb ich die Gunst der Stunde nutzen möchte. Zum ersten Mal seit über vierzig Jahren nehme ich ab. Gewiss, ich muss noch immer zu Omar, dem Zeltmacher, um Kleider zu bekommen, aber er benötigt dafür jetzt schon einen Quadratmeter Stoff weniger. Zu schade, dass ich krank werden musste, um Gewicht zu verlieren. Eine super Diät. Ich sehe schon, wie die einschlägt. Ich werde im *Enquirer* alles darüber lesen können – »Filmstars sind begeistert von der neuen Krebsdiät!«

Hinter El Reno gibt es eine alte Achse der 66, Baujahr 1932, auf die wir abfahren könnten, aber ich weise John an, auf der I-44 zu bleiben. Später bereue ich meine Entscheidung. Auf der Suche nach Anzeigetafeln für Restaurants lasse ich den Blick über die Landschaft schweifen, aber zum ersten Mal gibt es keine. Meinen Phantomhunger begleiten Nervosität und Unwohlsein. Vielleicht liegt es nur daran, dass ich so erpicht darauf bin, nach Disneyland zu kommen. Wenn ich mal weiß, dass etwas auf mich zukommt, ob gut oder schlecht, hatte ich noch nie viel Geduld, darauf zu warten. Aber manchmal kann man die Dinge nicht vorantreiben.

»Hey, sieh mal, ein Coney-Island-Restaurant! Lass uns anhalten«, sagt John, als er das Schild an der Straße sieht.

Obwohl ich ausgeharrt habe, um noch mal ein Oklahoma-Barbecue zu genießen, freut es mich, dass es etwas Anständiges zu essen gibt. In Detroit gibt es überall in der Stadt Coney-Lokale. (Sie gehörten schon immer zu Johns Favoriten. Wenn er in der Stadt zu tun hatte, schlich er sich manchmal ins Lafayette Coney Island, um zwei Hotdogs mit allem zu essen, bevor er nach Hause kam. Ich wusste das jedes Mal, weil sein Atem nach Zwiebeln roch.) Aber verlässt man das Einzugsgebiet von Detroit, findet man keine mehr. Deshalb überrascht es mich, hier eins anzutreffen. Merkwürdig, dass es sowohl in Michigan als auch in Oklahoma Hotdogs gibt, die nach einem Ort in New York benannt sind.

Wir nehmen jeder einen Säureblocker und steuern diesen kleinen Schuppen in Hydro an. Von außen macht er nicht viel her, und drinnen sieht es auch nicht viel besser aus: schmuddelige gekalkte Wände, zerschlissene Kunstledersitze und angeschlagene Resopaltische. Als wir eintreten, drehen sich alle Stammgäste zu uns um. Ihre mürrischen Mienen scheinen zu fragen: »Was wollen diese lästigen Alten hier in unserem Imbisslokal?« Ich wäre besorgt, wenn sie nicht alle ebenso alt wären wie wir.

Ich muss sagen, der Okie-Coney-Island-Hotdog sieht wirklich köstlich aus. Als wir uns setzen, wird gerade ein Teller an uns vorbeigetragen, auf dem zwei davon liegen. Die Chilis sehen aus wie in Detroit, aber sie servieren das Gericht mit einer Portion Krautsalat obendrauf. Wir bestellen jeder eine Portion, dazu Pommes und Dr. Peppers (was man hier zu trinken scheint) bei einem schweigsamen, vierschrötigen Kellner mit fleckiger Schürze. Keine drei Minuten später klatscht er uns die Bestellung wortlos auf den Tisch.

Ich freue mich, berichten zu können, dass Okie-Coney-Dogs tatsächlich so köstlich sind, wie sie aussehen. Während wir essen, kommt ein alter Schwarzer, der mindestens in den Achtzigern ist, in einem rot gestreiften, bis obenhin geschlossenen Sporthemd angewackelt und beobachtet uns einen Moment lang beim Essen. John und ich sehen uns an. Weil mir nichts Besseres einfällt, lächele ich ihn an und kaue weiter.

»Die sind gut, nicht wahr?«, sagt er schließlich und saugt dabei an seinem Oberkiefer.

Es fällt mir nicht ganz leicht, ihn zu verstehen, denn zur schleppenden Sprache gesellt sich noch undeutliche Artikulation wie nach einem Schlaganfall, aber ich weiß, was er sagt. John und ich nicken beide zustimmend mit vollen Mündern.

»Woher kommt ihr?«

Ich schlucke das Essen hinunter und wische mir übers Gesicht, während John unbeirrt weiterisst. »Detroit, Michigan«, sage ich ein wenig zögernd. Es wäre sinnlos »Madison Heights, Michigan« zu sagen. Das kennt keiner.

»Lebt ihr dort schon lange?«

»Unser ganzes Leben lang.«

Als er darüber nachdenkt, berührt er seine aschfarbene Wange. Ich kann nicht umhin zu bemerken, dass sein linkes Auge die Farbe von Kondensmilch hat. »Ich hatte Vettern in der Gegend. Hab selbst auch mal ein Jahr dort gewohnt. Ist lange her.«

Ich setze den Coney-Hotdog ab. »Tatsächlich?«

»Ich hab dort bei Packard gearbeitet. Schöne Stadt.«

Obwohl das Detroit, auf das er sich bezieht, höchstwahrscheinlich sechzig Jahre alt ist, lächele ich ihn aufrichtig gerührt an. »Finden Sie? Danke schön. Das hört man gern. Wenn wir sagen, dass wir aus Detroit kommen, sieht man uns normalerweise an, als wären wir Irre. Man nennt sie immer noch Murder City.«

Er schüttelt den Kopf. »Ach, die Leute können so ungerecht sein. Aber egal, was sie sagen, man bleibt trotzdem. Wissen Sie, was ich meine?«

Ich nicke. »Ja, das tue ich. Man bleibt, weil es das Zuhause ist.«

Er scheint sich zu freuen, dass die Zeit uns beiden die gleiche Lektion erteilt hat, denn er grinst bis aufs Zahnfleisch. »Das stimmt. Egal, wo man ist, solange *das* hier« – er spreizt seine Hand über seiner Brust – »dort schlägt, ist man zu Hause. Manchmal weiß man nicht, warum man bleibt, man bleibt einfach. Das ist *Zuhause*.«

»Da kann ich Ihnen nur zustimmen.«

»Aha.« Er schließt kurz beide Augen und tippt sich an den Kopf. »Ich muss los. Einen gesegneten Tag euch beiden.«

»Danke Ihnen«, erwidere ich. »Passen Sie auf sich auf.«

Er schüttelt uns beiden die Hände und schlurft langsam durch die Tür. John sieht mich an, zuckt mit den Schultern und macht sich dann über den noch verbliebenen Hotdog auf meinem Teller her.

Ich weiß nicht, was das alles zu bedeuten hatte, aber es stimmt mich fröhlich. Als ich wieder im Wohnwagen sitze, fühle ich mich weder unwohl, noch bin ich benommen, meine Knie schmerzen nicht, und ich habe noch alle fünf Sinne beisammen. John legt sogar etwas Musik ein – Harry James, gute Musik aus den Vierzigern, die gute Laune macht. In diesem Moment bin ich so glücklich, dass ich weinen könnte. Gewiss, es bedurfte nie großer Anstrengungen, mich aufzumuntern, aber heutzutage ist es nicht mehr ganz so leicht.

Ich denke über das nach, was der Mann im Coney-Lokal gesagt hat. Er hatte recht. Wir gehören zu den Menschen, die bleiben. Wir bleiben in unseren Häusern und zahlen sie ab. Wir bleiben in unseren Jobs. Wir erledigen unsere Arbeit und kommen nach Hause und bleiben wieder. Wir bleiben, bis wir unseren Rasen nicht mehr mähen können und unsere Regenrinnen von den vielen Schösslingen durchhängen, bis Nachbarskinder ein verwunschenes Geisterhaus darin sehen. Uns gefällt es, wo wir sind. Und die nächste Frage heißt wohl: Warum reisen wir dann überhaupt?

Darauf kann es nur eine einzige Antwort geben, nämlich: Wir reisen, um unser Zuhause schätzen zu können.

Egal, ob man arbeitet oder sich um die Kinder und ein Haus kümmert, die Tage verlaufen unweigerlich nach einem immer gleichen Schema. Wenn man älter wird, schätzt man diese Gleichförmigkeit, sehnt sich danach. Deine Kinder verstehen das nicht. Sie wollen immer alles verändern, die Dinge erneuern, die für dich bequem und vertraut sind, wie dein gut eingefahrenes Auto oder den Wasserkessel, der klappert, wenn er kocht. Doch diese Gleichförmigkeit ist auch eine Falle. Sie ist Teil deiner sich verengenden Welt, der Tunnelblick des Alters. Wenn dir dann etwas Abwegiges widerfährt, fällt es dir schwer, es als etwas Gutes anzusehen. Und das bedeutet, dass du einen perfekten Augenblick nicht immer erkennen kannst oder dich auch nicht an einen Ort begibst, wo dir ein solcher widerfahren kann. Manchmal gibt es auch einen perfekten Augenblick, ohne dass du es mitkriegst.

Und das ist der Grund, weshalb du reisen musst.

Vor etwa vierzehn Jahren campten John und ich am Higgins Lake. Die Jillettes hatten eigentlich geplant, uns zu begleiten, mussten aber in letzter Minute absagen, weshalb wir allein dort waren. Es war ein ereignisloses Wochenende. Am frühen Sonntagmorgen wurde ich wach und fand keinen Schlaf mehr. Vielleicht hatte mir auch irgendwas Sorge bereitet. (Ich könnte jetzt von all der Zeit erzählen, die ich in meinem Leben sorgenvoll verbracht habe, aber das ist etwas für einen anderen Tagtraum, besten Dank auch.) Ich saß auf einem Campingstuhl, trank eine Tasse Kaffee und verfolgte, wie das goldene Licht von der Erde aufstieg und nach und nach die Zweige der Nadelbäume illuminierte. Ich hörte das leiser werdende letzte Zirpen einer Grille, das gedämpfte Summen eines Autos auf einer weit entfernten Straße und jemand, der auf der anderen Seite des Campingplatzes Wasser pumpte.

Nun erwarten Sie vermutlich, von mir zu hören, ich hätte etwas Wunderbares gesehen, einen weißen Wolf oder sonst etwas Ausgefallenes, das ich nie erblickt hätte, wenn ich nicht so früh aufgestanden wäre, aber ich sah nichts Ungewöhnliches. Ich saß einfach vor dem Wohnmobil und wusste, dass genau das hier mein Leben war. Ich war Ella Robina, Ehefrau von John, Mutter von Cindy und Kevin, Großmutter von Lydia und Joseph, wohnhaft in Madison Heights, Michigan. Mir ging plötzlich auf, dass während meines Lebens nichts richtig Schlimmes oder Gutes passiert war. Nur ganz normale Dinge. Ich hatte ein absolut unauffälliges Leben geführt. Ich wünschte mir nichts weiter als ein Zuhause und die Liebe und Sicherheit derjenigen, die mich umgaben. Ich wusste, dass mich kein besonderer Grund auf diese Erde gebracht hatte, aber ich war hier und froh, hier zu sein, in Ehrfurcht vor ihrer Schönheit. Es war ein vollkommener Moment.

In diesem Moment verstand ich mein Leben. Bald werde ich meinen Tod verstehen. Wer weiß? Auch er könnte vollkommen sein. Aber ich habe da meine Zweifel.

»Ich denke, ich werde bald ein kleines Nickerchen machen«, erklärt John, nachdem wir ein paar Kilometer weit gefahren sind.

»Ich hole dir eine Pepsi, John«, sage ich. »Vielleicht schaffen wir dann noch ein paar Kilometer, bevor wir uns für heute einen Rastplatz suchen.« Toll. Jetzt höre ich mich schon genau so an wie er. Aber wir sind tatsächlich noch nicht sehr weit gekommen. Vielleicht gerade mal zweihundert Kilometer, seit wir losgefahren sind. Mir wäre es lieb, wenn wir es am Ende des Tages bis nach Texas schaffen würden.

»Na gut.«

Ich greife nach hinten, wo unsere alte Coleman-Kühlbox aus Metall hinter unseren Sitzen steht, und hole für John eine Pepsi heraus. Der saure Geruch erinnert mich daran, dass ich einen kleinen Block Pinconning-Käse hineingelegt habe, bevor wir von zu Hause losfuhren. Jetzt schwimmt er in Wasser. Ich trockne die Flasche mit einem alten Lappen ab, den ich unter dem Sitz verwahre. Die Pepsi ist warm, aber das macht nichts. Wir mögen beide nichts, was entweder sehr heiß oder sehr kalt ist. Ich reiche sie ihm. Er klemmt sie sich zwischen die Beine und versucht, sie zu öffnen. Das Wohnmobil schwenkt erst zur einen Straßenseite, dann zur anderen aus.

Ich greife ins Lenkrad. »Mein Gott, John. Warte doch einen Moment. Ich öffne sie für dich.«

Ich lasse das Lenkrad los und greife zwischen seine Beine.

»Hey, pass auf, wo du hingreifst, junge Dame.«

Ich muss lachen. Ich gebe John einen Klaps auf den Arm, drehe den Verschluss der Flasche auf und reiche sie ihm an.

»Lustmolch«, sage ich, und er trinkt einen großen Schluck.

Und wie um zu antworten, rülpst John laut und grinst.

»Das ist ja reizend. Ich hoffe, du bist stolz auf dich«, sage ich und entreiße ihm die Flasche, um selbst einen kleinen Schluck zu trinken. Die Limo ist warm und klebrig und sprudelt zu sehr, hilft aber gegen meinen trockenen Mund und beruhigt meinen Magen, der nach dem Essen verständlicherweise zu meckern anfängt. Ich gebe John die Flasche zurück, und er trinkt wieder einen großen Schluck.

Da bemerke ich die in Johns Seitenspiegel auftauchenden blinkenden Lichter.

»John.«

»Was?«

»Ich glaube, die Polizei ist hinter uns.«

Er blickt in den Spiegel, runzelt die Stirn. Ich könnte nicht sagen, ob er wütend oder verwirrt ist.

»Ich denke, du solltest anhalten, John.«

John sieht noch mal in den Spiegel, richtet seinen Blick dann aber wieder auf die Straße. »Der will nichts von uns.«

»Ich denke schon, John. Halt an.«

»Ella …«

»Verdammt noch mal, John! *Halt an!*«

»Mistkerl«, schäumt er, während er widerwillig das Wohnmobil auf den Seitenstreifen fährt. Das Polizeiauto überholt uns nicht. Mir wird eng in der Kehle. Ich bete, dass die Kinder uns nicht die Polizei auf den Hals gehetzt haben. Als ich von meiner Seite aus in Johns Spiegel schiele, sehe ich, dass der Officer auf uns zukommt.

»Tu einfach, was der Mann sagt, John.« Nicht, dass er vor dem Polizisten wieder eine seiner widerspenstigen Anwandlungen bekommt. Das könnte ich nicht gebrauchen, schließlich möchte ich es noch nach Kalifornien schaffen.

»Zulassung und Führerschein, bitte«, sagt der Officer, der aussieht wie ein Dreizehnjähriger. Am Kinn hat er eine Schnittwunde vom Rasieren, was er vermutlich zweimal im Monat macht.

»Oh, die sind in meiner Tasche. Eine Sekunde«, werfe ich ein. Er dreht den Kopf und sieht mich an.

Das ist unglücklich, denn Johns Waffe befindet sich ausgerechnet in dieser Tasche. Ich grinse den Polizisten an, während ich in der geräumigen Handtasche nach der Brieftasche krame und dabei gleichzeitig eine Feuerwaffe seinem Blick zu entziehen versuche. Der Officer wendet sich wieder John zu. (Der Vorteil, eine alte Frau zu sein: Keiner rechnet damit, dass du eine Waffe versteckst.) Endlich finde ich die Brieftasche, nehme Zulassung und Führerschein heraus und reiche beides dem Officer. Die ganze Zeit über sagt John kein Wort. Das ist gut.

»Mr. Robina, mir ist vor ein paar Kilometern aufgefallen, dass Ihr Fahrzeug zwischen den Spuren hin und her geschwankt hat, und aus diesem Grund habe ich Sie jetzt angehalten.«

Ich halte die Pepsi hoch. »Das war mein Fehler, Officer. Ich hatte John diese Limoflasche gegeben, und er konnte sie nicht öffnen. Ich hätte sie aufmachen sollen, bevor ich sie ihm gab.«

Der Polizist starrt mich ostentativ an. »Wenn Sie nichts dagegen haben, Ma'am, wäre es mir lieb, wenn Mr. Robina meine Frage beantwortet.«

Oh-oh. Sollte John etwas Verrücktes von sich geben, werden wir beide im Kittchen landen. Oder in Detroit, was noch schlimmer wäre.

»Ich sagte doch nur …«

»Bitte, Ma'am? Hat es sich so zugetragen, Mr. Robina?« Seine Augen verengen sich zu Schlitzen, als er Johns Gesicht mustert.

John blickt den Polizisten an und nickt. »Ja, Sir, ich habe versucht, dieses Ding zu öffnen.«

»Das Ding?« Der Polizist sieht ihn scharf an.

John räuspert sich. »Das Ding, die … die Flasche.«

Darauf folgt ein schrecklich langes Schweigen, während der Officer uns beide prüfend anstarrt. John entfährt ein Rülpser mittlerer Lautstärke, dann seufzt er. Ich sehe ihn vernichtend an. Der Officer verschwindet mit Johns Führerschein und den Fahrzeugpapieren. Nur einen schwachen Duft von Aqua Velva lässt er zurück. Im Rückspiegel auf der Fahrerseite kann ich sehen, wie er in seinen Einsatzwagen steigt.

»Bist du jetzt völlig durchgedreht? Man rülpst doch nicht vor einem Polizisten.«

John grinst mich an und rülpst erneut.

Mich beunruhigt, was da im Einsatzwagen vor sich geht. Ich frage mich, ob Kevin und Cindy uns tatsächlich als vermisst gemeldet haben. Vor ein paar Monaten hatten beide beschlossen (zweifellos auf einem ihrer »Was machen wir mit Mama und Papa?«-Treffen), dass man John den Führerschein wegnehmen sollte. Kevin hatte bereits versucht, unseren alten Impala fahruntüchtig zu machen, aber da hatte er uns unterschätzt. John öffnete die Motorhaube, ich entdeckte das Verteilerkabel, das Kevin herausgerissen hatte, und in null Komma nichts hatten wir den Wagen wieder am Laufen. Selbst jenseits der Teenagerjahre müssen Eltern ihren Kindern immer noch beweisen, dass sie nicht so dumm sind, wie diese denken. Danach gaben Kevin und Cindy eine Weile Ruhe, bis vor ein paar Wochen. Da begannen die »Dad sollte nicht mehr fahren«-Diskussionen aufs Neue. Nur dass wir diesmal die Flucht ergriffen.

John startet das Wohnmobil, will gerade den Gang einlegen, da greife ich hinüber und drehe am Schlüssel. Ich ziehe ihn aus der Zündung.

Ich zische ihn an: »Bist du wahnsinnig?«

»Gib mir diese verdammten Schlüssel«, fährt er mich an.

»Was denkst du dir? Dass du ihn mit diesem Monster abhängen kannst? Dass wir uns ein Straßenrennen liefern, wie sie das in Detroit immer in den Nachrichten zeigen?«

John sieht mich derart hasserfüllt an, dass es mir das Herz bricht. Ich denke: Jetzt wird er mich nach all den Jahren doch noch verprügeln. Und dann werde ich ihn umbringen müssen. Der alte John weiß, dass ich dazu fähig wäre, aber dieser hier vielleicht nicht. Ich umschließe die Schlüssel mit der Faust, zu allem bereit. Dann schaue ich wieder in den Seitenspiegel.

»Sei still, er kommt zurück«, sage ich und verfolge, wie der Polizist im Spiegel immer größer wird. Er bleibt an der Fahrerseite stehen.

»Ich dachte schon, Sie würden jeden Moment losfahren«, meint er lächelnd. Er reicht John seinen Führerschein und die Wagenpapiere: »Sie können weiterfahren. Bitte seien Sie vorsichtiger. Bleiben Sie in Ihrer Spur und halten Sie sich an die angegebenen Geschwindigkeiten. Okay?«

Ich lächele den Officer noch mal an und gehe völlig auf in meiner Rolle als *liebes altes Frauchen*. »Das werden wir beherzigen, Officer. Danke schön. Einen schönen Tag noch!«

Ich beobachte ihn, wie er zu seinem Streifenwagen geht und losfährt. Mir ist kalt, und mein Körper fühlt sich ganz schlaff an. Ich bin so erleichtert, dass wir nicht zur Fahndung ausgeschrieben sind, oder wie das in der Serie *Adam-12* immer heißt.

»Wo sind die Schlüssel?«, fragt John und sucht sämtliche Becherhalter und Nischen im Armaturenbrett ab, womit er sich noch eine ganze Weile beschäftigen könnte. Schließlich hat er das Innenleben dieses Wohnmobils mit allen möglichen Vorrichtungen beklebt und mit so vielen magnetischen Neuheiten, Kompassen und Spendern ausgestattet, dass es schon erstaunlich ist, wie wir uns hier noch bewegen können.

Ich werfe ihm die Schlüssel in den Schoß.

»Aua!«, jault John und hält sich die Genitalien.

»Lass uns fahren, Barney Oldfield.«

Kaum sind wir unterwegs, beschließen wir den nächsten Halt. Ich sehe ein Schild, das auf das Route-66-Museum in Clinton hinweist. Und bin hin- und hergerissen zwischen dem Wunsch, heute noch Texas zu erreichen, und dem, dieses Museum zu besuchen. Als wir darauf zufahren, steht mein Entschluss fest, dass wir uns nach unserem kleinen Zusammenstoß mit den Bullen ein wenig Erholung verdient haben.

»Wir werden uns dieses Museum ansehen«, erkläre ich John und frage mich, ob er pampig darauf antworten wird.

»Oh. Okay. Sieht gut aus.«

Es sieht tatsächlich gut aus. Es ist modern und gepflegt. Im Eingangsschaufenster steht ein leuchtend rotes Cabrio.

Wir stellen das Wohnmobil ab, und John hilft mir beim Aussteigen. Ich nehme den Stock mit. So ganz fit fühle ich mich nicht, ignoriere das aber. Noch habe ich meine Medikamente für den Nachmittag nicht genommen. War wohl zu sehr damit beschäftigt, Coney-Hotdogs zu verschlingen und die Staatsorgane zu schikanieren.

Auf unserem Weg ins Gebäude kommen wir an einem

Denkmal für Will Rogers, den Lasso werfenden Schauspieler, vorbei. Mir steht der Schwachkopf schon jetzt bis hier, dabei haben wir erst die Hälfte der Strecke nach Kalifornien hinter uns.

Eins muss man ihnen lassen. Es gibt jede Menge zu sehen in diesem Museum. *Zu* viel. Jeder Quadratzentimeter wurde genutzt. Oldtimer, Motorräder, eine von Staub überzogene alte Klapperkiste mit Wassersäcken über den Stoßstangen, riesige Fotos, rostige Autokennzeichen, alte Anzeigentafeln, ganz zu schweigen von verbeulten Benzinpumpen, blinkenden Ampeln, summenden Leuchtanzeigen für Hotels und dazu noch ein alter VW-Bus aus Hippietagen, angesprüht in allen verrückten Farben, den ich kaum ansehen kann, ohne dass mir die Augen brennen.

Und es dauert nicht lange, da laufen wir beide wie im Tran umher, völlig überstimuliert von all dem Lärm, den Farben und Lichtern.

»Ich fühl mich nicht so gut«, sagt John.

»Ich auch nicht. Lass uns von hier verschwinden.«

Dies ist das allererste Museum, in dem wir Kopfschmerzen bekommen.

Als wir wieder auf der Straße sind, fühle ich mich gleich besser. Da fällt mir neben der Straße die mit Sicherheit sechste halb mit Pipi gefüllte Plastikflasche ins Auge. Ich schwöre, dass man die in ganz Oklahoma findet. Was haben diese Leute nur? Mich alarmiert der Gedanke, dass alle diese Okies während der Fahrt pinkeln. Hände ans Lenkrad, sage ich!

Vor Erick kommen wir an einem Schild vorbei:

»Ob das wohl der Typ ist, der ›King of the Road‹ gesungen hat?«, frage ich mich.

John fängt zu singen an. »*Trai*-lers for sale …« Dazu trommelt er mit den Fingern aufs Lenkrad.

Er kann sich nicht an meinen gottverdammten Namen erinnern, aber an einen albernen Song von vor vierzig Jahren. Als ich das Schild für das Roger-Miller-Museum sehe, schmückt dies natürlich ein großes »King of the Road«-Spruchband. Er muss hier aus der Gegend sein. Gütiger Gott. Na ja, wenigstens ist es nicht Will Rogers.

Ich klappe die Sonnenblende herunter und betrachte mich im Spiegel. Der Wind hat mir lange Haarsträhnen – ungewaschen, wie ich beschämt zugeben muss – über den Kopf geweht. Bei all meinem Gemeckere über Johns Hygiene könnte man denken, dass ich meine eigene auch wichtig nehme. Ich ziehe das Gummiband aus den Haaren und versuche, die Strähnen wieder zu einem Pferdeschwanz zusammenzufassen. Indem ich den Hals recke, versuche ich, einen Blick der Frau zu erhaschen, die ich mal war, kann sie aber nicht finden. Vielleicht hilft es, wenn ich die Brille absetze und alles nur noch verschwommen sehe, aber das führt nur dazu, dass ich die Ränder unter meinen Augen mustere, die während der letzten paar Tage immer dunkler und tiefer geworden sind. Wie kann jemand so ausgemergelt aussehen und dennoch ein Doppelkinn haben, frage ich Sie?

»Ich sehe aus wie das Wrack der *Hesperus*«, murmele ich.

John dreht mir den Kopf zu. »Ich finde, du siehst schön aus.«

Ich betrachte meinen Ehemann. Es ist eine Ewigkeit her, dass er etwas in der Art zu mir gesagt hat. Ich denke daran, wie ich mich nach seinen Komplimenten verzehrt, wie ich sie ihm geglaubt habe und wie sie mich davor bewahrt haben, beim Blick in den Spiegel zu erschaudern.

»Du redest Blödsinn«, sage ich und spiele ein Spiel von vor langer Zeit.

»Das stimmt, aber ich finde dich noch immer schön.«

Dieser verdammte Mann. Zum Teufel mit ihm, dass er mich noch immer liebt, selbst jetzt.

Wir nähern uns der Stadt Texola. Gleich neben der Straße sehen wir alte Autos, die entlang der Grundstücksgrenzen parken, rostende Kolosse mit »Zu verkaufen«-Schildern, die in der Sonne ausbleichen, als würden sie darauf warten, dass ein Sammler von Oldtimern kommt und sie vor dem Schrottplatz rettet. Das Gras ist verbrannt. Die Gebäude bröckeln. Weit und breit ist niemand zu sehen.

SIEBEN

TEXAS

Die Spätnachmittagssonne fällt schräg in den Wagen ein. Womöglich bilde ich es mir nur ein, dass sich das Wohnmobil sofort aufheizt. Es ist zwar Herbst, aber dennoch sind wir in Texas. Wir setzen unsere großen Sonnenbrillen auf, kurbeln die Fenster hoch und schalten zum ersten Mal die Klimaanlage ein. Leider dauert es nicht lange, bis ich merke, dass die Klimaanlage nicht gut funktioniert. John hat sie wahrscheinlich seit Jahren nicht nachgefüllt. Ich drehe sie voll auf, aber die Luft, die herauskommt, ist muffig und ätzend, kaum kühl zu nennen.

Die andere Sache, die mir auffällt, ist etwas, das ich bereits weiß. Das Abgasproblem, das Kevin erwähnte, wurde nie repariert. Lauwarme Luft ist nicht das Einzige, was durch die Lüftungsanlage kommt, auch Abgase mischen sich hinein. Es dauert nur ein paar Minuten, bis wir beide wie verrückt gähnen. Ich schalte die Klimaanlage aus, kurbele die Fenster herunter und fühle mich gleich besser. Auch John wird wieder munter.

Aber dennoch befürchte ich, ihm heute zu viel zugemutet zu haben. Er murmelt leise vor sich hin, als hätte er vergessen, dass ich da bin. Hoffentlich finden wir eine Bleibe in Shamrock, der nächsten großen Stadt. Ich suche in den Büchern nach Campingplätzen und stelle erleichtert fest, dass es einen direkt auf der West I-40 gibt, parallel zur 66.

Nachdem wir an einer hübschen Tankstelle im Art-déco-Stil der Dreißigerjahre mit dem Namen »U Drop Inn« vorbeigekommen sind, erreichen wir den Campingplatz. Ich lasse John in Nähe der Anmeldung parken.

Er schaltet den Motor aus. »Sind wir hier zu Hause?«

John ist müde und desorientiert. »Nein, John. Ich gehe mal los und checke uns ein. Du musst nicht mitkommen.« Ich nehme Stock und Handtasche mit und lasse mich dann langsam von meinem Sitz aus dem Wohnmobil gleiten. Da ich wackelig auf den Beinen bin, versuche ich, besonders vorsichtig zu sein. Auf halbem Weg zur Anmeldung fällt mir etwas ein, und ich mache kehrt und gehe zum Wohnmobil zurück.

»Oh John, könntest du mir die Schlüssel geben?«, flöte ich. Ohne darüber zu diskutieren, händigt John sie mir aus.

Als ich mit dem Stock ins Büro stapfe, steht der alte Mann hinter der Theke einfach nur stumm da und starrt mich an. Er runzelt die Stirn und schnaubt, als wollte er sagen: »Die hier ist reif fürs Probeliegen.«

Sie müssen wissen, dass ich es nicht dulde, angestarrt zu werden, vor allem nicht von Leuten meines Alters, die gerne so tun, als wäre die ganze Welt ihr Fernseher. Das nervt mich, zumal die meisten von uns die besten Jahre damit verbracht haben, unseren Kindern zu sagen, dass es unhöflich ist, jemanden anzustarren. Ich weiß nicht, was das soll. Ein toller Hecht ist er jedenfalls nicht: fettiger Anglerhut, ein Muttermal auf der Stirn, auf dem man einen Hut aufhängen könnte, und ein Gesicht, das aussieht, als hätte er die letzten zwölf Jahre an einem Limburger Käse geschnüffelt.

Ich starre genauso dreist zurück.

»Hallo«, sagt er endlich blinzelnd. Vermutlich gewinne ich.

»Einen schönen Nachmittag«, sage ich nach langer Pause. »Wir brauchen einen Stellplatz für die Nacht.«

»In Ordnung«, sagt er mit einem tiefen texanischen Grummeln in der Stimme. »Wir haben heute ziemlich viel frei. Irgendwelche besonderen Wünsche?«

Soweit ich das sehen kann, unterscheiden sich die Stellplätze kaum, ein paar Bäume hier und da, aber sonst ist es überwiegend flach und trocken.

»In der Nähe der Waschräume wäre gut«, lasse ich ihn wissen. Ich gebe ihm einen Zwanziger. Er füllt eine Karte aus, reißt einen Teil davon ab und reicht ihn mir mit dem Wechselgeld. Und schon wieder glotzt er mich an.

»Verzeihung? Stimmt was nicht?« Jetzt bin ich grantig und lege es darauf an.

»Sind Sie bereit?«, sagt er, und seine Stimme ist jetzt sanfter.

»Wozu bereit?« Meine Hand klammert sich fester an den Stock.

»Bereit, Jesus als Ihren persönlichen Erlöser zu akzeptieren?«

»Ach, um Himmels willen.« Dafür bin ich jetzt viel zu müde. »Ein andermal vielleicht.«

»Es ist nie zu spät, wissen Sie.«

»Ich weiß«, sage ich und steuere die Tür an, so schnell mir das möglich ist.

Nachdem wir den Stellplatz gefunden haben und ich John habe aussteigen lassen, geht es ihm etwas besser. Er schafft es sogar noch, die Elektrik anzuschließen. Ich sehe ihm dabei auf die Finger, denn wer weiß, wann ich das übernehmen muss. Sollte es ihm im Laufe der Reise schlechter gehen, fällt mir diese Aufgabe zu. Das heißt, sofern ich nicht Jesus als meinen persönlichen Erlöser akzeptiere, denn dann könnte er das übernehmen.

Als wir endlich alles hergerichtet haben, sind wir beide so erledigt, dass wir einfach wegpennen – John auf dem Bett, ich am Tisch, nachdem ich meine Medikamente genommen habe. (Für mich ist es derzeit angenehmer, aufgerichtet zu schlafen. Mich hinzulegen, kommt mir wie eine Verpflichtung vor, die mit Verantwortlichkeiten und düsteren Vorahnungen einhergeht.) Es ist erst 16:15 Uhr, aber mir kommt es vor, als hätten wir schon zehn Uhr abends. Ich kann die Augen kaum mehr offen halten, aber ich denke noch daran, ein Licht anzumachen, damit wir nicht wieder im Dunkeln wach werden, wie das letzte Mal.

Als ich aufwache, ist die Luft im Wohnmobil heiß und stickig. Es ist nicht dunkel, aber ich bin allein. John ist weg. Ich greife nach dem Stock, hieve mich hoch und gehe hinaus, aber er sitzt nicht am Picknicktisch. Er ist nirgendwo zu sehen. Panik erfasst mich.

Neben uns stehen ein paar Wohnwagen, doch es scheint niemand da zu sein. Wir stehen nicht weit weg von den Waschräumen, also steuere ich diese an.

»Ist dort jemand?«, schreie ich am Eingang zu den Männerwaschräumen. Nichts. Ich humpele hinein. Alles ist wie ausgestorben. Nur Beton und stapelweise Papierhandtücher und der saure Gestank von Urin.

Ich laufe Richtung Büro, aber das liegt eine ganze Ecke weit weg. Auf dem Weg dorthin gehen mir alle schlimmen Dinge durch den Kopf, die passieren können – John, der an der Autobahn entlangläuft und von einem Auto erfasst wird, John, der sich im Wald verirrt und nie mehr gefunden wird, der von Fremden mitgenommene verwirrte John.

Ich schlurfe voran, bis ich zum Anmeldungsbüro komme. Dort bin ich bereits völlig erschöpft, und mir ist zum Heulen zumute. Glücklicherweise steht der Jesusjünger hinter der Theke, und obwohl er mich wieder anglotzt, benimmt er sich wenigstens zivilisiert.

»Hallo«, sagt er. Seine tiefe Stimme jagt mir einen Schauder über den Rücken, aber ich muss nett sein, denn er ist meine einzige Chance.

»Haben Sie vielleicht meinen Mann hier vorbeikommen sehen? Er ist etwa eins fünfundachtzig groß, geht ein wenig gebeugt, trägt ein grünes Hemd und hat eine braune Golfkappe auf?«

Der Jesusjünger sieht mich nur kurz an. Ich rechne damit, dass er mich wieder bequatschen will, aber er tut es nicht. »Ein Mann, auf den diese Beschreibung passt, kam vor kurzer Zeit vorbei.«

»Tatsächlich. Wie lange ist das her?«

»Vielleicht fünfzehn Minuten«, sagt er, und seine Stimme nimmt etwas Tempo auf, klingt menschlicher in meinen Ohren, was mir ein klein wenig Hoffnung gibt.

»Das ist er. Hören Sie, können Sie mir helfen? Er hat gelegentlich kleine Aussetzer und weiß dann nicht, wo er ist. Ich habe Angst, er könnte sich verlaufen oder verletzen.«

»Soll ich die Polizei anrufen?«

»Lassen Sie uns damit noch ein wenig warten.« Ich hatte für heute schon genug Polizei. »Haben Sie einen Wagen? Vielleicht könnten wir einfach herumfahren. Vermutlich ist er gar nicht weit weg.«

Den Jesusjünger scheint diese Idee zu erschrecken.

»Es wird sicherlich nicht lange dauern«, werfe ich ein.

»Ich kann meinen Posten nicht verlassen. Können Sie nicht Ihren Camper fahren?«

Jetzt kriege ich es langsam wirklich mit der Angst. »Ich kann dieses Ding nicht fahren. Bitte. Ich würde Sie nicht bitten, wenn es nicht wichtig wäre.«

Er überlegt einen Moment, was für ihn offenbar harte Arbeit bedeutet. Am liebsten würde ich ihm eine reinhauen, aber er ist derjenige, der mir helfen kann. Sonst gibt es niemanden hier weit und breit. Gute dreißig Sekunden lang schweigt er.

»Bitte«, flehe ich.

Schließlich spricht er wieder. »Ich könnte mal nachfragen, ob Terry Sie fahren kann. Er ist unser Hausmeister. Er hat einen Kleinlaster.«

»Das wäre großartig. Bitte beeilen Sie sich.«

Wieder stellt er einen Kraftakt heftigen Nachdenkens zur Schau, bis er endlich nach dem Telefon greift und mit systematischer Präzision die Zahlen eintippt. Inzwischen male ich mir aus, wie John unter Gehupe durch den Verkehr läuft. Ich glaube zwar nicht, dass er verrückt genug wäre, das zu tun, aber ich weiß es einfach nicht mehr. Ich beobachte das Gesicht des Jesusjüngers, der dem Telefonklingeln lauscht. Es ist, als würde man durch eine Fliegengittertür in ein leeres Haus blicken. Dann höre ich, wie am anderen Ende jemand drangeht.

»Terry? Hier ist Chet aus dem Büro. Hier ist eine Dame, die Hilfe benötigt. Wir haben überlegt …«

Er hält einen Moment inne und hört zu. Mir ist klar, dass Terry nicht kooperativ ist.

»Ich weiß. Sie sagt, sie braucht Hilfe. Ich kann die Anmeldung nicht verlassen.«

Am anderen Ende wird wieder gesprochen. Schließlich mische ich mich ein. »Dürfte ich vielleicht mit ihm sprechen?«

Die Idee scheint Chet nicht zu gefallen. Das Telefon ist plötzlich eins mit seinem Arbeitsplatz. Er kann es nicht loslassen. Schließlich nehme ich es ihm aus der Hand. »Hallo, Terry?«

Es folgt eine lange Pause, und ich habe den Verdacht, in einen Ritus beschränkter Christen gestolpert zu sein, aber als Terry das Wort ergreift, hört er sich ziemlich normal an. »Wer spricht da?«, will er wissen.

»Terry, ich bin die Frau, die Hilfe benötigt. Dies ist ein Notfall. Mein Ehemann hat sich verlaufen, und ich habe Angst, dass er sich verletzt. Er hat Aussetzer, wenn er die Orientierung verliert. Könnten Sie bitte herkommen? Ich brauche nur jemanden, der mich durch die Gegend fährt. Ich zahle Ihnen auch gerne das Benzin und Ihre Zeit.«

»Ich bin in der nächsten Minute bei Ihnen, Ma'am.«

Und tatsächlich hält nach einer Minute ein kleiner kastanienbrauner Pick-up mit goldenen Radkappen knatternd vor der Bürotür an und hupt. Ich höre das rhythmische Wummern des Basses aus dem Radio.

»Herzlichen Dank«, sage ich zu Chet, der jetzt ins Leere starrt. Ich hoffe tatsächlich auf ein Wort von ihm, das mich spirituell aufbaut, denn gerade jetzt hätte ich das nötig, aber er hat es offensichtlich nicht drauf. Er dreht sich bloß um und stiert mich an.

Die Musik verstummt. Auf dem Weg zum Wagen überlege ich, wie ich mich auf den Beifahrersitz des Pick-ups hinaufziehen kann, dabei er ist in Wirklichkeit recht tief. Während ich mich hineindrehe, wird mir klar, dass ich zu einem absolut Fremden in den Laster steige. Nach einem Blick auf den Fahrer komme ich zu dem Schluss, dass dies wahrscheinlich der Punkt ist, an dem die meisten Zeugenaussagen zu einer Entführung ihren Anfang nehmen. *Sie hätte niemals zu diesem Mann in den Laster steigen dürfen.*

Terry, das soll hier gesagt sein, jagt mir eine Heidenangst ein. Er ist um die zwanzig, die letzten Überbleibsel von Akne überziehen seine hervortretenden Wangenknochen, langes Haar in der Farbe von bräunlichem Spülwasser quillt unter einer schwarzen Rollmütze hervor, die aussieht, als wäre sie noch nie gewaschen worden. Sein T-Shirt ist schwarz, seine Schlabberhose (mit Ketten daran) ebenso, der fingerlose Handschuh seiner rechten Hand ist schwarz – alles, was er anhat, ist schwarz. Vorne auf seinem T-Shirt befindet sich ein grünliches Foto eines wirklich böse dreinblickenden Mannes mit langen kotzbraunen Haaren und einem puderweißen Gesicht, dessen Stirn ein blutiges, in die Haut gekratztes X schmückt. Unter dem Bild steht:

100 % HARDCORE
FLESH-EATING
BLOOD DRINKING
LIFE-SUCKING
ZOMBIE
HELLBILLY!

Aber nachdem ich das alles verarbeitet habe, sehe ich ihn mir genauer an und fühle mich unweigerlich an meinen Kevin erinnert, als er in diesem Alter war: so sehr darum bemüht, als harter Bursche rüberzukommen, jedoch verraten vom sanften Ausdruck seiner Augen. Im Laster riecht es nach Zigaretten und Schweiß und dem künstlichen Erdbeerduft des leuchtenden Duftbäumchens, das vom Rückspiegel baumelt.

»Ich bin Terry«, stellt er sich vor und streckt seine behandschuhte Hand aus, um meine zu schütteln. Mir fällt auf, dass die andere Hand unter den Knöcheln ein Wort eintätowiert hat. Es heißt: »O F F!«

»Ella.« Ich schüttele ihm die Hand und setze ein bemühtes Lächeln auf. Dies ist nicht der richtige Zeitpunkt, um wählerisch zu sein. Sollte nun Satan, als der Gegenspieler desjenigen, den ich im Büro angetroffen habe, beschlossen haben, mir zu helfen, so sei es. Obwohl ich denke, dass beide gut beraten wären, ihre Vorbilder zu überdenken.

»Sie schwitzen«, sagt Terry zu mir. Eine seltsame Bemerkung.

Ich fasse mir an die Stirn und fühle, dass er absolut recht damit hat. »Ich mache mir Sorgen um meinen Ehemann.«

»Klingt fast, als wäre Chester da drin keine große Hilfe gewesen«, sagt er und zupft an den paar vereinzelten Haaren an seinem Kinn.

Ich sehe dieses Kind an. »Nein, kann man nicht behaupten«, erwidere ich spitzzüngig. »Werden Sie mir denn eine Hilfe sein?«

Er schürzt auf übertriebene Art seine Lippen und nickt. »Wir werden den alten Jungen finden«, sagt er, als wir auf die I-40 abbiegen.

Als hätte ich heute nicht schon genug von dieser gottverdammten Straße gesehen. Nach einem knappen Kilometer sehen wir jemand mit einer beigen Jacke am Fahrbahnrand entlanglaufen.

»Ist er das?«, fragt Terry und zeigt darauf.

»Nein«, sage ich. »John hat ein grünes Hemd an.« Durch die Knöchellöcher seines Handschuhs kann ich erkennen, dass auch Terrys rechte Hand tätowiert ist. Ich überlege, dass die Tattoos auf Terrys Händen, sollte er jemals einen anderen Job anstreben, bei den meisten Arbeitgebern mit Sicherheit nicht als Pluspunkt gelten.

Ich stoße einen Seufzer aus, der wohl ein wenig lauter als von mir beabsichtigt ausfällt. Terry sieht mich an und überrascht mich, indem er mir besorgt versichert: »Wir werden ihn finden. Das verspreche ich Ihnen. Alles wird gut.«

»Danke.«

Eine Weile ist es still im Laster. Dann wendet Terry sich an mich. »Meine Oma hatte das auch.«

»Hatte was?«

»Ich weiß nicht«, sagt er mit einem unentschlossenen Achselzucken. »Wie man das eben nennt. Nach diesem Typen. Die Krankheit. Sie ist in der Nachbarschaft umhergeirrt. Sie musste in ein Pflegeheim. Binnen eines Jahres war sie tot.« Terry atmet leise aus. »Sie war die Einzige in meiner beschissenen Familie, die was getaugt hat.« Er wirft einen Blick in den Rückspiegel, dann auf mich. »Verzeihung.«

Dieser junge Mann hat mich offensichtlich mit einer feinen alten Dame verwechselt, die nicht flucht wie ein Scheuermann. Ich erwidere seinen Blick und versuche zu lächeln. »Ist schon gut. Es ist eine Notsituation.«

Ich habe ständig den Seitenstreifen der Straße im Blick. Hier und da gibt es ein paar kleine Geschäfte. Er könnte in jedem davon sein. Wir kommen an einer alten Tankstelle vorbei, dann an einem bunt bemalten Schild in Form einer Eistüte, auf dem DAIRY IGLOO steht. Von weiter hinten winkt uns ein großer Pinguin zu, der neben einer weiß gestrichenen Blockhütte steht. Darum haben sich Leute versammelt, entweder um Schlange zu stehen oder um Eis zu essen. Etwas weiter entfernt von dieser Gruppe stehen ein paar Picknicktische. Und da entdecke ich John. Er sitzt da und isst Schokoladeneis.

»Da ist er!«, schreie ich. »Halten Sie an.«

»Wo?«

Ich zeige verzweifelt nach rechts. »Die Eisdiele. Da drüben!«

Terry lenkt uns auf den Parkplatz, und wir kommen fast direkt neben John zum Stehen. Er sieht mich an. Ich bin mir sicher, dass er mich nicht erkennt, da ich in diesem merkwürdigen Kleinlaster sitze. Ich öffne die Tür und steige aus.

»John.« Ich gehe so schnell ich kann auf ihn zu und schließe ihn in die Arme. »Du liebe Güte, John.« Ich bin kurz davor, direkt hier vor dem DAIRY IGLOO loszuheulen. Ich drücke John, so fest ich kann.

»Ella?«

Verzweifelt klammere ich mich an ihn. »Ich brauche dich doch. Du musst bei mir bleiben. Wir haben nicht mehr viel Zeit, John.«

»Ich weiß nicht, was du meinst, Ella.«

Ich löse mich von ihm und schaue ihm direkt in die Augen. »Schatz, du hast mich zu Tode erschreckt.« Nun starren ein paar Leute, die vor dem DAIRY IGLOO stehen, zu uns herüber. Ich senke die Stimme.

John leckt an seinem Eis und sieht mich an, als wäre das doch alles keine große Sache. »Ich habe nur einen Spaziergang machen wollen.«

»Oh, du hast nur einen Spaziergang machen wollen?« Ich gebe mir alle Mühe, an mich zu halten. Ich möchte nicht vor all diesen Menschen losbrüllen. »Hast du denn eine Idee, John, wie du von hier wieder zurückkommst? Weißt du denn, wohin du laufen musst?«

Er zeigt auf den Weg, den wir hergekommen sind. »Den Weg zurück.«

»Gib mir das Ding«, herrsche ich ihn an und reiße ihm das Eis aus der Hand. Ich lecke daran. Es ist süß und kalt und schmeckt wunderbar, und mir kommen die Tränen. Ich setze mich auf die Bank und kann gar nicht mehr aufhören zu weinen.

John legt seinen Arm um mich und drückt mich an sich. »Weswegen weinst du denn?«

»Wegen nichts«, sage ich.

Da steigt Terry aus seinem Laster aus und kommt auf uns zu.

»Wer ist das?«, fragt John argwöhnisch.

Ich brauche ein wenig, um mich wieder zu fangen. Ich gebe John sein Eis zurück. Schniefend ziehe ich ein Taschentuch aus der Packung und putze mir die Nase. »Das ist Terry, der junge Mann, der mir geholfen hat, dich zu finden.«

»Hm«, grunzt John. Er wirft Terry einen Blick zu, als hätte er einen verurteilten Verbrecher vor sich, was Terry vielleicht ist, ich aber bezweifele.

Ich schnäuze mich noch mal. »Terry«, sage ich mit brechender Stimme, »dürfen wir Sie zu einem Eis einladen?«

Er nickt schüchtern. Ich ziehe einen Zwanziger aus der Brieftasche. »Bringen Sie mir bitte auch eins mit?«

Terry antwortet mit einem traurigen Lächeln, viel zu traurig für jemand seines Alters. Ich bleibe neben John sitzen, den Arm um seine Taille gelegt.

Kurz darauf kommt Terry mit zwei Schoko-Vanille-Kugeln und einer Handvoll Wechselgeld zurück. Ich nehme das Eis und schließe dann seine Hand um die Geldscheine und Münzen.

Jetzt hat er den Handschuh ausgezogen, und ich kann endlich die Tätowierung auf seiner linken Hand lesen. Da steht: »F U C K«. Jetzt verstehe ich das Wort auf der anderen Hand.

Ich weiß genau, was er meint.

An diesem Abend gehen wir zeitig zu Bett – keine Cocktailstunde, keine Diashow, kein Fernsehen. Ich mache uns ein paar gegrillte Käsesandwiches mit Tomatensuppe und verabreiche jedem von uns eine Valiumtablette. Ich hasse diese Dinger, aber heute Nacht muss ich sicherstellen, dass John auch wirklich schläft. Ich zwinge mich, so lange wach zu bleiben, bis ich ihn schnarchen höre, verschließe und verriegele dann die Tür. Ich lege mich neben ihn, sodass er es schwerer haben wird aufzustehen, ohne mich aufzuwecken. Heute Abend gehe ich kein Risiko ein.

Als ich mir endlich erlaube, mich zu entspannen, bin ich nicht mehr müde. Ich muss an die Kinder denken. Ich hatte heute vorgehabt, Cindy anzurufen, es aber in all der Aufregung vergessen. Cindy arbeitet bei Meijer's Thrifty Acres und wird dort richtig hart rangenommen; ich finde, dass diese großen Warenhäuser ihre Angestellten ausnutzen. So viele Extrastunden und keine Extrabezahlung. Ich weiß, wie müde sie ist, da sie jeden Tag um vier Uhr morgens aufstehen muss. Meine Gedanken gehen zu meinem alten Job, den ich zur Zeit unserer Hochzeit hatte. Es war nur eine Stelle als Verkäuferin bei Winkleman's, aber es gefiel mir, den ganzen Tag von Leuten umgeben zu sein, ich liebte die Mode, und natürlich brauchten wir das Geld. Als Cindy unterwegs war, hörte ich auf, dachte aber, dass ich eines Tages zurückkommen würde, wozu es nie kam. John hätte sich nie aufs hohe Ross gesetzt, wenn ich eine »berufstätige Ehefrau« gewesen wäre, aber man setzte es als gegeben voraus, dass meine Aufgabe darin bestand, die Kinder großzuziehen, und das war in Ordnung für mich.

Die Jahre vergingen, und ich überlegte immer mal wieder, in die Arbeitswelt zurückzukehren, aber dann gab es in Haus und Garten ständig jede Menge zu tun. Ich weiß noch, dass ich es eines Tages, als Kevin noch ein Kleinkind war und das ganze Haus tyrannisierte, ernsthaft in Erwägung zog. (Er aß einfach alles, was er sah – Käfer, Waschmittel, Pflanzen, Medizin –; was immer ihm unter die Finger kam, wanderte in seinen Mund. Der Giftnotruf kannte mich beim Namen.) Dieses Kind machte mich fertig. Und kaum hatte ich ihn beruhigt, kam Cindy von der Schule nach Hause und ärgerte ihn wieder. Damals wäre es ganz angenehm gewesen, einen Job zu haben.

Ich hatte nie vorgehabt, mein Licht unter den Scheffel zu stellen. Doch tatsächlich wusste ich nie wirklich, ob ich für irgendwas anderes begabt war, außer Ehefrau und Mutter zu sein. Ich weiß aber, dass ich Freude daran hatte, im Laden die Schaustücke herzurichten. Manchmal durfte ich sogar ein Schaufenster gestalten. Für solche Dinge hatte ich immer ein Händchen: Farben zusammenstellen, Stoffe, Gewebe, all das. Im Laden waren alle immer sehr zufrieden mit dem, was ich machte. Mr. Biliti, der Geschäftsführer, ein dünner Mann mit Schnurrbart, der unter Schuppen litt, lobte mich immer für meine gute Arbeit. Ich weiß noch, wie enttäuscht er war, als ich ihm meine Schwangerschaft mitteilte. Er lächelte und gratulierte mir, ignorierte mich aber daraufhin sofort. Es dauerte nicht lange, da war es, als gäbe es mich gar nicht. Er wusste, was passieren würde. Schließlich arbeitete er in einem Damengeschäft.

Wenn ich ehrlich bin, dachte ich kaum noch an einen von ihnen, nachdem ich aufgehört hatte. Ich war glücklich dort, wo ich war, glücklich, Mama zu sein mit einem Haus und einem Ehemann. Und John war ein guter Ehemann. Wir schenkten unseren Kindern ein gutes Zuhause. Wir kamen beide aus Familien, die von Tyrannen, Ehebrechern und Märtyrern beherrscht wurden und in denen wir nichts als Streit und Schläge erfuhren, weshalb wir beschlossen, das genaue Gegenteil dessen zu tun, was unsere Eltern getan hatten. Alles in allem war das ein ziemlich guter Plan.

Wir verstanden uns in unserer Ehe immer als Team. Keiner von uns war wichtiger als der andere. Ich bediente John nie von vorn bis hinten wie andere Frauen. Wenn er ein Sandwich wollte, konnte er sehr gut selbst aufstehen und sich eins machen. Was das anbelangt, sind wir immer sehr modern gewesen. Es ist eine Ehe, keine vertraglich geregelte Knechtschaft.

Aus diesem Grund haben mich auch seine Bemerkungen, die er in letzter Zeit über »sein Haus« und alles, was mit

»seinem Geld« gekauft wurde, fallen ließ, so sehr verletzt. Ich weiß, dass es an der Krankheit liegt, wenn Menschen in seiner Verfassung anfangen, in Gelddingen und dergleichen merkwürdig zu reagieren. Und doch hätte er mir gegenüber früher nie etwas in der Art verlauten lassen.

Ich bin mir nicht mal sicher, ob er sich daran erinnert, dass wir zwei Häuser hatten, eins in Detroit, bevor wir nach Madison Heights zogen. Wir zogen ein paar Jahre nach den Aufständen von '67 aus Detroit weg, wie das fast alle taten, die in ähnlicher Situation waren wie wir. Mir brach es das Herz, dieses Haus zu verlassen. Fast zwanzig Jahre hatten wir dort gelebt. Aber Dinge veränderten sich, die Nachbarschaft veränderte sich. Weiße bekamen es mit der Angst zu tun und zogen in Scharen weg. Man wandte brachiale Methoden an, Immobilienmakler klopften an deine Tür und teilten dir mit, dass »sie« jetzt in dein Viertel ziehen würden, und verbreiteten Geschichten über Einbrüche und Raubzüge. All dieses Gerede. Dieses Gerede sorgte dafür, dass ich Angst hatte, in meinem eigenen Viertel auf die Straße zu gehen.

Als ich aufwuchs, wohnten wir in der Tillman Street im Stadtzentrum in einer Gegend, die sehr arm war. Schwarze lebten im selben Häuserblock wie wir, und das war damals überhaupt kein Problem. Wir hatten alles in unserer Straße: Bulgaren, Iren, Tschechen, jede Menge Polen, einen Juden, ein paar Franzosen (die Millers, die allesamt Diebe waren), und einen Schwarzen, Mr. Williams, der mit seiner Tochter Zula Mae zusammenwohnte, sogar ein gemischtrassiges Paar, eine weiße Frau und ein schwarzer Mann. Das zählte nicht, denn wir waren alle arm. Wir besaßen alle nichts und lebten in Frieden miteinander.

Aber nach den Aufständen schien alles auseinanderzubrechen. Coleman Young wurde Bürgermeister und ließ keinen Zweifel daran aufkommen, dass er Weiße nicht mochte. Er gab uns allen den Rat, uns auf der Eight Mile Road auf den Weg zu machen und zu verschwinden. Und binnen Kurzem zogen alle, die ich kannte, meine Schwestern und Brüder, alle unsere Nachbarn und Freunde aus Detroit weg. Alle außer uns. Wieder wohnte ich zusammen mit Schwarzen in einer Straße und sagte mir, es sei kein Problem, nur dass es diesmal anders lief. Man ließ uns spüren, dass Detroit jetzt ihre Stadt war. Vermutlich waren wir es einfach nicht gewohnt, in der Minderheit zu sein. Ich wollte mein Zuhause nicht verlassen. Ich liebte dieses Haus. Doch wir verließen es.

Wenn ich mir ansehe, was passiert ist, bricht es mir noch immer das Herz. So viele Slums und verlassene Gebäude. Michigan Central Station, das Nationaltheater, J. L. Hudson's, das Statler-Hotel, das Michigan Theatre, alles zerstört oder dem Verfall preisgegeben. Jetzt höre ich, dass Weiße wieder zurück in die Stadt ziehen. Gebäude renoviert werden. Es gibt neue Eigentumswohnungen und Bauprojekte und Bürokomplexe. Es verändert sich wieder etwas. Ich weiß nicht, was ich davon halten soll. Was weiß ist, wurde schwarz, was schwarz ist, wurde weiß. Und heute, in diesen verbliebenen Tagen, leben John und ich irgendwo dazwischen, in einer Welt aus Grau, in der nichts real zu sein scheint und die Orte, die einst so wichtig für uns waren, für immer verschwunden sind.

Ich muss auf die Toilette, aber ich möchte noch nicht aufstehen. Nur noch ein wenig liegen bleiben. Was mag wohl aus all den Leuten bei Winkleman's geworden sein? Die meisten waren älter als ich. Die sind jetzt tot, dessen bin ich mir sicher, genauso wie fast alle unsere Freunde, diejenigen, die mit uns aus der Stadt in die Vororte gezogen sind. Die Jillettes, die Nears, die Meekers, die Turnblooms, fast alle sind gestorben, bis auf eine vereinzelte Witwe hier und da.

Man verfolgt mit Sorge, wenn Eltern, Geschwister, Ehepartner sterben, doch keiner bereitet einen auf den Tod von Freunden vor. Jedes Mal, wenn du dein Adressbuch durchblätterst, wirst du daran erinnert – *sie ist tot, er ist tot, sie sind beide tot.* Ausgestrichene Namen und Nummern und Adressen. Seite um Seite, gestorben, gestorben, gestorben. Das Verlustgefühl, das dich dabei erfasst, gilt nicht nur der Person. Es ist der Tod deiner Jugend, der Tod von Spaß, von warmherzigen Gesprächen und zu vielen Drinks, von langen Wochenenden, von geteilten Schmerzen und Siegen und Eifersüchteleien, von Geheimnissen, die du keinem anderen anvertrauen konntest, von Erinnerungen, die nur ihr beide geteilt habt. Es ist der Tod deines monatlichen Binokelspiels.

Sie sollten wissen: Selbst wenn Sie wie wir noch immer auf der Erde umhertapern, ist sich bestimmt jemand aus Ihrer Vergangenheit ziemlich sicher, dass Sie bereits unter der Erde liegen.

Um 4:23 Uhr erwache ich aus dem üblichen leichten Schlaf und sehe John vor mir stehen, die Lippen auf die Zähne gepresst, Zornesadern auf der Stirn. Ich glaube, ich habe bereits erwähnt, dass er manchmal seine Träume von der Realität nicht unterscheiden kann. Manchmal wacht er auf und weiß weder wo noch wer er ist. Und das macht ihn fuchsteufelswild.

»Was ist los, John?«, frage ich und setze mich im Bett auf.

Sein Blick ist finster, sein Mund steht offen, und sein Atem kommt röchelnd und hört sich an, als wäre er verschleimt.

»Was *ist* denn, John?«, hake ich nach, und dabei fällt mir auf, dass er etwas Glänzendes in der Hand hält. Ich dachte, jetzt ist es so weit, jetzt ist er völlig verrückt geworden. »Was hast du da? Was denkst du? Du hast nur geträumt.«

»Nein, habe ich nicht«, knurrt er. »Ich bin wach. Wo sind wir? Das ist nicht zu Hause. Wohin hast du mich gebracht?«

»John. Das ist unser Wohnmobil. Wir machen Ferien, erinnerst du dich? Ich bin deine Frau. Ich bin Ella.«

»Du bist nicht Ella.« Er blafft mich an, beißt die Zähne zusammen.

»Natürlich bin ich Ella. Ich weiß, wer ich bin. Ich bin deine Frau, ich bin Ella.«

Sein Blick wird etwas weicher, als ergäbe das, was ich sage, ein wenig Sinn für ihn. »Was hältst du da in der Hand, John?«

Er streckt seine Hand aus, damit ich es sehen kann. Es ist ein Messer.

Ein Buttermesser.

»Gib mir das, du Knallkopf.« Ich könnte ihm eine runterhauen.

Als ich ihn so nenne, scheint es ihm die Tatsache zu bestätigen, dass ich Ella bin. Er gibt mir das Messer, und ich spüre etwas an der Klinge, etwas Klebriges.

»Wolltest du dir ein Sandwich machen, John?« Ich sehe ihn mir genauer an.

»Nein.«

»Wie kommt es dann, dass du Erdnussbutter im Gesicht hast?« Ich hole ein Papiertaschentuch aus meiner Tasche, befeuchte es mit dem Mund und wische ihm die Oberlippe ab.

»Ich weiß es nicht.«

»Gütiger Gott. Komm ins Bett, John.«

Es ist nicht das erste Mal, dass so etwas passiert. Beim letzten Mal zu Hause schüttelte er mich wach, indem er mich am Halsausschnitt des Nachthemds packte. Das Mal davor war wirklich beängstigend. Er hielt einen Zimmermannshammer und schlug damit unentwegt auf sein Nachtkästchen ein und wollte wissen, wo er war.

Unmittelbar darauf begannen meine Schlafprobleme. Und das nicht nur, weil ich Angst vor meinem Mann habe. Der Gedanke zu sterben erschreckt mich nicht. Was mich erschreckt, ist die Vorstellung, dass John allein ist, wenn sein Anfall vorbei ist. Die Vorstellung, dass einer von uns ohne den anderen ist.

Der morgendliche Himmel ist unverschämt blau. John wacht auf und verhält sich ruhig, aber munter, wohingegen ich völlig geschlaucht bin. Wir essen Toast und Haferbrei und trinken Tee, nehmen Medikamente, packen zusammen und fahren los. Wieder auf der Straße zu sein, ist eine willkommene Erleichterung. Ich beschließe, den gestrigen Tag aus meinem Gedächtnis zu streichen und mich auf das zu konzentrieren, was vor mir liegt. Wir haben eine lange Fahrt durch den Landzipfel von Texas vor uns, mindestens zweihundertfünfzig Kilometer.

Die Landschaft ist platt und trostlos – lebloser Fels und rissige Erde mit einer Kruste aus drahtigen Sträuchern. Damit wir auf der sicheren Seite sind, lasse ich John anhalten und den Wohnwagen volltanken. Nachdem ich unsere Kreditkarte in die Tanksäule gesteckt und John aufgefordert habe loszulegen, suche ich die Damentoilette auf, kaufe uns Snacks und zwei Flaschen Wasser. (Ich hasse es, Geld für Wasser auszugeben, aber ich fühle mich besser damit.)

John ist noch mit Tanken beschäftigt, als ich zurückkomme. Ich vermute, er hat den Auslösehebel der Zapfpistole so schwach gedrückt, dass nur ein Tröpfeln kommt. Er lächelt mich an, als ich auf das Wohnmobil zugehe. Er trägt eine große Golfkappe mit der amerikanischen Flagge darauf, die er irgendwo gefunden haben muss.

»Alles bereit, El?«, fragt er durchs offene Fenster, nachdem ich hineingeklettert bin.

»So bereit, wie wir nur sein können«, sage ich, überrascht, diesen Namen zu hören. Es ist Jahre her, seit John mich »El« genannt hat. Dies sind die Dinge, welche die Krankheit einem stiehlt, eins ums andere, die kleinen Vertraulichkeiten, die Details, die dazu beitragen, dass du dich bei einer Person geborgen fühlst. Und es sind auch die Dinge, die diese Reise wieder zurück an die Oberfläche wirbelt. Das gefällt mir.

Die Zapfanlage schaltet sich ab. John hängt die Zapfpistole zurück an die Pumpe und öffnet dann die Tür. Unsere Kreditkartenquittung schiebt sich aus dem Schlitz in der Tanksäule, bebt im Wind und flattert davon. So etwas kümmert uns nicht. John nimmt auf dem Fahrersitz Platz, strahlt mich an und drückt mir das Knie.

»Hey, Geliebte«, sagt er mit zufriedener Miene, obwohl er hauptsächlich Fett und Titan spürt. Doch es macht mir nichts aus, Ihnen zu sagen, dass mir in dem Moment das Herz aufgeht.

Ich erwidere sein Lächeln, nun ebenfalls in besserer Stimmung und froh, meinen alten Mann zu sehen. »Da platzt heute wohl jemand förmlich vor Kraft und Elan«, sage ich.

Er tätschelt mein Knie und startet den Wagen. Das brauchen wir nach dem gestrigen Tag.

Wir beschließen, auf das »Devil's Rope«-Stacheldraht-Museum in McLean zu verzichten, denn es klingt ganz danach, als könnte es das dümmste Museum der Welt sein. Wenig später kommen wir an einer kleinen altmodischen Phillips-66-Tankstelle mit orangen Pumpen und einem Kamin in Form einer Milchflasche vorbei. Wie so viele Dinge, die man entlang dieser Straße restauriert hat, funktioniert auch diese nicht wirklich, sieht aber gut aus.

Wir kommen gut voran. Es ist heiß und klar und trocken, aber nicht unangenehm bei geöffneten Fenstern. Der Vorteil, wenn man im Herbst reist. Die Route 66 verläuft als Nebenfahrbahn entlang der Autobahn mit wenig Verkehr, als wir durch Orte wie Lela und Alanreed fahren. Man könnte diese Ortschaften verschlafen nennen, doch komatös träfe es genauer. Ein Schild an der Autobahn:

KLAPPERSCHLANGEN, JETZT ABFAHREN

Doch von der Reptilienranch sind nur noch Trümmer geblieben. Fast hätte ich John gebeten, mal kurz anzuhalten, um es mir genauer ansehen zu können, aber stattdessen dirigiere ich uns auf die I-40, um das Stück Sandstraße zu vermeiden, in das die 66 an den letzten Resten des Jericho Gap übergeht. Außerdem fühlt es sich so gut an, unterwegs zu sein, dass ich unsere Fahrt nicht durch Trödeln verderben möchte. Ich will auch nichts tun, was Johns momentane Verfassung verändert. Er ist regelrecht gesprächig.

»Erinnerst du dich noch, Ella, als wir damals nach Colorado gefahren sind? Wo war das noch mal, als wir nach dem Aufwachen von lauter Schafen umgeben waren? Meine Güte, das war was.«

Ich sehe John erstaunt an. Er hat sich schon lange Zeit nicht mehr an so etwas erinnert, aber ich beklage mich nicht. »Das war in Vail«, sage ich. »Als wir '69 in den Westen gefahren sind.«

»Das stimmt!«, sagt er und nickt mit seinem ganzen Körper.

»Das war so merkwürdig«, ergänze ich. »Wir sind früh aufgewacht, und ich habe zufällig hinausgesehen. Die Sonne war gerade erst aufgegangen, und da tauchten alle diese Schafe auf.«

John rückt seine Brille mit dem Zeigefinger zurecht und nickt wieder. »Dieser Mann, der sie über den Campingplatz getrieben hat. Wir standen direkt neben diesem Abhang, und sie sind stehen geblieben und haben einfach um uns herum gegrast. Ich weiß nicht, wie er die alle unter Kontrolle hielt.«

»Hatte er nicht einen Hund?« Unfassbar, dass ich John zu einem Ereignis befrage, das Jahrzehnte zurückliegt.

»Ich denke nicht.« Beim Sprechen starrt John auf die Straße vor uns, als würde sich die Szene gleich hier vor seinen Augen entfalten. »Ich erinnere mich, wie sich das anfühlte. Inmitten all dieser Schafe war es, als würde die Zeit langsamer vergehen. Alles war ganz still, während sie grasten. Auch sie selbst machten kaum Geräusche. Ich weiß noch, dass wir das Gefühl hatten, im Wohnmobil gefangen zu sein. Aber das war in Ordnung so. Wir waren einfach nur von Schafen umgeben.«

»Genau das liebe ich am Urlaubmachen«, werfe ich ein und schaue aus dem Fenster auf das bräunliche Gestrüpp, das büschelweise am Straßenrand auftaucht.

»Schafe?«

»Dass alles langsamer wird. Man macht all diese Erfahrungen in kurzer Zeit. Man weiß nicht mehr, welcher Tag ist. Die Zeit verlangsamt sich wie ein Traum.«

John kann mit meinen Worten offenbar nichts anfangen. Oder er hat mich gar nicht gehört. Auch gut, denn vermutlich habe ich gerade seine übliche Geistesverfassung beschrieben.

»Weißt du noch, wie verängstigt Kevin war?«, fragt er. »Das arme Kind hatte noch nie so viele Schafe gesehen. Nicht mal auf dem Jahrmarkt. Ich musste ihm versichern, dass keine Gefahr bestand. Dass Schafe liebe Tiere sind und man vor ihnen keine Angst zu haben braucht.«

»Dass du das noch weißt, John.« Er nennt mir Details, die selbst ich vergessen habe, dabei ist mein Erinnerungsvermögen so umfangreich wie meine Taille. Ich lege die Hand auf seinen Unterarm und streiche mit den Nägeln durch die schneeweißen Haare.

»Was ist?«

»Nichts. Gar nichts.«

Es gibt keine vollkommenen Augenblicke. Nicht mehr. Das wird mir jetzt bewusst, denn an diesem Tag, in diesem kurzen Augenblick, da ich meinen John zurückhabe, spüre ich gleichzeitig plötzlich einen Druck in meinem Körper, ein heftiges, die Eingeweide zusammenziehendes Unwohlsein, wie ich bisher noch kein Unwohlsein erlebt habe. Ich löse meine zitternde Hand von seinem Arm, froh, dass ich die Nägel nicht in sein Fleisch gegraben habe, als die erste Welle mich überkam. Ich krame in meiner Tasche nach den kleinen blauen Pillen. Ich wühle und wühle, meine Tasche ist voller Tablettenfläschchen, aber es sind nicht die richtigen. Lippenstifte, zusammengeknüllte Papiertaschentücher, halbe Kaugummis und Johns Waffe (sehr schwer, aber ich habe Bedenken, sie woanders unterzubringen) tauchen auf, aber keine kleinen blauen Pillen. Endlich finde ich das Röhrchen. Mit zitternden Händen wie ein Junkie spüle ich zwei davon mit dem Notfallvorrat an Wasser hinunter. Ich weiß, dass es noch eine Weile dauern wird, bis ich etwas merke. Ich muss mich ablenken.

»Sprich mit mir, John«, sage ich und zucke zusammen, gebe mir aber Mühe, so normal wie möglich zu sprechen.

»Worüber?«

»Irgendwas. Ist mir egal. Erzähl mir, woran du dich erinnerst.«

»Woran?«

»An uns. An unsere Ehe. Erzähl mir was.«

John sieht mich erst verwirrt an, als stünde er kurz davor, die Frage zu vergessen. Dann sprudelt es aus ihm heraus: »Wie du aussahst, als wir geheiratet haben. Ich erinnere mich, wie rot deine Wangen waren. Du hattest kein

Rouge aufgetragen, aber deine Wangen waren so rot. Ständig dachte ich, du hättest Fieber. Ich erinnere mich, dich auf den Stufen von St. Cecilia geküsst und dein Gesicht berührt zu haben, und ich spürte, wie warm es war, und dachte mir, dass ich diese Wärme an meinem Gesicht spüren wollte.«

Ich zucke zusammen. »Daran erinnere ich mich. Dein Gesicht war so schön kühl. Ich war an diesem Tag so aufgedreht. Ich wollte einfach nur, dass wir verheiratet waren.«

John lacht und lächelt mich an. Ich hoffe, dass meine Grimasse als Lächeln durchgeht.

»Erzähl mir, woran du dich sonst noch erinnerst, John. Beeil dich.«

»Ich erinnere mich an den Abend nach Kevins Geburt. Ich ging nach Hause, nachdem du zu Bett gegangen warst und es dem Baby gut ging. Cindy war bei deiner Schwester, und ich war allein zu Hause und konnte nicht aufhören zu weinen.«

»Warum hast du geweint, John?«

»Das weiß ich nicht mehr. Ich glaube, ich war glücklich. Ich weiß noch, dass ich mich dafür geschämt habe, so viel zu weinen.«

»Das war nichts, weswegen du dich schämen musstest, Schatz.«

»Vermutlich nicht.«

Ich umschließe mit den Fingern die Armstütze des Sitzes und stehe die nächste Schmerzwelle durch. »Es hat dich verrückt gemacht, dass Kevin die ganze Zeit weinte.«

»Ich wollte nicht, dass man sich in der Schule über ihn lustig machte, weil er eine Heulsuse war.«

»Aber er war dennoch eine.« Im Moment kann ich weder lachen noch lächeln, obwohl ich es gern täte.

John sagt nichts. Ein Auto überholt uns links und nebelt uns mit seinen Abgasen ein. Mir wird schwindlig von dem Geruch. Ich fürchte fast, mich übergeben zu müssen, aber ich kurbele das Fenster weiter auf, und das hilft.

»Was fällt dir zu unseren Urlauben ein, John?«

Er überlegt einen Moment. Wie ein Blitz durchzuckt mich die nächste Welle Unwohlsein. *»John.«*

»Feuer. Die Feuer, die wir gemacht haben. Der Geruch vom Lagerfeuer, der am nächsten Morgen in den Kleidern hing, wenn wir aufstanden und dasselbe Sweatshirt anzogen. Ich mochte diesen Geruch. Nach einer Tagesfahrt war er verschwunden, und ich wünschte ihn mir zurück.«

»Vielleicht haben wir heute Abend ein Feuer.«

»Gut.«

Wir kommen an Groom vorbei, und ich sehe den »Schiefen Turm von Texas«, wie er in den Reiseführern genannt wird. Es ist ein Wasserturm, der sich heftig zur Seite neigt.

»Geht's dir gut?«, fragt John.

»Mir geht's gut«, lüge ich. Ein weiteres Auto rast an uns vorbei.

»Was hat der es so eilig?«, echauffiert sich John. Auf dieser Reise erlebten wir häufig Menschen, die sich über uns alte Leute wegen unserer langsamen Fahrweise aufregten, aber es ist das erste Mal, dass es auch John bemerkt hat. Ich fürchte, wir waren nicht viel anders, als wir jung waren. Wir waren ungeduldig, ja schnell irgendwohin zu kommen und dann wieder genauso schnell zurück. Ich muss an die Landkarte in unserem Keller mit den Klebestreifenlinien denken, die das ganze Land wie ein Netz überziehen, all diese Urlaube, wie schnell waren sie vorbei. Mir fallen die Joads aus *Früchte des Zorns* ein, die sich durch den Jericho Gap schleppen, nachdem ihr Lastwagen im Erdreich eingesunken war. Plötzlich wird mir ganz warm, mein Kopf sitzt entspannt auf den Schultern, und ich kann wieder atmen. Draußen sehe ich einen Getreidespeicher auf dem Feld, dessen Silos wie Finger nach dem Himmel greifen.

Jetzt fühle ich mich wieder besser.

»Hallo Leute!«, begrüßt uns Jeanette, unsere hübsche, kecke Kellnerin, aufgebrezelt wie ein Cowgirl und noch jung genug, um von der zermürbenden Arbeit als Bedienung noch nicht völlig besiegt zu sein. »Willkommen in der Big Texan Steak Ranch!«

»Hallo, kleine Lady«, erwidert John und tippt sich an seine Golfkappe. Es geht ihm noch immer gut, und das kitzelt den Charmeur aus ihm heraus.

Jeanette lacht viel zu lange und viel zu laut darüber. »Also ihr beiden seid mir ja ganz Süße.«

Ich nicke und lächele. Jeanette hat keine Ahnung, dass diese süße, kleine alte Dame, die sie bedient, bis obenhin zugedröhnt ist. Vielleicht habe ich ein bisschen zu viel davon genommen. Mir summt der Kopf, und mein Körper fühlt sich flüssig an und wie elektrisiert. Das Unwohlsein ist weg, aber ich auch. Ich kann froh sein, dass ich es bis zum Tisch geschafft habe.

Die Big Texan Steak Ranch ist ein kitschiges Lokal, das von außen sehr lustig aussah: ein riesiger Cowboy und seine nicht minder riesige Kuh neben einem riesigen Ranchhaus. John war so begeistert, als er es sah, dass ich ihn nicht enttäuschen konnte. (Falls Sie es noch nicht mitgekriegt haben, ich habe eine Schwäche für die großen Touristenattraktionen. Es verschafft mir noch immer jedes Mal einen Kick, wenn ich an dem riesigen Uniroyal-Reifen, die so groß sind wie ein Riesenrad, auf der I-94 in Detroit vorbeikomme. Und mir hat auch dieser Paul-Bunyan-Koloss gefallen, an dem wir im Norden von Michigan vorbeigekommen sind. Ich habe noch irgendwo ein Foto von Cindy und mir, sie war etwa fünf oder sechs, auf dem wir neben dem blauen Ochsen Babe stehen. Wir blicken nach oben und winken John zu, der das Foto von hoch über uns aus dem Kopf von Paul Bunyan schießt.) Doch von innen betrachtet erinnert das Big Texan eher an ein Wildwest-Bordell als an eine Ranch. Dazu kommt noch, dass mir ein riesiger Fleischbrocken im Moment nicht gerade Appetit macht.

»Also dann, ihr Süßen. Was wollt ihr?«, quiekt Jeanette.

»Ich möchte einen Hamburger«, sagt John. Nichts Neues also.

»Ist das 250-Gramm-Hacksteak in Ordnung?«

Ich bestätige das mit einem Kopfnicken. »Das ist in Ordnung für ihn. Gut durch bitte.«

»Möchten Sie auch einen Salat und zwei Beilagen, Sir?«

John reagiert darauf ein wenig verwirrt, sodass ich einspringe, obwohl ich selbst auch durch den Wind bin. »Äh, mit Thousand Island Dressing?«, sage ich, um sie hinzuhalten, während ich die riesige, mit verrückten Cartoons vollgestopfte Speisekarte überfliege. »Makkaroni mit Käse. Gebratene Okra.«

»Okay. Und für Sie, Ma'am?« Jeanette sieht mich mit schief gehaltenem Kopf an.

»Ich möchte bitte nur ein Glas süßen Tee.«

Jeanette reagiert darauf mit theatralischer Schnute. »Sind Sie sich da sicher? Wir haben ja auch noch unser Special, ein Big-Texan-2000-Gramm-Steak. Zwei Kilo! Wenn Sie das alles in einer Stunde essen können, bekommen Sie es umsonst!«

Ich sehe sie verständnislos an. »Hm. Nein, ich denke nicht, dass ich das heute nehmen werde, danke.«

»Wir hatten eine neunundsechzigjährige Omi hier, die hat es gegessen«, verkündet Jeanette stolz.

»Tatsächlich?«, erwidere ich trocken. »Nun, diese Omi möchte nur süßen Tee.«

»Okay! Ich komme gleich wieder und bringe Brot und Butter!« Jeanette geht, und ich bin erleichtert. Es ist anstrengend, von so viel Enthusiasmus umgeben zu sein.

John sieht mich besorgt an. »Ist alles in Ordnung mit dir, Schatz?«

»Es geht mir gut. Mir ist nur ein bisschen übel.«

»Bist du krank?«

Dies könnte der richtige Zeitpunkt sein, zu erwähnen, dass John nicht wirklich um meine Krankheit weiß. Ich meine, er weiß, dass die Kinder mich zum Arzt fahren. (Wir kleben Zettel im ganzen Haus verteilt – MOM IST BEIM ARZT. KOMMT IN ZWEI STUNDEN WIEDER! –, damit er keine Panik bekommt, wenn er merkt, dass ich nicht da bin.) Aber den Grund dafür kennt er nicht. Er wäre ohnehin nicht in der Lage, diese Information zu verarbeiten. Als Cindy John von ihrer Scheidung erzählte, vergaß er das. Jedes Mal, wenn er sie sah, fragte er: »Wo ist Hank?«

Darauf erwiderte sie dann in etwa: »Ich weiß es nicht, Dad. Wir sind geschieden. Er kommt nur vorbei, um die Kinder abzuholen.«

»Geschieden!«, pflegt John dann zu sagen. »Was? Du bist nicht geschieden.«

»Doch, das bin ich, Dad.«

»Unsinn! Geschieden? Erzählt man mir denn gar nichts mehr?«

»Ich habe es dir erzählt, Dad, du hast es nur vergessen.«

»Als würde ich das vergessen.«

Und so weiter. Jedes Mal, wenn sie es ihm erzählte, war es, als hörte er diese schlechte Nachricht zum ersten Mal. Nachdem sich das fünf- oder sechsmal so abgespielt hatte, stand für uns fest, dass es, da John es sich ohnehin nicht merken würde, das Beste wäre, so zu tun, als sei nichts passiert. Wir wollten ihn nicht ständig aufregen.

Als dann Johns Essen kommt, macht er sich keine Sorgen mehr, wie es mir geht oder wegen anderer Dinge. Er isst, als warte der elektrische Stuhl auf ihn.

John scheint noch immer guter Dinge zu sein, weshalb ich annehme, dass ich es ihm zumuten kann, durch Amarillo zu fahren, zumal man hier, wenn man meinen Büchern glauben darf, noch das Gefühl der alten Straße erfahren kann. Wir nehmen den Business Loop 40, also die alte 66, und folgen dieser Ringstraße bis zum Amarillo Boulevard. Es ist viel Verkehr, was mich normalerweise nervös machen würde, aber ich bin von den kleinen blauen Pillen ungewöhnlich entspannt. Ich sehe ein paar alte Motels – das Apache Motel und so, aber die Stadt wirkt staubig und heruntergekommen. In Höhe Sixth Street gibt es einen kleinen Platz mit Läden und Restaurants. John verlangsamt das Tempo.

»Da sind ein paar Andenkenläden. Möchtest du anhalten und dich mal umsehen?«

Ich lächele meinen Mann an. Er ist heute ein ganz Lieber.

»Nein, ich denke, ich brauche das nicht, John. Aber trotzdem danke.«

Aber er hat recht. Es gibt hier ein paar nette Läden. Vor zehn oder fünfzehn Jahren hätte ich hier gern angehalten und ein wenig gestöbert. Und auch jetzt noch, trottelig von meiner Medizin gegen Unwohlsein, scheint es mir verlockend. Aber dann fällt mir ein, wie dumm das wäre.

Früher mal war dieser Aspekt des Urlaubs mein liebster – etwas mit nach Hause bringen. Meine persönliche Schwäche waren Töpferwaren. Egal, wohin wir fuhren, ich kam jedes Mal mit einer Kleinigkeit zurück: indianische Töpfe aus Wyoming und Montana, wunderschön glasierte Vasen aus Pigeon Forge, mexikanische Schalen aus dem Südwesten. Alles wunderschön und das meiste davon noch immer gut in Schachteln verpackt im Keller. Zu Hause hat man schließlich nur begrenzt Platz. Ich musste einfach aufhören, Dinge zu kaufen. Von späteren Reisen brachte ich dann ein oder zwei Mitbringsel für die Enkel mit, aber jetzt haben wir damit abgeschlossen. Ich denke an all die Schachteln im Keller. Auf die Kinder kommt jede Menge Arbeit zu.

Hinter Amarillo fahren wir wieder auf die I-40, und ich bin ein wenig klarer im Kopf. Es dauert nicht lange, bis wir die

Ausfahrt 62 erreichen und ich John anweise, die Autobahn zu verlassen. Ich krame in einem der Staufächer hinter uns, bis ich unser altes Fernglas finde.

»Wonach hältst du Ausschau?«, will John wissen, als er es in meinen Händen sieht.

»Ich möchte mir die Cadillac Ranch genauer ansehen«, sage ich und löse vorsichtig den Lederriemen, der um die Okulare gewickelt ist, aber er ist so brüchig, dass er mir auf dem Schoß zerfällt. Verdutzt werfe ich die einzelnen Stücke in die Abfalltüte.

»Was ist das?«

Ich greife zum Reiseführer und lese. »Hier steht, es sei eine Art Kunstprojekt von einem exzentrischen Heliummagnaten. Es sind einige alte Autos, die er in die Erde eingegraben hat.«

John runzelt die Stirn. »Wieso, verdammt, hat er das getan?«

Ich suche die Gegend entlang der Straße mit dem Fernglas ab. »Ich sagte doch, es ist ein Kunstprojekt.«

»Hört sich für mich eher nach Vergeudung guter Autos an.« Er nimmt seine Kappe ab, passt das Kopfband an und setzt sie wieder auf.

»Es sind doch alte aus den Vierzigern und Fünfzigern.«

»Oh.« Er grunzt. Johns Zustimmung findet das jedenfalls nicht.

Ich sehe etwas ganz am Ende der Straße in der Mitte eines großen Feldes, wie das auch im Buch beschrieben wurde. Viel zu weit weg für uns beide, um dort hinzulaufen.

»Fahr langsamer, John. Sei so lieb. Ich möchte das sehen.«

»Na gut, pass auf, dass du dich nicht in Schwulitäten bringst.«

Ich schwör's, manchmal ist er mir lieber, wenn er umnebelt ist. Wir halten neben einem mit Graffitis verzierten Müllcontainer an.

»Ist es das?«

Durch das Fernglas sehe ich eine Reihe von Autos, die kopfüber in der Erde eingegraben sind. Es sind keine Leute in der Nähe, nur ein paar Kühe, die nebenan grasen. »Ich denke schon.«

»Sieht nicht so aus, als wären sie in guter Verfassung«, meint John.

Ich reiche ihm das Fernglas, damit er einen Blick drauf werfen kann. »Nein, sind sie nicht. Die wurden alle mit Farbe besprüht und zerbeult. Sie haben nicht mal Reifen.«

»Das ist eine Schande. Warum hat man sie noch mal eingegraben?«

»Es ist ein Kunstprojekt, John«, sage ich, nachdem er mir das Fernglas zurückgibt. Dann ergänze ich: »Ich habe keine Ahnung.«

Doch der Anblick dieser vergrabenen Autos macht etwas mit mir. Heckflossen, die zum Himmel zeigen, das hat was Trauriges und Verstörendes. Unsere Freunde und Verwandten wünschten sich damals Autos wie diese. Sie waren damals der Inbegriff von Eleganz. In unserem alten Viertel hatten wir einen Nachbarn, der uns über seine neuen Cadillacs hinweg herablassend behandelte und sich für was Besseres hielt, weil er in seiner Einfahrt einen großen glänzenden Wal geparkt hatte.

»Erinnerst du dich noch an Ed Werner und seinen Cadillac, John?«

»Oh ja.«

»Dieser alte Suffkopf kam jeden Abend von der Arbeit nach Hause und stieg mit einer Flasche Cutty Sark aus seinem Cadillac.«

»Kronprinz Sunny Boy, der Autoverkäufer.«

John erinnert sich gut an ihn. Jetzt ist er schon lange tot, und diese schicken Autos sind nur noch Müll wie die hier auf der Cadillac Ranch.

Es gab eine Zeit in Johns Leben, da hätte er, wie ich weiß, gern einen Cadillac gehabt. Nicht dass wir uns jemals einen hätten leisten können, nicht dass ich zugelassen hätte, einen zu kaufen, selbst wenn es uns möglich gewesen wäre. Diese großen Autos sind einfach zu protzig.

Während ich durchs Fernglas schaue, wird mein Blick unscharf, und Schweiß sammelt sich unter den Augenbrauen um die Okulare herum. Ich fühle mich matt und gereizt, vielleicht aufgrund der Medikamente, vielleicht auch nicht. Diese sogenannte Kunst empfinde ich als Schlag ins Gesicht meiner Generation, weil sie sich gegen alles richtet, wofür wir gearbeitet haben, gegen alles, was wir nach dem Krieg zu brauchen glaubten, gegen unsere Illusionen von Wohlstand. Für jemanden, der in Armut aufgewachsen ist, schien die Mittelklasse das Wunderbarste zu sein, das man sich erhoffen konnte.

Die Cadillac Ranch geht mir total gegen den Strich. Oh Verzeihung. Sie verursacht mir *Unwohlsein*.

In Adrian, Texas, halten wir an einem kleinen Lokal namens Midpoint Café an, das »geo-mathematisch« genau die Mitte der Route 66 markiert, was immer das heißt. Mein Appetit ist zurückgekehrt, auch wenn ich mir nicht sicher bin, ob ich das Essen in mir behalten kann. Es gibt hausgemachte »Ugly Crust«-Pies, die mich reizen.

Unsere Kellnerin ist nicht allzu gesprächig, wie ich mich freue, berichten zu können. Sie sieht so betagt aus wie wir, was für eine Kellnerin die Ausnahme ist. Doch es gibt auch keinen freundlichen *»Hallo, ihr Süßen, sind wir nicht alt?«*-Unsinn. Auf ihrem Kittel trägt sie Dutzende von Fotobuttons ihrer Enkel (und vermutlich Urenkel) sowie Flaggennadeln. Sie klimpert, wenn sie mit ihrem leichten Hinkefuß torkelt und mit ihren großen Sneakers übers Linoleum quietscht.

Ich bestelle für mich einen Bananencreme-Pie, für John einen mit Apfel. Und Milch für uns beide. Als sie gebracht wird, nehme ich einen kräftigen Schluck, wobei mir von der Kälte anfangs fast übel wird, was sich aber gleich wieder legt. Ich dürfte keine Probleme bekommen. Es gibt nicht viel zu sagen bei Tisch. John wird müde und still. Ich denke, wir sollten es für heute bald gut sein lassen.

Der Pie ist wirklich eine Köstlichkeit. Süß, aber nicht zu süß mit einer Schmalzkruste, die sich wie himmlische Flocken von der Gabel löst. Nachdem wir jeder unser Stück aufgegessen haben, bestellen wir uns noch einen mit Kokoscreme und verputzen es im Handumdrehen. Mit was Süßem im Bauch fühle ich mich gleich viel besser.

Die Kellnerin legt uns wortlos die Rechnung auf den Tisch. Ich wende mich John zu und hebe mein Glas mit dem letzten Rest Milch. »Die Hälfte haben wir geschafft, alter Mann.«

John hebt sein Glas und stößt mit mir an.

Wie findet man eine Geisterstadt? Halt einfach Ausschau nach dem Nichts, und schon ist sie da.

Na ja, eigentlich muss man die Ausfahrt nehmen (ich scherze nicht) und auf die Südseite der Autobahn hinüberfahren, wo die Straße in lausigem Zustand ist, voller Schlaglöcher und mit Kiesboden. Ich gebe John Anweisung, rechts abzubiegen und auf das alte Gebäude zuzufahren, das vor uns liegt. Jetzt sind wir in Glenrio, einer echten Geisterstadt entlang des alten Highways.

»Fahr langsamer«, sage ich. Wir kommen an einem verlassenen Hotel mit einem Schild davor vorbei:

LAS IN TEXAS

Die Hälfte des Schilds ist kaputtgegangen, aber aus meinen Büchern weiß ich, auf der einen Seite muss früher LAST HOTEL IN TEXAS und auf der anderen FIRST HOTEL IN TEXAS gestanden haben, je nachdem von welcher Seite man kam. Glenrio liegt sowohl in Texas als auch in New Mexico. Die Texas-Seite lag im »Deaf Smith Country«, dem alkoholfreien Teil der Stadt. Alle Bars befanden sich auf der New-Mexico-Seite. Die Tankstellen standen dagegen auf der Texas-Seite, weil dort die Steuern niedriger waren.

Wir fahren an dem Rohbau einer alten Tankstelle vorbei. Vor dem Skelett einer Zapfsäule steht ein verstaubter weißer Pontiac aus den Siebzigern, die Scheiben eingeschlagen, ein Heim für Vögel.

»Hier hat man den Film *Früchte des Zorns* gedreht, John. Erinnerst du dich? Mit Henry Fonda? Gar nicht leicht, sich das in diesem Durcheinander vorzustellen.«

»Mir gefällt es hier nicht«, sagt John.

Er hat recht. Es geht etwas Beunruhigendes von diesem Ort aus, der zwar nur noch ein Schatten seiner selbst, aber gesättigt von Erinnerungen ist. Doch wenigstens verweisen noch ein paar Ruinen auf die Vergangenheit. Die werden allerdings nicht ewig hier sein. Nach und nach bröckelt die Vergangenheit Stück für Stück weg, bis selbst Geisterstädte verschwinden.

Ich tupfe mir die Stirn mit einem Taschentuch ab. Mein Mund ist so trocken, als würde ich Schleim essen. »Du wirst wenden müssen. Die Straße ist weiter vorne nicht mehr asphaltiert. Fahr einfach los und dann im Kreis zurück.«

John wendet den Wagen, gibt Gas. In dem Moment ertönt ein Geräusch wie ein Schuss und erschreckt mich zu Tode. Ich höre ein Schrappen, und das Wohnmobil schwenkt hart nach rechts, sodass wir beide auf unseren Sitzen ins Rutschen kommen. Die Armlehne rammt meine Seite, und ich stehe schon kurz vor einer Ohnmacht, da wird das Geräusch noch lauter. Ich schreie John an: »Was ist da los?«

John ist zu sehr damit beschäftigt, das Lenkrad fest und das Wohnmobil unter Kontrolle zu halten. Ich sehe eine Ader auf seiner Stirn hervortreten. Hoffentlich explodiert er nicht. Das Wohnmobil schert heftig aus, während John auf die Bremse tritt. Er fährt uns auf den Randstreifen.

»Oh verdammt«, sagt er, die Hände weiß und blau ans Lenkrad geklammert. »Ich hab's, ich hab's.«

Ich spüre, wie der Kies unter uns nachgibt, das Geräusch von Gestein, das zusammengepresst wird wie Cornflakes, nur hundertfach verstärkt. Ich bin mir sicher, dass John die Kontrolle darüber verliert. Ich versuche zu atmen, aber ich kann nur Luft in die Lungen saugen, sie jedoch nicht mehr ausatmen.

»Hör auf, dieses Geräusch zu machen, Ella«, sagt John. »Wir haben nur einen Platten.«

Ich höre, wie Geschirr und Kisten im hinteren Teil des Wohnmobils ins Rutschen kommen und zu Boden fallen. Das Knirschen hört auf, und das Wohnmobil kommt am Randstreifen zum Stehen, nicht weit weg vom letzten Hotel in Texas. John schaltet den Motor aus, und wir sitzen schief da und lauschen unserem Atem.

Zwei lange Minuten verstreichen. John starrt einfach auf die Straße hinaus. Ein Ausdruck von Zufriedenheit liegt auf seinem Gesicht, als könnte ihn nichts auf der Welt erschüttern. Auch ich habe keine Angst mehr, werde aber langsam ungehalten. »John«, sage ich schließlich. »Ist alles in Ordnung mit dir?«

Er nickt.

»Nun, worauf wartest du dann?«, sage ich. »Du sagtest, wir hätten einen geplatzten Reifen. Willst du nicht aussteigen und nachsehen?«

John dreht sich um und starrt mich an, als wollte er sagen: »Ich?«

Schließlich öffnet er die Tür und steigt aus. Ich beschließe, mich ihm anzuschließen, und schaue deshalb hinter den Sitz, wo sich der Stock normalerweise befindet, aber der ist woandershin gerutscht.

»John!«, rufe ich.

Nichts. Ich rufe noch mal seinen Namen. Keine Antwort. Weiß Gott, was er da macht. Dann hole ich den verdammten Stock eben selbst. Ich bin es so leid, hilflos zu sein. Ich suche hinter dem Sitz und entdecke einen langen Teleskopstock mit einem Greifer daran. Den benutzt John manchmal, um die Türverriegelung auf meiner Seite aufschnappen zu lassen.

Mein Stock ist ziemlich weit nach hinten gerutscht, bis in die Mitte unseres Küchenbereichs. Ich höre John rumoren und etwas aus der Heckgarage holen, was mich zur Eile antreibt. Ich ziehe den Teleskopstock aus, greife damit eines der Gehstockbeine und ziehe ihn an mich heran, vorbei an einem Corelle-Teller, der auf dem Boden liegt.

Als ich draußen zu John stoße, hat er bereits sämtliches Zubehör herausgeholt, um den platten Reifen zu richten. Das Problem ist nur, ich nehme ihm nicht ab, dass er noch weiß, wie das geht. Könnte ich doch nur mein vorlautes Maul halten. »Lass uns den Automobil-Club anrufen«, schlage ich vor.

»Ich kann das.«

Ich versuche, sanft auf ihn einzuwirken. »Ich weiß, dass du das kannst, ich möchte nur nicht, dass du dich verletzt, mein Lieber.« Ich möchte auch nicht stundenlang hier festsitzen.

John versucht, den Wagenheber zusammenzusetzen. Es ist traurig, ihm dabei zuzusehen. Ich kehre ins Wohnmobil zurück, um das Mobiltelefon zu benutzen, woraufhin mir der Automobil-Club mitteilt, dass in etwa vierzig Minuten ein Abschleppwagen eintreffen wird.

Vorsichtig gleite ich vom Sitz, denn das alte Unwohlsein hebt wieder sein dorniges Haupt. Ich stelle fest, dass es John gelungen ist, den Wagenheber zusammenzusetzen und unter den Bus zu stellen. Jetzt kurbelt er daran herum, aber es tut sich nichts. Der Wagenheber knackt, als würde er den Wagen anheben, aber irgendwas rastet nicht ein.

»John, der Automobil-Club wird das reparieren. Nun komm, lass uns aus der Sonne gehen. Du solltest nicht hier draußen sein. Sonst kommt dein Hautkrebs am Hinterkopf wieder zurück.«

»Ach, so ein Quatsch.«

»Na, komm schon.«

Erstaunlicherweise lässt John die Kurbel fallen. Auf dem Weg zurück in unser Wohnmobil, kommt ein Auto vorbeigeschossen, das erste, das wir sehen, seit wir vom Highway abgefahren sind. Seine Bremslichter leuchten auf. Es ist ein alter Plymouth mit großen Flecken grauer Grundierfarbe an den Seiten und am Kofferraum. Ich beobachte, wie er in etwa hundert Meter Entfernung auf den Standstreifen fährt. Kurz darauf steigt der Fahrer aus, dann der Beifahrer, der einen Reifenmontierhebel in der Hand hält.

Ich muss sagen, wie typische gute Samariter sehen sie nicht aus. Eigentlich eher wie Gauner. Beide sind Ende dreißig. Der Fahrer hat einen Schnauzbart und einen kräftigen hohen Haarschopf, trägt enge Jeans und dazu ein kastanienbraunes Sporthemd. Der mit dem Montierhebel trägt ebenfalls Jeans und dazu ein T-Shirt mit V-Ausschnitt und Badelatschen. Er hat einen Zottelbart und Haare, als wäre er gerade erst aufgestanden.

»Hey, Leute!«, brüllt der Fahrer, als sie auf uns zukommen. »Braucht ihr Hilfe?«

John betrachtet sie argwöhnisch.

»Wir kommen klar, danke«, entgegne ich lächelnd. »Wir haben gerade den Auto-Club angerufen.«

»Oh. Okay. Wann soll der kommen?«, fragt der Beifahrer.

»In etwa einer halben Stunde.« In dem Moment weiß ich, dass dies die falsche Antwort war.

»Das ist schön«, sagt der Fahrer und zieht von hinten ein Messer aus seinem Gürtel.

»Ach, Gott«, sage ich. Ich sehe John an, der noch nicht begriffen hat, was hier los ist.

»Wir brauchen keine Hilfe«, sagt John, nimmt seine Kappe ab, wischt sich mit dem Handgelenk den Schweiß vom Kopf und setzt die Kappe wieder auf.

»Wir sind nicht hier, um zu helfen«, sagt der Beifahrer mit dem Montierhebel. Mag sein, dass es an seinem Akzent liegt, aber allzu helle scheint er nicht zu sein.

Langsam begreift auch John. »Was zum Teufel«, sagt er und macht einen Schritt nach vorn.

»Ganz ruhig, John.«

Der Fahrer zeigt mit seinem Messer auf John. »Sie bleiben, wo Sie sind, Sir. Wir wollen ihr gesamtes Bargeld, dann fahren wir wieder. Wir wollen keinem von Ihnen etwas antun, was allerdings nicht schwer sein dürfte. Ich sehe, Sie tragen einen Ring, Ma'am, warum nehmen Sie den nicht ab?«

Der Beifahrer fuchtelt mit dem Montierhebel und geht auf John zu. »Brieftasche.«

»Verpiss dich«, sagt John.

Der Beifahrer stupst John mit dem Montierhebel in die Rippen. »Dann hole ich es mir eben selber«, sagt er und greift nach Johns sich beulender Gesäßtasche.

»Tu, was sie sagen, John«, sage ich und gebe dem Fahrer meinen Ehering. »Bleib ganz ruhig.«

»Ich werde Ihre Tasche brauchen, Ma'am. Wo ist die?«

»Sie ist im Wohnmobil auf dem Boden«, erwidere ich.

»Mist«, sagt der Beifahrer, während er hinten an Johns Hose herumfummelt. »Ich krieg die Brieftasche nicht aus seiner Hosentasche. Die ist riesig. Bring das Messer her.«

»Es ist eine große Brieftasche«, sage ich. »Ich werde meine Tasche holen.«

Er sieht mich an, die Augen nur schmale Schlitze. »Machen Sie das ganz langsam, Ma'am.«

»Das ist ohnehin die einzige Möglichkeit für alles, was ich tue, junger Mann.« Ich drücke den Stock in den Kies, um zur offenen Tür des Wohnmobils zu gelangen.

Ich höre sie wegen Johns Hose fluchen, dann das Reißen von Stoff. Ich weiß nicht, ob es die Müdigkeit oder die Narkotika im Blutkreislauf sind oder die Tatsache, dass es mich sehr, sehr wütend gemacht hat, diesen Idioten meinen Ehering auszuhändigen, aber ich weiß, was ich tun muss. Das bedarf gar keiner Überlegung.

Als ich mich am Wohnmobil wieder umdrehe, sehe ich, dass sie hinten in Johns Hose eine karierte Falltür ausgeschnitten haben. Der Fahrer und der Beifahrer lachen über ihre Handarbeit, bis ihr Blick auf mich und Johns Waffe fällt, die ich auf sie gerichtet habe.

»Oh Scheiße«, sagt der Beifahrer und lässt seinen Montierhebel fallen. Der Fahrer hebt sein Messer an.

»Tun Sie das bitte nicht«, beschwöre ich ihn. »Das ist keine gute Idee.«

Der Fahrer wirkt überrascht, dass eine alte Frau mit einer Waffe auf sein Herz zielt. Er senkt das Messer in Höhe seines Schenkels, verstärkt den Griff. »Er steht direkt vor mir,

Ma'am. Ich könnte ihm was antun. Sie sollten das besser runternehmen.«

»Ja, das könnten Sie, aber ich werde Sie auf jeden Fall töten. Und sollten Sie glauben, ich hätte Angst davor, dann sind Sie sehr im Irrtum, junger Mann. Sie sollten wissen, dass ich absolut nichts mehr zu verlieren habe. Vermutlich geht es Ihnen genauso, denn sonst würden Sie keine derartig schlimmen Verbrechen tun, aber was mich betrifft, ist es tatsächlich so. Wenn Sie John was antun, werde ich sehr wahrscheinlich Sie töten und alles daransetzen, auch Ihren Freund umzubringen. Über den Punkt, wo mich das noch kümmern würde, bin ich längst hinaus.«

Der Fahrer sieht den Beifahrer an und überlegt, welche Wege ihm noch offenstehen.

»Es wird nicht funktionieren«, sage ich und ziele vorsichtig, bereit, abzudrücken, sobald er sich auf John zubewegt. »Legen Sie das Messer weg.«

»Vergiss nicht, das Ding zu entsichern, bevor du auf ihn schießt«, sagt John.

»Danke, mein Lieber«, erwidere ich, »aber das habe ich bereits getan.«

»Lass uns gehen, Steve«, sagt der Beifahrer mit zitternder Stimme. »Gib ihnen ihren Mist zurück.«

Ich nicke. »Er hat recht, Steve. Legen Sie den Ring auf die Brieftasche und dann beides zusammen einfach auf den Boden, dann können Sie von hier verschwinden. Ich werde nicht mal die Polizei rufen. Ich möchte nur, dass Sie abhauen.«

Endlich lässt Steve das Messer fallen und tut, was ich sage. Er richtet sich auf und wartet auf meinen nächsten Schritt.

»Gehen Sie jetzt«, sage ich und wedele mit der Hand. »Suchen Sie sich was Sinnvolles für Ihr Leben und hören Sie damit auf, alte Leute zu belästigen. Sie sollten sich schämen. In Ihrem nächsten Leben werden Sie als Köderfliege enden.«

Sie rennen zurück zu ihrem Auto. Der Beifahrer hat es derart eilig, dass er einen seiner Flip-Flops auf dem Seitenstreifen verliert. Sie nehmen die Beine in die Hand.

Kaum habe ich das Messer ins Gebüsch geworfen und meinen Ehering wieder angelegt, kommt auch schon der Auto-Club. Früher als erwartet. Wer hätte das gedacht?

Der Fahrer des Abschleppwagens ist ein ernster junger Mexikaner mit kahl geschorenem Kopf. An seinem Mechanikerhemd sind die Ärmel herausgetrennt. Er trägt kein Namensschild, dafür aber ein riesiges Tattoo der Jungfrau von Guadalupe, das von seiner Schulter bis zu seinem Ellbogen reicht. Ich habe sie ähnlich schon auf vielen Kalenderbildern gesehen. Der junge Mann sagt nicht viel, nickt uns nur zu, fragt nach unserem Automobil-Club-Ausweis und füllt auf einem Klemmbrett einen Zettel aus, den er John mit der Bitte um Unterschrift vorlegt.

»Ich unterschreibe ihn«, sage ich.

John wirft mir einen finsteren Blick zu und unterschreibt den Zettel. Er nickt dem Mechaniker zu. »Schöner Tag heute, nicht wahr, junger Mann?« Offenbar hat der Angriff auf sein Leben John in leutselige Stimmung versetzt.

»Ja, Sir«, erwidert der Mechaniker gelangweilt, ohne John dabei richtig anzusehen.

»Mir gefällt Ihr Haarschnitt.« John lüftet seine Golfkappe, um seinen nackten Schädel zu zeigen. »Ich hab denselben.«

Der Mechaniker tippt sich an den Kopf und gibt sich alle Mühe, keine Miene zu verziehen und sich anlässlich von Johns Kommentar kein Lächeln entkommen zu lassen.

Diese Wirkung hat John schon immer auf Leute gehabt. Mag sein, dass sie sich aufgrund seiner blöden Sprüche an ihre Väter erinnert fühlen, jedenfalls ist es erstaunlich, wie er sie für sich einnimmt.

Der jetzt lächelnde junge Mann wendet sich nun an mich. Ich sehe sicherlich furchterregend aus.

»Ist alles in Ordnung mit Ihnen, Ma'am? Möchten Sie sich vielleicht in meinen Laster setzen, während ich den Reifen wechsele? Ich kann die Klimaanlage einschalten.«

Manchmal fällt es einem sehr viel leichter, die Welt einzuschätzen, wenn Menschen böse handeln. Dann weiß man, was man zu tun hat. Bei einer kleinen Geste der Freundlichkeit ist das jedoch etwas gänzlich anderes.

»Ich … Das wäre schön«, stammele ich, weil plötzlich alles über mich hereinbricht.

Er steckt sich sein Klemmbrett unter den Arm und öffnet die Tür seines Lastwagens. »Ja, kommen Sie. Die Sonne ist hier draußen sehr stark.«

Als ich dann im kühlen Abschleppwagen mit voll aufgedrehter Klimaanlage sitze, gibt es kein Halten mehr. Mir laufen die Tränen übers Gesicht, und ich bin völlig machtlos dagegen. Ich würde mir gern einreden, es läge einfach an der Angst, die diese beiden Wahnsinnigen mir eingejagt hatten, aber eigentlich war die gar nicht so groß. Ich war mir ziemlich sicher, dass es klappen würde und wir aus dem Schlamassel wieder heil herauskommen würden. Und ich versichere Ihnen, es war mir todernst damit, sie nicht mit meinem Ring abhauen zu lassen. Und fürs Protokoll, ich hätte sie sehr wahrscheinlich beide erschossen. (Obwohl ich seit zwanzig Jahren mit keiner Waffe mehr abgefeuert habe und auch damals nur ein paar Nachmittage mit John auf dem Schießstand verbracht hatte. Aber ich war gut darin.) Vermutlich kommt einfach vieles zusammen: der Raubüberfall, der platte Reifen, mein scheinbar endloses Unwohlsein oder vielleicht auch die Tatsache, dass das Ende dieser Reise näher kommt und ich nicht weiß, was aus uns werden wird. Vielleicht weiß ich es aber auch und habe Angst, darüber nachzudenken. Vermutlich ist es ein Zusammenspiel von alledem.

John spricht mich ganz ernst an: »Ist alles gut mit dir, Miss?«

Die ganze Aufregung hat auch bei ihm Spuren hinterlassen. Ich bin nur froh, dass er offenbar die Waffe vergessen hat. »Mir geht es gut, John.« Ich ziehe ein Taschentuch aus dem Ärmel und schnäuze mich. Da ich nicht weiß, wohin damit, stecke ich es zurück in den Ärmel.

In Windeseile hat der junge Mann den Reifen ersetzt, und wir können abfahren. Er hilft uns aus dem Abschleppwagen und reicht uns eine Visitenkarte mit einem großen fettigen Daumenabdruck darauf.

»Sie sollten das vielleicht richten lassen, bevor sie noch weiterfahren. Sie finden uns bei Tucumcari gleich neben der Straße. Und Sie bekommen bei uns zwanzig Prozent Auto-Club-Rabatt.«

Wir danken dem jungen Mann für seine Hilfe. Sobald wir

wieder im Leisure Seeker sitzen, kehren wir auf die I-40 zurück. Mir fällt auf, dass John beim Fahren die Visitenkarte, die ihm der Fahrer des Abschleppwagens gegeben hat, zwischen seinem Daumen und dem Lenkrad festhält, als wolle er das auf gar keinen Fall vergessen. Bei der Ausfahrt nach Tucumcari sieht John mich an und sagt: »Ich denke, wir sollten diesen Reifen sofort reparieren lassen.«

»Wenn du meinst«, sage ich, froh darüber, dass er zur Abwechslung mal wie ein Mann agiert.

Als wir nach Tucumcari hineinfahren, bekomme ich Schweißausbrüche. Es fühlt sich an wie in der Menopause. Glauben Sie mir, einmal war schlimm genug. Glücklicherweise befindet sich die Tankstelle, nach der wir Ausschau halten, in der Stadt direkt an der Route 66, nicht weit entfernt von dem reizenden kleinen Blue Swallow Motel.

Sobald wir auf den Hof gefahren sind, kommt der junge Mexikaner zu uns ans Fenster. Und trotz des sich ausbreitenden Unwohlseins lächele ich ihn an, aber er sagt nicht Hallo, er sagt gar nichts. Er steht einfach nur da. Ich warte darauf, dass John das Wort ergreift. Schließlich hält er noch immer die Visitenkarte, aber auch er macht dicht.

»Wir möchten gern Ihr Angebot in Anspruch nehmen«, sage ich und beuge mich über John. »Wie viel kostet es, den Reifen zu reparieren?«

Der junge Mann sieht mich einen Moment lang perplex an und sagt dann: »Hatten Sie die Reifenpanne in Glenrio?«

Ich nicke bestätigend. »Ja, und Sie …«

»Das war mein Bruder«, fällt er mir ins Wort. »Er hat Ihren Reifen gewechselt.«

»Oh«, erwidere ich ein wenig verlegen. »Tut mir leid.« Ich werfe einen Blick auf seinen Unterarm. Kein Tattoo. Aber derselbe Haarschnitt.

»Vierzehn Dollar. Dauert eine halbe Stunde.« Ohne auf meine Einwilligung zu warten, geht er hinten ans Wohnmobil, zieht den platten Reifen aus der Verankerung und verschwindet dann damit in der Werkstatt.

Nachdem John das Wohnmobil im Schatten geparkt hat, gebe ich ihm eine Schachtel Cracker und ziehe diskret die Schlüssel aus der Zündung. Ich werde ein Nickerchen machen und möchte ungern in Timbuktu aufwachen. Ich nehme eine kleine blaue Pille. Das Letzte, woran ich mich erinnere, bevor ich eindöse, ist John, der es sich mit den Crackern und einem Taschenbuch von Louis L'Amour bequem macht, das ich ihn schon ein Dutzend Mal habe lesen sehen. Offenbar ist es für ihn immer wieder neu, wenn er es aufschlägt. Auf diese Weise dürften wir viel Geld für Bücher sparen.

ACHT

NEW MEXICO

Wir gewinnen ständig an Zeit. Aber selbst mit der zusätzlichen Stunde, die uns die andere Zeitzone geschenkt hat, scheinen die paar Kilometer zum KOA-Campinggelände gleich hinter Tucumcari sich ewig hinzuziehen. Ich fühle mich besser, zittere nicht mehr, aber John hat noch kein einziges intelligentes Wort von sich gegeben, seit wir hier sind. Er gähnt und spricht mit sich selbst, sein Fenster der Klarheit liefert allein die Aussicht auf einen Volltrottel.

Nachdem wir angekommen sind, setzt John sich an den Tisch im Wohnmobil. Ich stelle eine Pepsi und eine Schale mit Chips vor ihn, und er schläft prompt ein.

Endlich habe ich Zeit für mich, mixe mir einen Highball aus Vernors und Canadian Club in einem grünen Campingbecher aus Aluminium und setze mich damit raus an den Picknicktisch. Meinen Stock habe ich dabei und achte beim Hinsetzen darauf, mich mit dem Rücken zum Tisch zu setzen, damit ich es später beim Aufstehen leichter habe. Ich trinke den ersten Schluck und muss lächeln. Aus der Ferne dringen mir Geräusche ans Ohr: Der Schrei eines Kindes, der mich zuerst erschreckt, aber als gleich darauf die Stimme eines anderen Kindes folgt, wird mir klar, dass sie nur spielen; das nasale Tuckern eines kleinen Flugzeugs, das über den Campingplatz fliegt; das ferne *Ka-wumm* eines Autos, das draußen auf der I-40 über einen Riss im Straßenasphalt brettert.

Die Ingwerlimonade ist selbst mit Whiskey gemischt noch so scharf und kohlensäurehaltig, dass ich ein wenig husten muss. (Als junge Frau habe ich Boston Coolers getrunken, unten an der Vernors-Fabrik am Ende der Woodward Avenue, nicht weit weg vom Fluss. Eine Kugel Vanilleeis zerfloss auf der schimmernden Ingwerlimonade – nach dem ersten Schluck musste man regelmäßig niesen.) Ich bin froh, dass wir eine Zwölferpackung aus Detroit mitgenommen haben. In anderen Teilen des Landes ist diese Limonade nämlich schwer zu kriegen. Sie ist eine lokale Spezialität.

Möglicherweise bilde ich es mir nur ein, aber ich spüre bereits die Wirkung des Whiskeys. In meiner Brust breitet sich ein Leuchten aus, ein Prickeln, und da fällt mir die zweite Dosis meiner Medizin gegen Unwohlsein ein, die ich heute genommen habe. Allem Anschein nach entwickele ich mich langsam zu einer – wie heißt der Ausdruck, den Oprah zu gebrauchen pflegt – *Drogenabhängigen.*

Ich trinke den nächsten Schluck meines Highballs.

Das Campinggelände ist zwar nicht verlassen, aber auch nicht gerade gut besucht. Ein junges Paar mit Kinderwagen nähert sich. Ich winke ihnen zu, aber sie ignorieren mich. Die Eltern scheinen beide kaum über achtzehn zu sein. Was sie dazu treibt, Camping mit einem Baby zu machen, entzieht sich meiner Vorstellungskraft.

»Hi!«, rufe ich ihnen laut zu. »Wie alt ist euer Kleines denn?«

Anfangs denke ich, sie gehen einfach weiter, aber dann dreht sich das Mädchen nach mir um und sieht den Jungen an. Er schiebt den Kopf zwischen seine Schultern wie eine

Schildkröte. Schließlich wendet sie sich an mich und ruft mir zu: »Sie ist sieben Monate alt, Ma'am.«

»So eine Süße«, sage ich, obwohl ich das gar nicht beurteilen kann. Ihre Schüchternheit macht mich jedoch kühner. Außerdem möchte ich ein Baby sehen. Nach diesem Tag muss ich ein Baby sehen.

Ich spreche sie erneut an. »Kommen Sie doch rüber. Damit ich sie mir genauer ansehen kann. Kommen Sie, ich beiße nicht.«

Die beiden schlurfen auf mich zu, die Köpfe gesenkt. Derart magere Eltern habe ich noch nicht gesehen. Man könnte meinen, dass sie selbst gerade erst aus den Windeln heraus sind.

»So ist es besser«, sage ich, als sie vor mir stehen. Aus der Nähe sehe ich, wie jung sie sind, sechzehn, höchstens siebzehn. Sie ist hager und blass mit mattbraunen Haaren und hellbraunen Augen, eine kleine Elfe. Ihr beiges Oberteil ist kurz geschnitten und zeigt ihre schmale Taille. Trotz des Babys wirkt sie schlaksig und scheint sich noch nicht an ihren weiblichen Körper gewöhnt zu haben. Das Gesicht des Jungen ist schmal und lang mit hoher Stirn und feinen braunen Haaren, die keine glänzende Zukunft vor sich haben. Auf seinem T-Shirt steht OLD NAVY ATHLETIC DEPARTMENT, aber das ist auch das Einzige, was an ihm athletisch ist.

Ich sehe, wie abgetragen ihre Kleider sind, wie müde sie aussehen. Selbst das Baby liegt teilnahmslos da, die violetten Lider halb geschlossen, während die erhobenen winzigen Finger sich wie Seegras bewegen.

»Oh, die ist aber bezaubernd«, lüge ich. »Wie heißt sie denn?«

»Britney«, sagt das Mädchen, sodass es wie eine Frage klingt. Die aufsteigende Satzmelodie erinnert mich an die Sprechweise meiner Enkelin Lydia.

»Das ist ein hübscher Name. Und wie heißen Sie?«

»Ich bin Tiffany. Das ist Jesse.«

Der Junge sieht mich mit den gleichen dunklen Augen wie das Kind an. »Nun, ich bin Ella. Es ist schön, Sie kennenzulernen. Ihr habt ein wunderschönes Baby.«

»Wirklich?« Als Tiffany lächelt, sieht sie aus wie vierzehn.

»Aber ja, natürlich«, sage ich und frage mich, was man ihr wohl erzählt haben mag. »Wohin seid ihr unterwegs?«

»Ohio? Seine Tante und sein Onkel leben dort.«

»Oh. Dann fahren Sie auf Besuch dorthin?« Ich bin schamlos, aber ich muss das wissen.

»Wir werden dort leben«, sagt sie und senkt ihren Blick. Er drückt ihren Ellbogenm und sie rückt näher an ihn heran.

»Na, das hört sich doch gut an. Es wird euch dort gefallen. Wir sind aus Michigan. Gleich hier.« Ich halte die rechte Handfläche hoch und zeige gleich unter den tiefsten Daumenknöchel, um ihnen zu zeigen, wo Detroit liegt. Plötzlich brechen sie beide in unkontrollierbares Kichern aus.

Es dauert einen Moment, bis ich schalte. »Oh. Das machen wir so in Michigan, wenn wir jemandem zeigen wollen, wo eine Stadt liegt.«

»Tatsächlich?«, wundert sich die noch immer lachende Tiffany.

Ich nicke. »Weil der Bundesstaat die Form einer Hand hat.«

»Aha?«, sagt sie mit einem kleinen Lächeln.

»Ja. Habt ihr beiden denn ein Wohnmobil?«

»Nein. Wir haben ein Zelt«, sagt sie und scheint darüber nicht gerade erfreut zu sein.

»Das dürfte mit dem Baby nicht einfach sein«, sage ich.

Tiffany nickt eifrig. Schließlich mischt sich der Junge ein: »Wir sollten gehen.«

»Ihr seid doch gerade erst gekommen«, sage ich. »Möchtet ihr vielleicht etwas zu essen?« Jesses Augen werden ein wenig größer, und mir wird klar, dass ich die magische Frage gestellt habe. »Wie wär's mit einem Sandwich? Und ich habe bestimmt auch noch was für das Baby.«

Sie sehen einander wieder an, jeder wartet darauf, dass der andere antwortet.

»Dann ist das abgemacht«, sage ich. »Ihr setzt euch jetzt hier an den Tisch, und ich bringe ruckzuck das Abendessen auf den Tisch.«

Man muss sie nicht lang bitten, Platz zu nehmen. Dann steige ich ins Wohnmobil und stupse John an. »John, wir haben Gesellschaft«, sage ich und nehme die Schüssel mit den Chips vom Tisch.

»Wer ist da?«, fragt er, mürrisch wie noch was.

Ich weiß nicht, was ich sagen soll, also improvisiere ich. »Es sind die Kinder. Und sie haben das Baby mitgebracht!«

John steht auf und steigt mit einem breiten Lächeln aus dem Wohnmobil. »Hallo, ihr beiden!«, sagt er zu Tiffany und Jesse, die ihn verdattert ansehen, aber im Sog von Johns warmherziger Gutmütigkeit dennoch grinsen müssen.

Als er das Baby sieht, ist er hin und weg. »Und wer ist das kleine Mädchen? Nun sieh sie dir an. Was für eine Süße. *Ja, ist die süß.*« Er spielt Kuckuck mit ihr. Nasen werden gestohlen und immer wieder zurückgebracht. Beim Zusehen kommt etwas Farbe in die Wangen von Tiffany und Jesse.

Manchmal brauchen wir ein wenig sozialen Druck, um das Beste aus uns herauszuholen.

Ich bereite in der elektrischen Bratpfanne gegrillte Sandwiches mit Schinken und Käse und koche ein paar Dosen Hühnersuppe mit Nudeln auf. Dann knacken wir noch einen Kübel Kartoffelsalat aus dem Kühlschrank. Außerdem habe ich noch ein Glas Apfelbrei entdeckt und schneide für das Baby eine reife Banane klein. Eine Stunde später sind die jungen Leute satt, und die kleine Britney lächelt jedes Mal, wenn sie John ansieht.

Tiffany und Jesse kennen noch keine von Johns Geschichten und lauschen ihnen heute Abend gern. Und ich freue mich, mich um alle kümmern zu können. Heute Abend schlüpfen wir alle in eine andere Haut. Wir sprechen weder über ihre Probleme noch über unsere. Die jungen Leute sprechen ohnehin kaum. Doch Tiffany erwähnt, dass Britney zu Hause in Tempe immer aufwacht und mitten in der Nacht zu schreien anfängt.

»Haben Sie mal versucht, mit ihr eine Runde zu fahren?«, frage ich.

Tiffany verzieht ihr kreidebleiches Gesicht, als hätte ich nicht alle Tassen im Schrank. »Nein.«

»Das hilft.«

»Wirklich?«

Ich gebe mir Mühe, mir meine Verwunderung nicht anmerken zu lassen. »Haben Sie nie davon gehört? Die Bewegung wirkt beruhigend. Probieren Sie's aus, dann sehen Sie ja, ob es hilft. Bei meinen Kindern hat es immer funktioniert, und ich weiß, dass auch meine Cynthia es mit ihrem kleinen Jungen gemacht hat, als der nicht mit Schreien aufhörte. Das, oder sie schaltete den Staubsauger ein.«

Tiffanys spitz zulaufende Augenbrauen ziehen sich zusammen. Wieder der Blick, als wäre ich verrückt. »Waaas?«

Trotz all der Widerworte, die ich einstecke, freut es mich, diesem armen Mädchen ein wenig großmütterlichen Rat erteilen zu können. Wie es aussieht, hat sie nicht allzu viel davon mitbekommen.

Dann frage ich mich: Beruhigt Bewegung ein Neugeborenes auf dieselbe Weise, wie sie eine alte Frau beruhigt? Es ist wohl eher unwahrscheinlich, aber irgendwie macht es Sinn für mich. Neu auf der Erde oder nicht mehr lange auf ihr zu sein, scheint mir in letzter Zeit keinen allzu großen Unterschied zu machen.

Bevor sie aufbrechen, gebe ich den jungen Leuten noch ein paar zusätzliche Decken. Ich richte im Wohnmobil eine Tasche für sie her und fülle sie mit Dosengerichten, Keksen und Sachen für ihre Kühlbox. Aus dem Schrank hole ich ein altes Tupperware-Behältnis, nehme den Deckel ab und verstaue darin ein Bündel aus Zehnern und Zwanzigern aus meinem Versteck, presse die Luft heraus, verschließe es fest und stelle es ganz unten in die Tasche.

Am nächsten Morgen fällt das Aufstehen uns beiden schwer. Nachdem jeder von uns zwei Tassen sehr starken Instantkaffee getrunken hat, packen wir zusammen und fahren weiter auf der I-40. (Im Moment fehlt mir die Geduld, zwischen Autobahn und der alten Straße hin und her zu wechseln.) Lange Zeit sagen weder John noch ich ein Wort. Das kommt selten vor, denn wie Sie wissen, quassele ich normalerweise drauflos, gebe Richtungsanweisungen, frage John, ob er sich an dies oder jenes erinnert, versuche, die Luft mit Worten zu füllen, als könnte ich die Stille nicht ertragen, was der Wahrheit ziemlich nahekommt. Doch im Moment sind die einzigen Geräusche das bleierne Dröhnen des V8-Motors des Leisure Seekers und das *Frapp-Frapp* der vom Wind gepeitschten losen Landkarten zwischen unseren Sitzen.

Ich schweige, weil ich mich an diesem Himmel nicht sattsehen kann, an seinem breit gähnenden, nicht endenden Antlitz. Es ist der größte, strahlendste, blauste Himmel, den ich je gesehen habe. Ihn anzusehen tut weh, aber ich kann nicht anders. Ich mustere seine wolkenlose Weite, meine Augen huschen hierhin und dorthin, sind in ständiger Bewegung, wie auf diesen Bildern, die ich im Fernsehen von unseren Augen gesehen habe, wenn wir träumen. Mit aufgeregt suchendem Herzen erforsche ich diesen bis zum Äußersten gespannten Bogen in der Erwartung, dass er aufbricht und offenbart, was ich bereits weiß: ein tosendes Vakuum, das alles in sich aufsaugt, was nicht niet- und nagelfest ist.

Vielleicht habe ich heute Morgen ein wenig zu viel Kaffee getrunken.

Als ich mir das klarmache, kommen meine Augen endlich zur Ruhe und verweilen an einem Ort. Und angesichts der Schönheit dieses Himmels kann ich nur machtlos und mit offenem Mund staunen. In Anbetracht seiner Größe, seiner Grenzenlosigkeit fühle ich mich so unbedeutend und erkenne, dass alle meine Probleme letztendlich verschwinden werden, ohne dass auch nur eine Seele etwas davon mitbekommt. Und da finde ich Ruhe.

Ich sehe John an und stelle fest, dass der Kaffee auch ihn hibbelig gemacht hat. Er hat sich seine Kappe mit der Flagge bis knapp über die Augen gezogen, sodass seine Ohren wie Elefantenohren abstehen. Er ist kampfbereit und entschlossen, heute anständig Kilometer zurückzulegen. Die Angewohnheiten von früher halten sich hartnäckig. Gut, dass wir auf der Autobahn sind. Außerdem dauert es nicht lange, bis die I-40 hinter Clines Corners auf ein langes Stück der 66 trifft.

Ich tippe mit dem Finger auf meine Unterlippe, die sich feucht anfühlt. Das Unwohlsein ist zurück, aber es meldet sich mit einer neuen brutalen Schärfe, einer glühend heißen Klinge, die sich in den Eingeweiden abkühlt. Es ist die Art von Schmerz, der in mir den Wunsch weckt, meine Kinder zu sprechen. Ich lasse den Reiseführer aus der Hand fallen, öffne das Handschuhfach und taste nach dem Mobiltelefon.

»John? Was hast du mit dem Telefon gemacht?«

John sieht mich reglos an. »Ich hab's nicht angefasst.«

Das passiert zu Hause ständig. John versteckt Sachen. Man kann ihm nicht mehr trauen, dass er die Dinge dort verwahrt, wo sie hingehören.

»Doch, das hast du. Ich habe es hier ins Handschuhfach gelegt, nachdem ich den Auto-Club angerufen hatte. Wo hast du es hingetan?«

Er sieht mich finster an. »Ich habe dieses verdammte Telefon nicht angefasst.«

Er wird wütend, aber das stört mich nicht. Ich bin seinen

Blödsinn so leid. Ich krame alles aus dem Handschuhfach. Kein Telefon. Ich bin den Tränen nah.

»Verdammt noch mal, John!«, schreie ich. »Ich weiß, du hast was damit gemacht. Was hast du damit angestellt?«

»Schieb's dir doch in den Hintern!«, blafft John.

»*Du* hast es dir in den Hintern geschoben, du seniler alter Blödmann. *Wo hast du es hingetan?*«

Dann fällt mir ein, dass es auf der Ablage neben dem Armaturenbrett bei den Becherhaltern einen rechteckigen Einschub gibt, ein Sammelfach. Ich kann nicht hineinsehen, aber hineingreifen. Ich spüre etwas, das eine Antenne sein könnte.

Bingo. Es ist das Mobiltelefon.

»Warum zum Teufel hast du das hier versteckt, John?«

»Ich sagte dir doch, ich hab es nicht dorthin gelegt.«

Und da fällt mir ein, dass *ich* es dort verstaut habe, nachdem ich es das letzte Mal benutzt hatte. Tatsächlich habe ich es sogar dort hineingelegt, damit John es nicht irgendwo verstecken kann.

»Idiot«, murmele ich.

»Scher dich zum Teufel!«

»Ach, nun lass gut sein. Ich hab mich selbst gemeint.«

Ich kurbele das Fenster hoch und schalte das Telefon ein. Es gibt eine musikalische Tonfolge von sich, die einen von der Tatsache ablenken soll, dass du dir gleich Mikrowellen ins Gehirn schießt. Ich überlege, noch eine kleine blaue Pille zu nehmen, schiebe den Gedanken dann aber von mir und drücke stattdessen die Nummer von Cindys Mobiltelefon, obwohl ich mir nicht sicher bin, ob sie es während der Arbeit anhat. Aber sie geht sofort dran.

»Hi, Schatz«, sage ich und bin so glücklich, die Stimme meiner Tochter zu hören, dass der Schmerz fast spürbar nachlässt.

»Mom?«

»Natürlich ist es deine Mutter. Wen hast du denn erwartet?«

»Mom. Wo bist du?« Ich gehe über ihre Kurzatmigkeit hinweg. Hoffentlich bringe ich sie nicht in Schwierigkeiten.

»Kannst du sprechen?«

»Ich mache gerade Pause, Mom. Wo *seid* ihr?«

»Wir sind irgendwo in New Mexico. Es ist wunderschön hier. Du solltest den Himmel sehen, Schatz …«

Cindy fällt mir ins Wort. »Wir sind schon alle krank vor Sorge um euch. Gott sei Dank geht es euch gut. Ihr müsst nach Hause kommen, Mom.«

Das Allerletzte, was mir heute noch fehlt, ist ein Streit mit meiner Tochter. Ich bin so froh, ihre Stimme zu hören. »Es gibt überhaupt keinen Grund zur Sorge, Cynthia. Uns beiden geht es großartig. Ganz im Ernst, wir haben so viel Spaß gehabt.«

Sie atmet geräuschvoll aus, als würde sie mir das nicht abnehmen. Vermutlich trage ich ein wenig zu dick auf, aber ich versuche doch nur, sie zu beruhigen und mich selbst auch.

»Ihr müsst nach Hause kommen.« Ihre vom Rauchen raue Stimme ist emotionsgeladen. Ich wünschte, sie würde damit aufhören.

»Cindy, Schatz.«

»Es ist doch nur, weil du so krank bist. Ich habe einfach Angst …«

Ich lasse sie den Satz nicht zu Ende sprechen. Ich muss mir das, was sie mir sagen möchte, nicht noch mal anhören. »Meine Liebe, was geschehen wird, wird geschehen. Das ist in Ordnung so. Damit müssen wir alle klarkommen, okay?«

»Verdammt, Mom.« Sie flucht, bringt jedoch nur noch ein kraftloses Flüstern hervor. »Kevin will immer noch die Polizei einschalten.«

»Nun, dann sag Kevin, dass das keine gute Idee ist. Er wird damit alles nur noch schlimmer machen. Er wird uns in Bonnie und Clyde verwandeln.«

Da fällt mir ein, dass wir bereits eine Waffe auf ein paar Leute gerichtet und ihnen gedroht haben, sie umzubringen. Es ist zu spät. Wir *sind* bereits Bonnie und Clyde.

Sie räuspert sich. »Wie geht es Dad?«

»Deinem Vater geht es gut. Er ist putzmunter. Abgesehen von ein paar kleinen Aussetzern hält er sich sehr gut. Und er fährt ausgezeichnet. Möchtest du ihn sprechen?«

Schniefen. »Okay.«

Ich bin ein wenig in Sorge, wenn er gleichzeitig fährt und in ein Telefon spricht, aber ich brauche eine Pause, um mich wieder zu fangen. Ich gebe John das Telefon. »Kurbel dein Fenster mal kurz hoch, damit du telefonieren kannst.«

»Wer ist das?«, will John wissen, während er das Fenster hochkurbelt.

»Es ist deine Tochter, Dummkopf«, sage ich. »Es ist Cynthia.« Ich sage ihren Namen, damit er daran denkt, sie damit anzusprechen.

»Hi, Chuckles«, sagt John. Wo holt er das her? Er hat sie seit der dritten Klasse nicht mehr Chuckles genannt. Sie liebte diese Geleebonbons.

John strahlt übers ganze Gesicht, ist hocherfreut, mit seiner Tochter zu sprechen. Ich weiß nicht, ob er glaubt, mit einem kleinen Mädchen zu sprechen, aber kommt es darauf an, solange er glücklich ist und Cindy sich besser fühlt?«

»Wir werden vorsichtig sein, Kleines«, sagt John. »Ich hab dich lieb. Wir sehen uns bald.« Er gibt mir das Telefon.

»Cindy?«, sage ich.

»Ja, Mom?« Ihre Stimme klingt jetzt heller. Und weil sie sich besser anhört, fühle ich mich auch gleich besser.

»Ich hab dich auch lieb.« Der Schmerz kommt zurück, aber das ist mir im Moment ziemlich egal.

»Ich dich auch.« Cindy keucht ein wenig. »Sei bitte vorsichtig. Und komm bald nach Hause.«

Ich nicke und fange mich dann wieder. »Grüß mir Lydia und Joey. Sag deinem Bruder, dass wir angerufen haben.«

»Mache ich. Sie atmet nun laut ins Telefon, und ich höre, wie ihre Stimme bricht. »Bye, Mommy.«

Ich beende das Gespräch durch Knopfdruck. Meine Augen brennen, wobei ich nicht weiß, ob es die Abgase sind, die ins Wohnmobil eindringen, oder weil meine siebenundfünfzigjährige Tochter, die immer das toughe, aufsässige Kind gewesen war und mir seit ihrem achten Lebensjahr immer freche Widerworte gegeben hat, mich eben Mommy genannt hat.

Wir fahren durch die von Bergen umgebenen Ausläufer der Rockies. Plötzlich ist mir nach Reden zumute, denn ich muss spüren, dass ich noch immer hier bin, noch immer in der Lage bin, ein Geräusch von mir zu geben. Ich zeige auf die Berge weit im Norden von uns.

»Siehst du diese Berge, John?«

»Was?«

»Diese Berge dort in der Ferne.« John sagt nichts. Er gähnt nur. Offenbar bin ich noch immer da. Nur dass ich ihn langweile.

»Das sind die *Sangre de Cristo*-Berge«, erläutere ich.

John sieht mich an. »Crisco?«, hakt er nach. »Wie das Backfett?«

»*Cristo.* Es bedeutet Blut Christi«, sage ich.

»Hmpf.« John grinst höhnisch. »Christus, du meine Güte.«

So endet unser Gespräch. Falls Sie es sich nicht ohnehin schon gedacht haben – John ist kein religiöser Mensch. Ich denke, man könnte ihn einen Atheisten nennen. Seine Eltern haben ihm nie ein Gefühl für Religion oder Gott vermittelt, und das war vermutlich der Anfang, aber als er dann auch noch als noch nicht Zwanzigjähriger in den Krieg zog, machte ihn das endgültig zum ausgewachsenen Heiden. Er pflegte zu sagen, wenn man zusehen müsse, wie sich der Kopf der Person, die neben einem steht, in Luft auflöst, könne man nicht mehr daran glauben, dass es einen Gott gibt.

Als er aus dem Krieg nach Hause kam, war John ein anderer. Er war nicht mehr der Junge aus der Nachbarschaft, der mir wie eine lästige Mücke nachstellte und ständig fragte, ob ich mit ihm ausgehen wolle. Ich habe ihn bestimmt ein Dutzend Mal abblitzen lassen. Ständig sagte er, er werde mich heiraten. Ich lachte ihm daraufhin ins Gesicht, zwar nicht gemein, aber immerhin lachte ich. Er war jünger als die Jungs, mit denen ich mich verabredete, und ich fand ihn nicht anziehend.

Schließlich verlobte ich mich mit einem anderen Jungen, aber während des Kriegs passierte was mit ihm. Sie werden jetzt vermutlich denken, ich erzähle Ihnen, dass er getötet wurde, aber da lägen sie falsch. Dieser Mistkerl hat mich abserviert. Ja, er hat mich *während* des Kriegs sitzen lassen. Ich kenne niemanden außer mir, dem so etwas widerfahren ist. Ich kannte Mädchen, die heirateten, sich verlobten, schwanger wurden und so weiter. Ich kannte Mädchen, deren Freunde, Verlobte, Ehemänner getötet oder vermisst wurden, aber ich war die Einzige, die von ihrem GI Joe den Laufpass bekommen hatte. Charlie lernte eine andere kennen, während er in Texas stationiert war, irgendeine armenische Tussi, die leicht zu haben war. Er heiratete sie, nachdem er sie geschwängert hatte.

Aber John kam zurück. Das Attraktivste an ihm, abgesehen davon, dass er größer und stiller geworden war, dürfte wohl sein Desinteresse an mir gewesen sein. Während seines ersten Jahres an der Front schrieb er mir häufig und versicherte mir immer wieder, wie sehr er sich darauf freue, mich wiederzusehen, und wie sehr er sein Zuhause vermisse. (Jahrzehnte später zeigte er mir Fotos, die er während des Kriegs gemacht hatte, und ich weiß noch, dass es mich anrührte, wie jung alle waren. Sie sahen aus wie Highschooljungs, die mit nackten Oberkörpern posierten, schwere Waffen in der Hand hielten und die japanischen Flaggen zur Schau stellten, die sie den Leichen der gerade von ihnen getöteten Soldaten abgenommen hatten. All diese Jungs, die tapfer und draufgängerisch auftraten. Ich weiß noch, wie John mir auf den Fotos diejenigen gezeigt hat, die starben, und diejenigen, die es zurück nach Hause geschafft hatten.)

Was seine Briefe anging, so beantwortete ich nur einen oder zwei davon. Es war nichts Persönliches, ich war einfach keine gute Brieffreundin. Was meine Schreibkenntnisse anging, war ich immer ein wenig unsicher. Außerdem war ich noch mit Charlie verlobt. Und wie es manchmal so geht, hörte John mit Schreiben etwa um dieselbe Zeit auf, in der Charlie mich fallen ließ.

Als der Krieg zu Ende war und ich hörte, dass John wieder zu Hause war, rechnete ich damit, von ihm zu hören. Ich hätte etwas Selbstbestätigung, ein wenig Aufmunterung gut vertragen können, aber er kam nie vorbei. Es war eine schlimme Zeit für meine Familie. Wir verloren meinen Bruder Tim in der Ardennenoffensive. Wir wussten nicht, wie es geschehen war, und bekamen auch sonst keine Informationen, nur, dass er tot war. So war das damals. Ein gottverdammtes Telegramm.

Und dann, etwa einen Monat oder so nach der Kapitulation Japans, stand John plötzlich auf der Schwelle meines Elternhauses. Er hatte den goldenen Stern oben an unserer Tür gesehen und wusste, dass der für Timmy stand. Er wollte vorbeischauen, um meiner Mutter sein Beileid auszusprechen. Wir kamen ins Gespräch, und ich spürte, dass er noch immer an mir interessiert war, sich aber dagegen wehrte.

Später erzählte er mir, dass er sich vorgenommen hatte, mich auf gar keinen Fall zu besuchen, aber als er den Stern gesehen habe, habe er gewusst, was er zu tun hatte. Wir saßen im Wohnzimmer des alten Hauses und redeten über Timmy, den er kaum gekannt hatte.

Als ich John fragte, wie es ihm ergangen sei, erzählte er

mir, er sei auf der Insel Leyte im Pazifik verwundet worden. Eine Kugel habe ihn am Knöchel erwischt, und obwohl die Verletzung gar nicht so schlimm gewesen sei, habe man ihn nach Hause zurückgeschickt, weil die Heilung sehr langwierig war. Und er fügte hinzu, dass alle Jungs seiner Einheit bei einem Flugzeugabsturz über dem Pazifik umgekommen seien, während er im Lazarett lag. Als er mir davon erzählte, welch großes Glück er gehabt hatte, nannte er es seine »Heimatschussverletzung«.

Daraufhin schwiegen wir, bis er sagte: »Warum hast du mir nicht geschrieben?«

»Ich war mit Charlie verlobt«, antwortete ich, weil ich befürchtet hatte, dass er mich das fragen würde. »Es wäre mir nicht richtig vorgekommen.«

»Wie geht es Charlie?«

Ich weiß noch genau, dass ich meinen Blick auf das verblasste Blumenmuster des Wohnzimmerteppichs senkte, bevor ich zu ihm aufsah. »Er lebt mit seiner neuen Frau in Texas.«

John sah mich an und grinste. »Ja, das weiß ich.«

Dieser kleine Scheißer hatte die ganze Zeit gewusst, dass Charlie mich abserviert hatte. Jedenfalls verabredeten wir uns, und diesmal klappte es.

Ich beuge mich hinüber und lege die Hand auf Johns Knie. Er dreht seinen Kopf und sieht mich an. Obwohl er lächelt, sagen mir seine Augen, dass er im Moment nicht anwesend ist.

Clines Corners ist eine weitere Touristenfalle. Wir halten an der großen Handelsstation an und beschließen, uns ein wenig umzusehen. Es wäre nicht schlecht, ein paar Vorräte einzukaufen, und dieser Ort eignet sich dafür genauso gut wie jeder andere.

Drinnen gibt es neben dem Laden auch ein Restaurant, es dürfte etwa das vierzigste Route-66-Diner sein, das wir bisher gesehen haben, und es ist wie immer mit demselben alten Zeug ausgestattet: Tankstellenschilder, Zapfsäulen, Fotos von James Dean und Marilyn Monroe mit viel Pink und Neon und Chrom und natürlich mit Route-66-Schildern. Ich muss schon sagen, langsam finde ich diese Deko ein wenig lästig. Es ist, als würde man ein und denselben Ort immer und immer wieder aufsuchen.

Ich kaufe ein paar kalte Pepsis und eine Tüte Combos für John, während er tankt. Der Mann an der Kasse gibt mir das Wechselgeld zurück. Durch das Fenster hinter ihm sehe ich, dass John fertig getankt hat und wieder in das Wohnmobil einsteigt. Mir fällt ein, dass ich diesmal die Schlüssel nicht an mich genommen habe. Ich stopfe das Geld in die Handtasche, nehme die Tüte und hetze, so schnell mich mein Stock stützen kann, nach draußen, bevor John abfahren kann.

»John!«, schreie ich ihm zu. Er hört nicht, aber als ich endlich das Wohnmobil erreiche, wartet er ganz geduldig. Ich jedoch bin erschöpft und außer Atem.

»Alles in Ordnung mit dir?«, fragt er.

Ich werfe ihm über meinen Brillenrand einen vernichtenden Blick zu. »Bestens«, japse ich.

Als wir wieder auf der 66 fahren, ist es viel ruhiger. Die Landschaft ist seltsam, sowohl grün als auch braun, eine struppige Mischung aus Wüste und Wald, als könnte sie sich nicht ganz entscheiden, was sie sein möchte. Nach ein paar Schlucken Pepsi fühle ich mich gleich besser. Als ich das Wechselgeld in der Brieftasche verstauen möchte, fällt mein Blick auf eine Notiz, die jemand an den Rand der Eindollarnote geschrieben hat, gleich über George Washingtons Kopf:

Gott, gib mir bitte eine Frau

Ich drehe den Schein um, und dort steht:

schenk mir Erleichterung

»Sieh dir das an«, sage ich zu John.

Der nimmt den Schein, liest beide Seiten und runzelt die Stirn. »Da wendet er sich an die falsche Adresse.«

»Klugscheißer«, sage ich. Vielleicht ist er heute in besserer Verfassung, als ich dachte.

Wir fahren auf der alten Straße, die hier nicht Route 66, sondern Scenic Road 333 heißt, Richtung Albuquerque. Es ist eine kurvenreiche, schmale Straße, die uns abwärts in den Tijeras Canyon führt, uns aus diesem wieder herausleitet und dann weiter absteigt. Die Wände des Canyons ragen gezackt wie Zinnen senkrecht nach oben, das Gestrüpp, das sie überzieht, sieht aus wie festgebacken. Alles wirkt verwittert, verschrumpelt, halb tot. Mir fällt ein, dass es bis Alamogordo, wo man die erste Atombombe getestet hat, nur ein paar Hundert Kilometer sind. Genauso sieht es hier aus.

Was Strahlung bewirkt, kenne ich nur allzu gut, und ich weiß um die Unfruchtbarkeit, die sie verursacht, und um all das Gute, das sie hervorrufen soll, während sie zerstört. Ich habe zu viele Freunde und Verwandte verwelken und sterben sehen, nicht an ihrer Krankheit, sondern an diesem angeblichen Heilmittel gegen diese Krankheit. Und deshalb habe ich auch Dr. Tom und all den anderen verboten, dieses Zeug bei mir zu verwenden. Die Kinder waren wild entschlossen zur aggressiven Behandlung, aber ich sagte ihnen: keine Bestrahlung, keine Chemo, kein gar nichts. Die Ärzte schienen sogar erleichtert zu sein. Bei alten Leuten wenden sie dieses Zeug ohnehin nicht gern an. Aber natürlich wollen sie auch nicht, dass du einfach losziehst und dich vergnügst. Sie sähen es am liebsten, wenn du in irgendeinem Krankenhaus verrottest, während sie ihre Tests an dir anstellen und alles Menschenmögliche tun, damit du dich möglichst lange unwohl fühlst, dabei aber am Leben bleibst. Wenn sie dann das Gefühl haben, alles in ihrer Macht Stehende getan zu haben, schicken sie dich zum Sterben nach Hause. Vermutlich in der Vorstellung, es sei der beste Ort zum Sterben. Für die meisten Menschen ist es das wahrscheinlich auch.

Ich finde, dass wir ein wenig Ablenkung brauchen. »Lass uns doch ein bisschen durch Albuquerque fahren, mal sehen, was es da so gibt. Was meinst du, John?«

»Ich bin einverstanden.«

Wir folgen der Umgehungsstraße in die Altstadt, wo wir einen kurzen Blick auf die Puebloarchitektur, die alten Filmtheater KiMo und El Rey und ein paar verrückte Wandgemälde werfen, die aussehen, als wären sie von jemandem gemalt worden, der unter vielen Medikamenten gegen Unwohlsein stand. Und ob Sie's glauben oder nicht, es gibt auch hier ein Route-66-Diner. Na so was, womöglich hängen da drin sogar Poster von Marilyn Monroe und James Dean.

Als wir den Nine Mile Hill hochfahren, sehe ich Albuquerque im Rückspiegel langsam immer kleiner werden. Die Old Town Bridge führt uns über den Rio Grande. Das Wasser darunter ist dunkel und schmutzig. Ein Stück vor uns entdecke ich ein weißes aus Brettern zusammengezimmertes Haus mit einem Dach in Preußischblau. An der Hausseite steht in Druckbuchstaben:

L-A TRUCKERKIRCHE
HALLELUJA, ER IST AUFERSTANDEN
RAUCHFREIES BINGO
DIENSTAGS 18:30

Gut zu wissen, sage ich mir.

Nahe einer Stadt namens Grants finden wir einen anständigen Campingplatz. Ich bin froh, dass wir hier übernachten können, froh, dass unser Teil des Parks verlassen ist. Ich hatte genug Mitmenschlichkeit, das reicht jetzt für eine Weile.

John ist plötzlich quicklebendig, zieht das Vordach heraus und schleppt sogar einen Picknicktisch für mich an, damit ich darauf kochen kann. Nachdem er den Ort in ein richtiges Lager verwandelt hat, fange ich an, mich zu entspannen. Es ist ein wunderschöner Nachmittag, die Luft wird kühler.

Als er fertig ist, lässt John sich in einen unserer alten Campingstühle aus Aluminium mit dem ausgefransten grün-weißen Gewebe fallen. (Die haben wir genauso wie den Leisure Seeker vor dreißig Jahren gekauft, und ich frage mich immer, wann er mal durchbricht und John auf den Hintern fällt.) Er liest wieder in seinem Louis L'Amour-Buch, obwohl ich ihn noch nicht einmal habe umblättern sehen. Es würde mich nicht überraschen, wenn er es verkehrt herum hält.

Ich stelle die Elektropfanne auf den Picknicktisch und fange an, Fleischwurst zu braten. Ich bin zwar nicht in der Stimmung dafür, und ich kann Ihnen versichern, dass ich sie auch nicht essen sollte, aber ich habe unseren kleinen Kühlschrank durchforstet und festgestellt, dass sie bald schlecht wird. Und da ich das nicht möchte, gibt es sie heute zum Abendessen.

Ich schneide die Scheiben am Rand ein, damit sie sich nicht zu sehr zusammenrollen, aber nachdem ich sie in die Bratpfanne gelegt habe, widme ich ihnen nicht mehr so viel Aufmerksamkeit, wie ich sollte, und die Stücke werden auf einer Seite schwarz, bevor ich daran denke, sie zu wenden. Ich lasse sie zum Abtropfen auf ein Stück Küchenrolle fallen. Dann lege ich sie zwischen zwei Scheiben altbackenes Toastbrot, klatsche Senf darauf und serviere sie mit einer alten Tüte Chips und ein paar lauwarmen Gürkchen. Zu dieser Mahlzeit kann ich nur sagen, dass sie durch und durch fad ist. Gut gemacht, Ella.

Doch John ist begeistert, als wir am Tisch Platz nehmen. Er schlingt sein Sandwich in Windeseile hinunter, danach noch die Hälfte von meinem. Ich mixe mir einen Manhattan, setze mich neben ihn, nehme seine Hand, und gemeinsam betrachten wir schweigend den Sonnenuntergang.

Als es schließlich dunkel ist, wird es so still auf dem Campingplatz, dass ich nicht weiß, wohin mit mir. John ist neben mir am Tisch eingedöst. »Wach auf, John«, sage ich. »Du kannst sonst heute Nacht nicht schlafen.«

Er hebt seinen Kopf und sieht mich verärgert an. »Was?«

»Komm schon. Wir sehen uns Dias an.«

»Es ist zu spät.« Er dämmert bereits wieder vor sich hin.

Ich stupse seine Schulter an. »Na komm schon. Es ist doch erst kurz nach acht. Wenn wir jetzt zu Bett gehen, sind wir um drei Uhr morgens wieder wach. Bring den Projektor nach draußen.«

»Ich weiß nicht, wo er ist.«

»Ich zeig ihn dir. Stell ihn auf den Picknicktisch, dann gibt es Eiscreme.«

»Na gut.« Er erhebt sich von der Bank.

Essen. Das funktioniert immer.

Die Bilder, die wir heute Abend an die Seite unseres Wohnmobils werfen, sind von unseren Kindern, die ich sehr vermisse und vermisst habe, seit sie vor Jahrzehnten nach und nach unser Haus verlassen haben. Obwohl wir das nie so geplant hatten, gibt es ein Magazin mit Dias, die wir aus anderen Magazinen ausgewählt haben, ein Mischmasch, der nur aus den Kindern besteht. Das erlaubt uns, unsere Kinder in etwa zehn Minuten heranwachsen zu sehen, wenn auch nicht notwendigerweise in der richtigen Reihenfolge. Es handelt sich um so was wie die *Greatest Hits der Robinas*.

Wir sehen unsere Kinder schwimmend an einem Strand, mit vom Geburtstagskuchen verschmierten Gesichtern, freudestrahlend auf herbstlichen Blätterhaufen liegend, wie sie steif vor dem Kaminsims mit ihren Tanzpartnern für den Abschlussball herumstehen, bei Sonnenuntergang auf einem Steg, die Blicke auf die steinernen weißen Gesichter des Mount Rushmore gerichtet, auf den Knien rotgesichtiger Santa Claus, wie sie Mickey Mouse umarmen oder mit Sonnenbrand und sich schälender Haut nach ihren allerersten Ferien ohne uns nach Hause zurückkehren.

»Das ist ein süßes Bild von Cindy!«, sagt John und schiebt sich den letzten Löffel geschmolzener Eiscreme in den Mund. »Wie ein kleines Püppchen.« Sie ist auf dem Dia mit etwa zwölf Jahren als Hula-Mädchen verkleidet zu sehen. Auf dem mit den Jahren rotstichig gewordenen Dia sieht sie älter aus, als sie damals war.

Auf einem anderen Foto vom gleichen Halloween ist Kevin zu sehen, kaum vier Jahre alt. Er ist als kleiner Indianer verkleidet, mit geschminktem Gesicht und Federschmuck. Es mutet seltsam an, sich das hier in New Mexico anzusehen, nicht weit entfernt von einem Indianerreservat.

»Kevin und ich haben dieses Kostüm drüben bei Checker gekauft«, wirft John ein.

Ich sehe John erstaunt an. Es überrascht mich immer wieder, woran John sich doch noch erinnert. Checker Drugs war ein Laden in unserem alten Viertel, bei dem wir Brot und Milch und gelegentlich Vanille Soda kauften. Es will mir nicht einleuchten, warum er sich Informationen wie diese so lange merken kann, wohingegen so viele andere wichtige Erinnerungen einfach verpuffen. Vermutlich, weil vieles von dem, was bleibt, unbedeutend ist. Die Erinnerungen, die wir bis an unser Lebensende in uns tragen, folgen keinem wirklichen Rhythmus oder Grund, vor allem dann nicht, wenn man an die endlosen Dinge denkt, mit denen man sich im Verlauf eines Tages, einer Woche, eines Monats, eines Jahres, eines ganzen Lebens beschäftigt. All die Tassen Kaffee, das Händewaschen, das Anziehen anderer Kleider, Mittagessen, Toilettengänge, Kopfschmerzen, Nickerchen, Schulwege, Einkäufe, Gespräche über das Wetter – all die Dinge, die so unbedeutend sind, dass man sie sofort vergessen sollte.

Und doch sind sie das nicht. Ich denke oft an den chinesischen roten Morgenmantel, den ich mit siebenundzwanzig hatte, das Geräusch der Pfoten unserer ersten Katze Charlie auf dem Linoleum unseres alten Hauses, die heiße dünne Luft um den Aluminiumtopf, kurz bevor alle Popcornmaiskörner aufplatzten. An diese Dinge denke ich genauso oft wie an meine Hochzeit oder die Geburten oder das Ende des Zweiten Weltkriegs. Wirklich erstaunlich ist aber, dass, ehe du dichs versiehst, sechzig Jahre vorbei sind und du dich an vielleicht acht oder neun wichtige Ereignisse unter tausend bedeutungslosen erinnern kannst. Wie kann das sein?

Du klammerst dich an die Vorstellung, es gäbe ein Muster dafür, weil du damit besser klarkommst und es dir eine Art Begründung dafür liefert, warum wir hier sind, aber in Wirklichkeit gibt es keins. Menschen suchen Gott hinter diesen Mustern, diesen Begründungen, aber nur weil sie nicht wissen, wo sie sonst danach suchen sollen. Dinge widerfahren uns: Einige davon sind wichtig, die meisten sind es nicht, und ein klein wenig davon begleitet uns bis ans Ende. Was bleibt danach? Ich habe keinen blassen Schimmer!

Das nächste Dia zeigt Kevin im Autorama, er hält eine kleine Trophäe und ein Modellauto, weil er in einem Wettbewerb teilgenommen hat. Er ist damals Dritter geworden. Ich weiß nicht, ob er sich noch an diesen Tag erinnert. Ich weiß nur, dass ich erleichtert war, als wir aufbrachen.

Ich drücke auf den Knopf der Fernbedienung, aber auf dem nächsten Dia ist nichts zu sehen. Es gibt kein nächstes Dia, nur das sehr helle Licht, das kommt, wenn der Magazinschlitz leer ist. Ich werfe einen Blick auf John und sehe, dass er wieder in seinem Campingstuhl vornübergebeugt schläft. Ich sage seinen Namen, aber er schnaubt nur und schläft sofort weiter. Er wird morgen nicht fahren können. Er wird jammern, wie weh ihm alles tut, und dann nach fünf Minuten von vorn beginnen.

Ich höre ein Geräusch von der Straße. Vermutlich ist es nur ein kleines Tier, aber ich fürchte mich. Vielleicht ist es ein Kojote oder ein Wolf. Ich sage mir, dass wir allein auf diesem Campingplatz sind und sich seit Stunden weder ein Manager noch sonst jemand hat blicken lassen. Wahrscheinlich ist es das Beste, meine Tasche aus dem Wohnmobil zu holen. Eine Waffe zur Hand zu haben gäbe mir Sicherheit. Gerade will ich aufstehen, da höre ich erneut das Geräusch – ein Scharren, vermutlich aus einer Mülltonne.

»Wach auf, John!«, schreie ich, entschlossen, ins Wohnmobil zurückzukehren. Ich greife nach meinem Stock und versuche, mich von der Bank hochzudrücken, aber ich habe zu lange gesessen. Meine Beine sind steif, und ich spüre sie kaum. Ich muss sie schütteln, um das Blut wieder in Bewegung zu bringen. Währenddessen surrt der Ventilator des Projektors unbeirrt weiter bei grellem Licht. Man soll das Licht nicht so lange anlassen, wenn keine Dias drin sind, aber ich werde das Gerät nicht abschalten, um dann im Dunkeln zu sitzen.

»John!«

»Wer ist es?«, fragt John verstört.

»Ich bin's, *Ella*«, sage ich. »Aus der Richtung kommt ein Geräusch.« Ich versuche, auf meinen Beinen zu stehen, in die jetzt wieder ein wenig Gefühl zurückgekehrt ist. Beide Hände auf den Picknicktisch gestützt, stemme ich mich hoch. Dabei lasse ich meinen Stock einfach stehen. Es gelingt mir, mich hochzuziehen, aber als ich nach meinem Stock greife, geben meine Beine unter mir einfach nach und knicken ein. Ich gehe langsam zu Boden, erst schlagen meine Knie, dann meine Hände auf, dann kippe ich seitlich auf den harten Untergrund. Ich habe mir die Hände aufgeschürft, meine Knie brennen wie Feuer, und eins meiner Beine ist leicht nach hinten gebogen. Hoffentlich ist es nicht gebrochen.

»John!«, rufe ich ihn. »Ich bin gestürzt!«

»Was?«

Ich gebe mir Mühe, nicht in Panik auszubrechen. »Ich liege auf dem Boden! Ich bin *gestürzt*, John! Hilf mir auf!«

»Ach, herrje«, sagt John fast verärgert. Aber gleich darauf ragt sein Schatten über mir auf.

»Nimm meine Hand. Nimm meine Hand.«

»Du kannst mich nicht hochziehen, John. Ich bin zu schwer. Dann fällst du nur auch hin.«

»Doch, ich kann das. Nimm einfach meine Hand.«

Also nehme ich Johns Hand, während er sich am Picknicktisch festhält und versucht, mich hochzuziehen. Er zieht mich etwa dreißig Zentimeter vom Boden hoch, sodass es mir gelingt, mein Bein auszustrecken, bevor sein Halt am Tisch nachgibt und er nach vorn stolpert. *O Gott, nein,* sage ich mir, als seine kräftige, schwerfällige Gestalt auf mich zukommt. Das kann doch nicht wahr sein.

»Ahhh«, brüllt John. »Ich …«

Ich falle wieder zu Boden, aber jetzt liegt John auf mir. Diesmal ist es kein langsamer, weicher Sturz. Mit dem Gewicht von John auf mir ist der Schmerz sehr viel schlimmer. Steine bohren sich mir in den Hintern, mein Kopf schlägt auf den Boden auf. Ich spüre einen Schmerz in mir und die ganze Masse seines Körpers auf mir. Mir geht die Luft aus. Meine Übelkeit ist unbeschreiblich, treibt mir die Tränen aus den Augenwinkeln. Die ersten Worte, die ich herauspresse, verursachen ein Stechen in meinen Lungen. »Oh *verdammt* noch mal.«

John liegt einfach reglos da. Ich kann mich nicht rühren, wenn er auf mir liegt. »Geh runter von mir, John!«, presse ich fast atemlos heraus.

»Ich glaube, ich habe mir den Arm verletzt«, sagt er.

»Das ist mir egal. Du kannst nicht auf mir liegen bleiben. Steh auf.« Anfangs bleibt er wie ein Totgewicht liegen, dann spüre ich, dass Bewegung in seine Beine kommt. »Du erdrückst mich, John. Geh *runter*!«

Endlich schnauft John, holt rasselnd Luft und schafft es, sich hochzustemmen und sich neben mich zu rollen. Sein Arm scheint in Ordnung zu sein.

Jetzt kann ich wenigstens wieder atmen. Ich sehe ihn an. In seinen Augen spiegelt sich eine wahnsinnige Angst. O Gott, da haben wir uns ganz schön in die Patsche geritten, fürchte ich.

Mein Bein scheint in Ordnung zu sein. Es tut weh, aber ich denke nicht, dass es gebrochen ist.

»John. Ist alles klar bei dir?«

Er sieht mich an, als versuchte er, mich zu erkennen, dann sagt er: »Was machst du denn da unten?«

»John. Ich bin gestürzt, erinnerst du dich? Du hast versucht, mir aufzuhelfen, und bist selbst hingefallen. Wir machen Campingurlaub. Wir sind in New Mexico.«

»Mexiko?«

»*New* Mexico. Du bist eingeschlafen, während wir uns Dias angesehen haben. Und jetzt kleben wir hier auf dem Boden fest.«

»Oh Mist«, sagt er.

Selbst ihm ist bewusst, in welchen Schwierigkeiten wir stecken. Ich fange an, Richtung Wohnmobil zu robben, und denke dabei noch immer an meine Handtasche. Steine graben sich in meine Hände, während ich mich wenigstens so weit vom Boden hochstemme, um zentimeterweise voranzukommen. Unglaublich, wie schmutzig ich werde. Meine Hose wird ruiniert sein. Aber sollte ich jemals wieder vom Boden hochkommen, zählt das vermutlich nicht.

Nach etwa einem halben Meter bin ich mir nicht mehr sicher, ob die Handtasche mir überhaupt was nützt. Ich könnte die Waffe so oft abschießen, bis jemand kommt, aber dafür gibt es keine Garantie. Außerdem habe ich Angst davor, in die Luft zu schießen. Zu Hause in Detroit ballern die

Leute an Silvester immer mit ihren Waffen in den Himmel, und dabei wird regelmäßig jemand verletzt. Eine Kugel, die ein Dach durchschlägt und ein armes Kind trifft, das im Bett liegt, oder jemanden, der im Wohnzimmer Dick Clark guckt.

Und natürlich liegt das Mobiltelefon im Wohnmobil, wo es aufgeladen wird. Ich bin so verdammt effizient. Mit einem Blick auf den Picknicktisch überlege ich, ob ich mich nicht allein daran hochziehen kann. Doch als ich meine Arme hebe, ist der Schmerz so heftig, dass ich es gar nicht erst versuche. John sitzt auf dem Boden und führt Selbstgespräche.

Ich fauche ihn an. »John, ich brauche dich jetzt in guter Verfassung. Komm her. Lass uns versuchen, ob wir es bis zum Wohnmobil schaffen. Kannst du dich bewegen?«

Er atmet lang und gequält ein. »Ich weiß nicht.«

»Kannst du aufstehen? Stütz dich am Picknicktisch ab.«

John rutscht hinüber zum Tisch. Ich sehe, wie er zusammenzuckt, als er seine Arme um die Bank schlingt. Normalerweise ist er viel agiler als ich, aber der Sturz hat ihm zugesetzt.

»Ich komm nicht von allein hoch«, sagt er.

»Drück deinen Rücken gegen die Bank, vielleicht kannst du dich auf diese Weise aufrichten.«

John macht, was ich ihm sage. »Jetzt stemm dich gegen den Tisch und versuche, dich mit deinen Händen aufzurichten. Sieh zu, wieder Boden unter den Füßen zu bekommen.«

»So ein Mist«, sagt John und hat seinen Ellbogen schon fast auf der Bank. Dann fällt er zurück in den Schmutz.

Ich male mir aus, wie wir es schaffen könnten, aber wir sind beide neben der Spur, erschüttert und schmutzig und müde. Ich würde gern weinen, aber das brächte uns auch nicht weiter. Wenn ich mich ausgeheult hätte, würden wir immer noch hier auf dem Boden sitzen.

Bei seinem nächsten Versuch verletzt John sich am Rücken. Jetzt bin ich an der Reihe. Ich weiß, es wird mir nicht gelingen, mich am Picknicktisch hochzuziehen, aber mein Blick fällt auf die Treppenstufen, die aus dem Wohnwagen herausklappen, sobald man die Seitentür öffnet. Von meinem Platz aus sind es bis dorthin keine fünf Meter, also wappne ich mich für die lange raue Rutschpartie dorthin.

»Was machst du?«, erkundigt sich John.

»Ich versuche, es rüber zur Wohnmobiltür zu schaffen, mal sehen, ob ich auf diese Weise reinkomme.«

John grunzt. Doch ich könnte nicht sagen, ob es ein »Das ist eine gute Idee«-Grunzen oder ein »Du bist ja verrückt«-Grunzen ist.

Ich brauche gute fünfzehn Minuten, bis ich den halben Weg hinter mich gebracht habe. Ich stemme mich hoch, ich rutsche. Ich stemme mich hoch, ich rutsche. Ich bewege mich wortwörtlich im Schneckentempo vorwärts. Der Boden ist hier hart, unheimlich hart, und jede Menge Steine und Kiesel graben sich in meine Hände und meinen Hintern. Ich schwitze jetzt heftig, und es dauert nicht lange, da läuft mir der Schweiß in die Augen. Das ist das Problem, wenn man kaum mehr Haare hat – der Schweiß läuft direkt in die Augen. Während ich innehalte und mit meinen schmutzigen Händen unter meiner Brille reibe, erinnere ich mich, dass ich in einem Reiseführer gelesen habe, dass der Ort, an dem wir uns jetzt befinden, von den Mexikanern das »verdorbene Land« genannt wird. Sämtliche Felsformationen sind durch schwarze Lava entstanden, durchsetzt mit Rot, das man für das Blut eines entsetzlichen Ungeheuers hielt, niedergemetzelt von irgendwelchen Kriegsgöttern. Ich weiß nicht, warum mir das ausgerechnet jetzt einfällt, aber ich kann es nicht ändern.

Das verdorbene Land, in der Tat. Ich fürchte, die schwarze Erde ist bereits gefärbt vom Blut dieses fetten alten Weibs. Und sie wird gewiss nicht weicher, indem ich zum Wohnmobil robbe. Ich spüre die Abschürfungen schon gar nicht mehr, aber ausnahmsweise bin ich mal froh, diesen schweren Leib zu haben, der mich vor dem Boden schützt. Wäre ich eine dieser knochigen, spindeldürren, ausgedörrten Spinatwachteln, täte es noch viel mehr weh. Aber wenn ich so eine wäre, könnte ich vermutlich auch aufstehen.

John hat inzwischen aufgegeben und seinen Kopf an die Bank des Picknicktischs gelehnt.

»Warum versuchst du nicht auch, hier rüberzukommen, John? Wenn ich mich ein wenig hochziehen kann, könntest du mir vielleicht helfen.«

Er hebt seinen Kopf von der Bank, nickt, legt ihn wieder ab und döst, eingelullt vom Surren des Projektors. Ich bin auf mich allein gestellt.

Wenn man in fast völliger Dunkelheit und in Todesangst auf dem Boden festsitzt, ohne zu wissen, ob man jemals wieder aufstehen und in welchem Zustand man ist, wenn sie einen am Morgen finden, dann passiert etwas mit einem. Und zwar Folgendes: Die Zeit dehnt sich aus, zieht sich und faltet sich zusammen und dehnt sich erneut wie ein Karamellriegel, den du den ganzen Tag in deiner Tasche hattest.

Im Moment habe ich keine Ahnung, ob wir seit zwei Stunden oder seit zwanzig Minuten auf dem Boden liegen.

Ich robbe weiter, ich habe ja sonst nichts zu tun. John schläft an der Bank. Er wird aufwachen und sich fragen, was er auf dem Boden macht. Und er wird mir die Schuld daran geben, dessen bin ich mir sicher. Ich bin schuld daran, weil ich die Einzige hier bin, der er die Schuld zuschieben kann. Genau so wird es kommen. Er wird in mieser Stimmung sein, wenn er wach wird, und denken, ich hätte ihn zu Boden geworfen. Er wird mich anbrüllen.

Aua. Aua. Aua. Ich robbe weiter. Wieder höre ich diesen verdammten Kojoten. Sollte er in Erwartung leichter Beute hierherkommen, hat er sich getäuscht. Zwar wird er das dicke, fette Buffet vorfinden, das er sich erhofft, aber er wird sich nicht lange daran erfreuen. Ihn erwartet ein Kampf. Ich habe gestern gegen zwei Männer gekämpft. Warum soll mir ein Kojote noch Angst einjagen? Ich werde ihn mit meinen eigenen Händen umbringen.

Hier sollten wir nicht sterben.

Nach drei Verschnaufpausen und nachdem ich mir die Hand an einer Glasscherbe geschnitten und einen großen Käfer zerdrückt habe, den ich anfangs für einen Skorpion hielt, sich aber doch als eine Zikade oder so was herausstellte, erreiche ich endlich die Treppe des Wohnmobils. Es sind kleine Klappstufen aus Aluminium, sehr schmal, viel zu schmal für meine breiten Hüften, aber ich weiß, dass die Stufen stabil sind, denn schließlich benutzen wir sie, um ins Wohnmobil zu kommen. Und das Beste daran ist, dass die Treppe nur wenige Zentimeter über dem Erdboden beginnt.

Ich stütze mich auf der untersten Stufe auf, taste mit den

Handgelenken danach, die inzwischen so gut wie taub sind. Ich hole tief Luft und richte mich auf. Ich zittere, aber es gelingt mir, mich raufzuziehen. Die schmalen Seitenkanten graben sich tief in meinen Hintern ein, aber wenigstens gelingt es mir, dort zu verweilen. Mein Steißbein fühlt sich sicher auf der Stufe. Es ist eine große Erleichterung, über dem Boden zu sein, und ich würde gern eine halbe Stunde ausruhen, mache es aber nicht. Ich umfasse die Seiten der nächsten schmalen Stufen und versuche, mich weiter hochzuziehen. Diesmal gelingt es mir sogar, mit den Fersen ein wenig mitzuschieben. Ich schaffe es auf die zweite Stufe, aber hier fühlt mein Hinterteil sich nicht so sicher wie auf der ersten. Ich schiebe meine Hände weiter hinauf über die zweite Stufe und stemme mich dann mit meinen Fersen kräftig in den Boden. Diesmal bin ich so erschöpft, dass mir Tränen übers Gesicht laufen, aber wenn ich nicht weitermache, werden wir die ganze Nacht am Boden verbringen. Ich weiß nicht, wie wir das überleben können.

Ich drücke fest und schaffe es auf die dritte Stufe. Jetzt sitze ich auf den Händen, und das tut weh. Ich ziehe erst die eine, dann die andere Hand heraus, bemüht, nicht das Gleichgewicht zu verlieren. Jetzt zittere ich so heftig, dass ich nicht mehr weiterweiß.

»John!«, schreie ich, so laut ich kann. Mir wird klar, dass ich aus Angst, andere aufzuwecken, nicht laut genug gerufen habe. Aber da ist niemand. Wenn jemand hier wäre, könnte man uns helfen.

»John! Verdammt noch mal!«, brülle ich diesmal, und er regt sich ein wenig. Ich sehe, wie sein Kopf sich von der Bank hebt, dann wieder zurückfällt.

Ich suche den Boden um mich herum ab. Die Erde ist mit Steinen durchsetzt, genau die, die meinen Händen auf meinen Weg im Schneckentempo so zugesetzt haben. Ich hebe drei der murmelgroßen Steine zusammen mit einer Handvoll Erde auf. Die Hände sind ohnehin schmutzig, das stört mich gar nicht mehr. Ich werfe einen auf John, treffe aber nicht. Ich werfe den nächsten und verfehle ihn wieder. Dann werfe ich noch einen, diesmal mit mehr Kraft, und der trifft ihn. John bekommt ihn seitlich an die Birne. Ich schäme mich zuzugeben, dass ich hocherfreut bin. Es klackt, als er auf den Bügel seiner Brille trifft.

»Aua!«, sagt John. »Was soll das?«

»John! Komm hierher und hilf mir, diese Stufen hochzukommen.« Warum tue ich das? Es wird mindestens eine halbe Stunde dauern, bis er hier ist. Aber ich sehe einfach nicht ein, warum ich das ganz allein bewältigen soll. Ich werfe noch einen Stein auf John, und dieser trifft ihn am Bein.

»Aah! Lass das! Hör auf, mich zu bombardieren.« John richtet sich auf, klammert sich an die Bank des Picknicktischs. Rasch greife ich nach weiteren Steinen, die ich auf ihn werfen kann.

»Willst du wohl aufhören? Du tust mir weh.«

Ich sage kein Wort. Unentwegt werfe ich Steine auf meinen Ehemann. Es macht ihn so wütend, dass er vergisst, wie schwach er ist. Er zieht sich hoch auf seine Knie. Ich treffe seine Rippen mit einem Stein so groß wie eine Vierteldollarmünze. Er jault und umklammert die Platte des Picknicktischs und hievt sich unter Stöhnen daran hoch. Ich hatte nicht gedacht, dass wir es auf diese Weise schaffen, aber es ist gut so.

»Beweg deinen Hintern hierher und hilf mir hoch«, sage ich zu ihm.

»Geh zum Teufel.«

»John, bitte. Ich habe mich bis hierher geschleppt, um dir Beine machen zu können.

»Ich gehe zu Bett«, erklärt er und reibt sich die Augen mit seinem schmutzigen Finger.

»Du kannst erst ins Wohnmobil, wenn du mir hochgeholfen hast.«

Ich beobachte ihn auf seinem Weg zu mir. Er schwankt und schert ein wenig aus, ist vermutlich ein wenig unsicher auf den Beinen, weil er so lange auf dem Boden gelegen hat. Aber je näher er kommt, desto besser wird sein Gang, er schreitet kräftiger aus als sonst. Das war heute einfach ein schlimmer Abend für ihn. Ich musste ihn nur aufwecken und so lange ärgern, bis ihn das Adrenalin gepackt hat.

Er zieht das Verlängerungskabel aus der Außensteckdose des Wohnmobils, und der Projektor geht aus. John kommt zurück zur Tür. Als er vor mir steht, verändert sich der Ausdruck seiner Augen.

»Du bist ganz schmutzig«, sagt er und sieht mich nun nicht mehr wütend, sondern voller Zärtlichkeit an.

»Hilf mir hoch, John«, fordere ich ihn auf.

John hält sich an einem der großen Metallgriffe fest, die er vor Jahren beidseits der Tür angebracht hat, beugt sich vor, und ich strecke die Arme aus, um mich hochziehen zu lassen, aber stattdessen bückt er sich weiter hinunter. Er kniet mir zu Füßen und macht sich daran, mir den Schuh zuzubinden. Meine Schuhe zu binden fällt mir oft schwer, und er muss mir das oft abnehmen. Es ist zwar im Moment nicht gerade mein drängendstes Problem, aber ich werde ihn nicht aufhalten, wenn er es für nötig hält.

John bindet einen schlampigen, aber festen Knoten auf meinen schmutzigen orthopädischen Schuhen.

»Danke, John«, sage ich zu meinem Mann.

Er lächelt. »Nicht doch, Schatz, du tust doch so viel für mich.«

John beugt sich vor und küsst mich auf die Lippen. Ich spüre die Risse darin, die trockene Haut, aber sie fühlen sich trotzdem gut an. Ich lege die Hand an sein stoppeliges Gesicht. Dann packt er mich am Ellbogen und zieht mich von der Treppe hoch.

Ich stehe. Wir sind noch nicht tot. Meine Beine pulsieren, aber sie sind stabil genug, um mich zu stützen, während ich mich umdrehe und mit beiden Händen am Griff auf der anderen Seite festhalte. Ich ziehe erst einen Fuß auf die erste winzige Stufe, dann den anderen. Nach einer kleinen Pause mache ich den nächsten Schritt.

»Eine Sekunde«, sagt John. Er fängt an, mir den Schmutz abzustreifen.

»Wir werden die ganze Nacht hier draußen sein, wenn du versuchst, mein gesamtes Hinterteil abzufegen«, sage ich, selbst zum Lachen zu müde.

»Still«, sagt er, klopft und rubbelt weiter.

Also bin ich still und lasse mir von ihm den Schmutz abklopfen. Und schon nach kurzer Zeit fühle ich mich gleich viel entspannter. Die Beine zittern nicht mehr. Der Atem geht wieder normal. Ich hatte nicht damit gerechnet, dass es mich derart beruhigen würde, aber es ist so. Johns Berührung hat sich im Lauf der Jahre nicht verändert und ist immer noch sanft, obwohl seine Hände härter und steifer geworden sind, knotig und fleckig vom Alter wie alles andere an unseren Körpern auch. Trotz all des Unwohlseins, trotz all der Angst und all der Müdigkeit erfasst mich ein Anflug von Verlangen. Ich stehe auf der Treppe und umklammere mit beiden Händen den Griff. Ich schließe die Augen.

Wir werden erst am nächsten Nachmittag um 13:35 Uhr wach. Und als ich die Augen öffne, habe ich das Gefühl, zehn Runden gegen Rocky Graziano gekämpft zu haben. Noch bevor ich die Augen aufschlage, habe ich Tränen darin. Es ist sicherlich das Unwohlsein, aber gewiss auch das andere, die Erkenntnis. Und das Unwohlsein bringt einen dieser nur näher.

Vorm Einschlafen habe ich alle meine Medikamente einschließlich zweier blauer Pillen genommen, bevor ich John drei extrastarke Tylenol und eine Valium gab und die Tür von innen verriegelte. Es gab keine Toilettenbesuche spät in der Nacht, keine Störungen, keine Aussetzer bei John. Erschöpfung siegt über jede Krankheit. Für den Moment geht es dem Körper einzig und allein um das dringendste Bedürfnis. Der Rest muss in der Ecke warten, auch wenn er an diesen Mangel an Aufmerksamkeit nicht gewöhnt ist.

Ich kann mich nicht entscheiden, ob wir versuchen sollten, heute noch weiterzufahren, oder uns ausruhen sollten. Ich denke an Kevin, der immer auf Nummer sicher geht und zu mir sagt: »Mom, wenn du dich müde oder zittrig fühlst, lass es sachte angehen. Denn genau dann passieren Unfälle. Dann kommt immer alles auf einmal.« Er hat ja recht. Selbst mit dem üblichen Maß an Elend lässt sich eine gewisse Stabilität aufrechterhalten. Man agiert aus dem Vertrauten heraus. Aber wenn Angst oder Müdigkeit oder Unwohlsein dazukommen, sind andere schlimme Dinge vorprogrammiert. Die vergangenen beiden Tage bestätigen diese Theorie: ein geplatzter Reifen, ein Raubüberfall und ein schlimmer Sturz. Murphy hat schon recht: wenn was schiefgeht, dann richtig.

Und doch ist da etwas in mir, das weitermachen und sich vorwärtsschleppen und unserem zwielichtigen Schicksal die Hand schütteln möchte. Obwohl ich weiß, dass man ihm nicht trauen kann, diesem Schicksal in seinem grellen karierten Polyesteranzug, mit seinem Mundgeruch und dem Ring mit dem Zirkoniumwürfel am kleinen Finger. Schon bald werden wir in sein Reich hineinstolpern, und es wird uns mit einer fleischigen feuchten Pranke einen herzhaften Klaps auf den Rücken geben und mit seinen Nikotinzähnen ansehen und uns versprechen – *dieses Schicksal? Das ist das Beste von allen!*

Die Trägheit trifft die Entscheidung für mich. Ich falle zurück in einen halbbewussten Zustand. Gegen 15:30 Uhr passiert John ein Missgeschick im Bett. Es ist das erste Mal, dass so etwas passiert. Die Wärme dringt zu mir vor, und ich reiße die Augen auf. Das treibt uns wenigstens aus dem Bett. Mein erster Instinkt ist der, ihn anzuschreien, aber ich weiß ja, dass es ein Unfall war. Außerdem bin ich viel zu müde, um wütend zu werden. Ich werde diese Laken abziehen müssen. Wenn ich aus dem Bad zurückkomme.

Als ich herauskomme, hat John sich ausgezogen und versucht gerade, eine andere Hose über seine alte und die versiffte Unterhose zu ziehen. Es ist auch noch was anderes in seiner Unterhose, aber ich erspare Ihnen die Details.

»Du musst deine Unterwäsche wechseln, John.«

»Ach, sei still«, sagt er zu mir.

Er kann die Hose nicht hochziehen, weil er von der letzten Nacht wund ist. »Geh ins Bad und wasch dich. Du *stinkst.*«

»Nein, das tue ich nicht. Es ist gut so.« Er zerrt weiter daran.

Dass er sich nicht waschen will, ist schon länger ein Problem. Ich bin es leid. »Na gut. Dann lass mich dir helfen«, schlage ich vor. »Hier, steig einfach raus.«

Er hält im Kampf mit seiner Hose inne. »Warum?«

»Dann ist es leichter. Wir werden dich herrichten.«

John lässt die Hosen auf den Boden fallen und steigt heraus. Ich greife in unsere kleine Kramschublade und hole eine Schere heraus, die er dazu benutzt, die Enden der Brottüten zu stutzen. Da ich hinter ihm stehe, kann er nicht sehen, dass ich den Bund seiner Boxershorts aufschneide. Bis er merkt, was ich da mache, bin ich schon am Saum angelangt. Ich lasse sie zu Boden fallen.

»Verflucht noch mal. Was tust du da?«

»Du kriegst sofort eine frische von mir.« Ich trippele so schnell mich meine pulsierenden Beine tragen zu unserer Kleiderkiste und schnappe mir eine frische Unterhose. Dann nehme ich noch ein Stück Seife mit und halte zwei Waschlappen unters warme Wasser. Inzwischen versucht John, sich die Hosen über seinen nackten Hintern zu ziehen.

»Einen Moment noch«, sage ich. »Setz dich. Dann können wir die Hosen anziehen.« Er pflanzt seinen Hintern auf unseren Tisch, wobei sein Ding zu mir aufragt. Ich reibe einen Waschlappen mit Seife ein und gebe ihm diesen. »Da. Wasch dich.«

Er grummelt, aber er tut es. Seine Sorgfältigkeit lässt zwar zu wünschen übrig, aber es hilft. Während er damit beschäftigt ist, ziehe ich das Bett ab. Die Matratze hat einen Vinylbezug, der nur abgewischt werden muss. Dann packe ich den Waschlappen, die verkrusteten Shorts, die alte Hose und die Laken in eine Mülltüte, um alles wegzuwerfen. Es ist an der Zeit, Sachen abzustoßen.

John ist kaum in der Lage, die saubere Unterhose über seine Knie und über seinen Leib zu ziehen. Ich nehme den anderen Waschlappen und wische ihm damit sein Gesicht und seinen Hals ab. Schon bald genießt er seine Katzenwäsche und sagt mir, wie gut sich das anfühlt. Die Vorstellung zu baden ist ihm immer verhasst, aber wenn man ihn mal sauber bekommen hat, stellt sich auch bei ihm ein Wohlgefühl ein. Ich sprühe ihn von Kopf bis Fuß mit Right Guard Deo ein, dann kämpft er sich mit meiner Hilfe in eine saubere bequeme Hose, wozu er ein buntes Hawaiihemd aussucht. Inzwischen hat seine Stimmung sich verändert.

»Ich fühle mich bestens.«

»Da bin ich aber froh«, sage ich und nehme auf einer der Bänke entlang unseres Tischs Platz. »Denn ich bin erschöpft.«

»Lass uns weiterfahren«, schlägt John vor.

Ich sehe zu, wie er die Brottüte mit der Schere zurechtstutzt, mit der ich gerade erst sein schmutziges Unterzeug abgeschnitten habe. Aber ich bin zu müde, um ihn aufzuhalten. »Ich möchte mich erst mal waschen, wir besprechen das später.«

Anderthalb Stunden später, nachdem ich die blauen Flecken gezählt, die Abschürfungen gesäubert und meine eigene Katzenwäsche in mehreren Waschgängen vollzogen habe, wobei es zu ein paar Beinahe-Unfällen kam (der Vorteil unserer kleine Waschzelle: Selbst wenn du möchtest, könntest du nicht hinfallen – es ist nicht genug Platz), bin auch ich bereit. Das Problem ist nur, dass ich nicht weiß, wozu ich bereit bin. Bis wir unsere Medikamente (zusätzlich eine kleine blaue Pille für mich) zusammen mit einer kleinen Mahlzeit aus Haferflocken, Trockenfrüchten, Toast und Tee eingenommen haben, ist es 17:07 Uhr.

»Na, komm schon, lass uns fahren«, sagt John und sucht die Schlüssel.

Ich werfe einen Blick aus der hinteren Tür und sehe Abdrücke im Boden, wo wir uns in der letzten Nacht herumgewälzt haben. »Ja«, sage ich. »Nichts wie weg von hier.«

Auf Nimmerwiedersehen, du verdorbenes Land!

»Welchen Tag haben wir heute?«, fragt John mich, nachdem wir auf der leeren Straße schweigend einige Kilometer zurückgelegt haben.

»Herrgott noch mal«, sage ich angefressen. Zu Hause erkundigt John sich ständig, welchen Tag wir haben, und das macht mich wahnsinnig. Die Kinder schenken ihm Kalender zu seinem Geburtstag, damit er aufhört, sie zu fragen, wenn sie zu uns kommen. Aber Kalender helfen nicht. Wie sollst du wissen, welcher Tag ist, wenn du nicht weißt, in welchem Monat wir sind? Oder in welchem Jahr?

»Es ist, es ist …«, stammele ich und merke, dass ich selbst auch keine Ahnung habe, welcher Tag heute ist. »Es ist Sonntag«, sage ich, weil es sich für mich wie ein Sonntag anfühlt.

»Oh«, sagt John zufrieden.

»Was hältst du davon, John, wenn wir uns vornehmen, es

für heute noch bis zur kontinentalen Wasserscheide zu schaffen?«

»Sicher. Okay.«

Es ist ihm egal. Ich denke, er ist einfach nur glücklich zu fahren. Und im Moment bin ich das auch. Uns bleiben noch ein paar Stunden Tageslicht. Dann sehen wir schon, wo wir landen.

»Lass uns einfach einen Sonntagsausflug machen, John. Was meinst du?«

John nickt.

Ruckzuck haben wir die kontinentale Wasserscheide erreicht. Mein ganzes Leben lang habe ich immer wieder davon gehört, wusste aber nie wirklich, was das ist. Einfach ausgedrückt ist es der höchste Punkt der Route 66 und die Stelle, an der sich der Niederschlag trennt. Regenwasser, das östlich von diesem Punkt fällt, fließt in den Atlantik, Wasser, das westlich davon fällt, fließt in den Pazifik. Das lese ich John alles laut vor, und er grummelt dazu, als wüsste er es, hätte es nur schon fünf- oder sechsmal vergessen.

Die jetzt tiefer stehende Sonne blendet uns. Ich hole meine riesige Sonnenbrille hervor, obwohl ich davon ausgehe, dass es nicht mehr lange dauert bis zum Sonnenuntergang. Der gesunde Menschenverstand würde jetzt wohl eher nahelegen, dass wir für die Nacht anhalten, aber ich glaube nicht, dass einer von uns das möchte, zumal wir noch kaum Kilometer zurückgelegt haben.

Ich verwahre den Reiseführer in der Stofftasche der Wagentür. »Also gut, John, dann wollen wir mal sehen, ob wir es bis Gallup schaffen.«

»Okay.«

Vernünftig wäre es, eine Bleibe für die Nacht zu suchen, aber das möchte ich nicht. Nach den Vorfällen von gestern finde ich, dass wir tun können, was wir wollen. Alles ist möglich. Im Moment möchte ich einfach nur die roten Sandsteinklippen betrachten, deren Farben sich ständig verändern und im Licht der schmelzenden Sonne noch lebendiger werden. Die Weite der Mesas, die Stille all dieser Steine beruhigt meinen geschundenen Körper, gibt mir das Gefühl, Teil der Erde zu sein. Im schräg einfallenden Licht offenbart sich der Charakter des Felsgesteins und zeigt, wie die Zeit sich eingebrannt und jeden Zentimeter marmoriert hat. Ich betrachte meinen Arm, streiche mir mit den Fingern über die Millionen winzigster Falten, die meine Haut wie endlose Linien einer verblassten Kalligrafie überziehen. Sowohl hier als auch dort steht etwas geschrieben, aber ich kann das eine so wenig wie das andere lesen.

Entlang der Straße liegen ein paar Handelsstationen, von denen einige selbst um diese Tageszeit noch geöffnet haben, die meisten jedoch sind schon längst nicht mehr in Betrieb. Ich entdecke eine alte Whiting-Brothers-Tankstelle, deren Schild in den Staub gefallen ist. Die Fenster sind alle eingeschlagen, und wo früher die Tanksäule stand, wächst jetzt ein riesiger Busch. Diese Whiting-Jungs betrieben vor ein paar Jahrzehnten ein ganzes Tankstellennetz im Westen, jetzt sind alle verschwunden oder sehen aus wie diese hier.

Ich kurbele das Fenster herunter und genieße die Liebkosung der Luft, die nun weich und kühl wird und die Hitze des Tages dämpft. Ich habe den Wind schon immer gern im Gesicht gespürt, aber noch lieber ist es mir, wenn er mir um die Ohren weht und alles andere vom Einheitsrauschen erstickt wird.

John macht einen zufriedenen Eindruck, scheint kein bisschen irritiert zu sein vom Gang der Sonne. Er konzentriert sich auf die Straße, wirft gelegentlich einen prüfenden Blick in den Seitenspiegel und sagt nichts, bis er einen Schluck schales Pepsi aus einer zu einem Viertel gefüllten Flasche getrunken hat, die im Flaschenhalter steckte.

»Oh Mann, mir tut heute alles weh«, meint er, unsere Nacht auf dem Erdboden hat er völlig vergessen.

»Ja, mir auch«, erwidere ich. »Wird wohl am Wetter liegen.«

Es ist schon fast dunkel, als wir Gallup erreichen, aber vor lauter Neon lässt sich das gar nicht so genau sagen. Über eine Strecke von zwei bis drei Kilometern kommt es mir mit all den Motels und Leuchtreklamen wie das Las Vegas vor, das wir in den Sechzigerjahren besuchten, bevor ein Casino neben das andere gesetzt wurde und die Wüste nur noch erahnen konnte. Heute Abend schimmern die Neonschilder warm in der kobaltblauen Nacht:

BLUE SPRUCE LODGE
Lariat Lodge
ARROWHEAD LODGE
Ranch Kitchen
MOTEL El Rancho

Letzteres ist ein hübsches altes Hotel, in dem viele Filmstars genächtigt haben, von Humphrey Bogart über die

Hepburn und Spencer Tracy. Errol Flynn kam mit seinem Pferd in die Bar geritten. Ich habe gehört, es sei eine Nobelherberge, aber dort steigen wir heute Nacht ohnehin nicht ab.

Bald schon verwandelt sich Gallup in eine richtige Stadt. Während wir dem alten Verkehrsweg folgen, kommen wir an einem schönen alten Theater, genannt El Morro, vorbei. Das Schriftdisplay ist heute dunkel.

»Wie kommen deine Augen zurecht, John?«

»Die sind in Ordnung.«

In dem Moment schert neben uns ein aufgemotztes japanisches Auto aus. Es ist knallgelb mit laut röhrendem Auspuff und einem riesigen Heckspoiler. Ich werfe einen Blick auf den Fahrer, weil mich interessiert, wer für diesen Lärm verantwortlich ist. Zu meiner Überraschung sitzt ein Teenagermädchen hinterm Steuer. Gleich darauf lässt sie den Motor aufheulen und überholt uns. Ihr Heckfenster ziert ein Aufkleber:

KEINE ANGST

Braves Mädchen, sage ich mir.

NEUN

ARIZONA

Es ist ein Abend schlechter Entscheidungen.

Es sind schon viele, viele Jahre seit unserer letzten Nachtfahrt vergangen. Und uns hierfür ausgerechnet eine Wüstenstrecke auszusuchen, ist mit Sicherheit eine dumme Idee. Wenn die Kinder wüssten, was wir tun, würden sie sich vor Angst nicht mehr einkriegen. Das fällt genau in die Kategorie von Dingen, die ihnen Albträume bereiten. Aber Tatsache ist, dass es mir egal ist und John es nicht besser weiß. Für ihn bedeutet es nur einen weiteren langen Highway, der vor ihm liegt.

Als wir noch jünger waren, kam es recht häufig vor, dass wir am Urlaubsende in einer plötzlichen Eile, möglichst schnell nach Hause zu kommen, zwanzig, vierundzwanzig, ja sogar dreißig Stunden am Stück durchfuhren. Es war eine strapaziöse Angelegenheit, eine Art von Trance, der man sich hingeben musste. Weil wir vor Müdigkeit ganz benommen waren, beschränkten unsere Gedanken sich auf die Straße und die flackernden hellen Kegel deiner Scheinwerfer.

Wenn wir uns in jenen Nächten damals diesem Wahnsinn hingaben, zischten die Kilometer in einem abgehackten Rhythmus an uns vorbei. Gefühlt hielten wir alle halbe Stunde an, um zu tanken, und begrüßten alle Stunde einen neuen Bundesstaat. Unsere Sinne waren so geschärft, dass wir jede Naht im Asphalt hörten, jedes Klicken im Kilometerzähler.

John trank dann so viel Kaffee, dass sein Magen ächzte und grummelte. Er steckte sich eine Galaxy-Zigarette nach der anderen an und schimpfte mit den Kindern. Doch er fuhr unbeirrt weiter, schlang den Tankstellenfraß in sich hinein und nahm zu jedem Becher Kaffee auch ein Mittel gegen Sodbrennen. Aus Langeweile holte ich dann alles heraus, was wir noch in der Kühlbox hatten – Bratenfleisch, warme Limos, Obst, das wir an Straßenständen gekauft hatten, Lebensmittel, die bereits braun und grün anliefen. Nach zwanzig oder mehr Stunden roch es in unserem Wohnwagen nach Küche, Schlafzimmer und Badezimmer in einem. Die Augen der ganzen Familie schienen sich an die Dunkelheit angepasst zu haben. Durch die mit abgestandener Atemluft beschlagenen Scheiben schimmerten und pulsierten Tankstellen in der leeren Nacht, die Neonschilder der Motels verschmierten zu rot-orangen Streifen, und die Reflektion unseres Fernlichts in den Straßenschildern blendete uns im Vorbeifahren wie ein Blitz.

Allein der Wunsch, schnell nach Hause zu kommen, trieb uns an, uns derart zu verausgaben. Nach zwölf oder dreizehn Tagen fast ständigen Unterwegsseins meldete sich unweigerlich das Bedürfnis, wieder im eigenen Haus zu sein. Reisen war wunderschön, reisen war himmlisch. *Besuche die USA in deinem Chevrolet!* Aber in diesem Moment war es dir einfach viel wichtiger, wieder in deinem Bett zu schlafen, in deiner Küche zu essen und auf deiner eigenen Toilette zu sitzen. Die Welt interessierte dich nicht mehr. Du wolltest *deine* Welt sehen. Und so fuhren wir.

Diese Nachtfahrten waren niemals geplant. Wir nahmen uns nie vor, so lächerlich lang und weit zu fahren. Aber wenn wir einen dieser »guten« Tage verbuchen konnten – um die tausend Kilometer –, dann wurden wir plötzlich nervös und konnten weder in unseren Auto-Club-Führern noch anhand von Anzeigetafeln neben der Straße einen anständigen Campingplatz finden. In einem Motel zu übernachten, kam für uns nicht infrage. Nach zwei Urlaubswochen hatten wir ohnehin schon genug Geld ausgegeben. (Und uns unserem Zuhause wieder weit genug angenähert, um zu realisieren, dass die Kreditkartenabrechnungen schon bald bezahlt werden mussten.) Und so sagten wir uns: *Lass uns einfach ein wenig weiterfahren. Mal sehen, wie weit wir kommen, bis wir haltmachen müssen.*

Und so fuhren wir. Ein kleines bisschen weiter. Noch ein bisschen weiter. Die Dämmerung brach an und wölbte sich über uns, während die Sonne sich darin auflöste und unser Heckfenster zum Farbfernseher wurde. Dann senkte sich die Nacht herab, umschloss uns heimelig unter einem Tuch aus Sternen. Nach der grellen Schönheit des Sonnenuntergangs war das eine Wohltat für unsere Augen. Irgendwann hörten sogar die Kinder auf zu jammern und zu klagen und beruhigten sich, weil sie es genauso wenig erwarten konnten, nach Hause zu kommen, wie wir. Und dann war es auf einmal kurz vor Mitternacht und viel zu spät, um noch für die Nacht anzuhalten. Wir wussten, was jetzt kam. Zu spät, um umzukehren. *Fahren, fahren.* Wir hatten ein Ziel vor Augen, einen Ort, an dem wir sein wollten, sein mussten.

In dieser Nacht sind John und ich mittendrin in der Navajo Nation. Eine kräftige Brise rüttelt am halb offenen Fenster.

Entlang des Highways tauchen die gegabelten Silhouetten von Kakteen auf, Schotter und gesprengter Fels schimmern, und Handelsstationen, die um diese Zeit unbesetzt sind, werben: INDIANISCHER SCHMUCK ZUM SUPERPREIS! Ich habe Angst hier draußen in der Dunkelheit, aber es ist keine Angst, die ich noch ernst nehmen kann. Langsam fühlt es sich wie eine unserer Fahrten nach Disneyland an. Natürlich kann das auch etwas mit all den Pillen zu tun haben, die ich gegen das Unwohlsein einwerfe. Nur so kann ich momentan überhaupt noch funktionieren. Vermutlich ist es jetzt amtlich: Ich bin ganz offiziell ein Junkie. Was ich mir ehrlich gesagt lustiger vorgestellt hatte. Ich habe noch immer keine Ahnung, warum die Kids so auf Dope stehen.

Ich behalte John gut im Auge, während er fährt. Er erinnert mich an den John vor vierzig Jahren (nur jetzt ohne Zigarette zwischen den Fingern): die Augen konzentriert auf die Straße gerichtet, äußerst wachsam, sogar ohne zu gähnen. Ich erkenne keine Anzeichen von »Autobahnhypnose«, vor der man uns Autofahrer gewarnt hat. (*Kauen Sie Kaugummi! Öffnen Sie die Fenster! Singen Sie zur Radiomusik!*) Wir sind beide viel zu wach, und die eine von uns ist viel zu bewusst.

Heute Nacht sind John und ich an die Autobahn gebunden. Keine Abstecher auf der Suche nach dem rosa Asphalt der ursprünglichen 66. Nachts ist die Gefahr einfach zu groß, dass wir für immer verschüttgehen. So brauchen wir nur auf der I-40 zu bleiben und so lange zu fahren, wie wir können. Ja, es ist eine Schande, dass wir im Dunkeln durch das Painted Desert fahren, aber heute gelten besondere Umstände. Wir müssen unser Ziel bald erreichen. So viel weiß ich.

»Ich werde mal etwas Musik anmachen, John«, kündige ich an, während ich in unserer unförmigen Kiste der noch verbliebenen Kassetten wühle. Wir hatten weitaus mehr, aber unsere Stereoanlage hat diese im Lauf der Jahre verschlungen. Ich finde eine mit dem Titel *Provocative Percussion* von Enoch Light And The Light Brigade und stecke sie in den Schlitz des Kassettendecks. »Blues in the Night« ertönt viel zu laut und fährt uns beiden in die Glieder. John muss versehentlich an den Lautstärkeregler gekommen sein, als das Gerät aus war. Ich drehe leiser, woraufhin es sich einen Moment lang ganz gut anhört, aber dann fängt die Musik zu trällern an. Die Holzbläser klingen zu dünn, die beherzten Gitarrentöne zu flach, aber das kümmert mich nicht. Ich brauche Sound. Ich will nicht länger allein sein mit meinen Gedanken. Ich mag meine Gedanken nicht mehr. Es ist kein Verlass mehr auf sie.

Mein Mund ist so trocken. Ich nehme einen Schluck aus einer der Notfallwasserflaschen. Dann sehe ich John an, der meinen Blick mit einer Leere in den Augen, aber voller Zuneigung erwidert. Er pfeift zur Musik und klopft aufs Lenkrad.

»Hallo, junge Dame«, sagt er und lächelt mich an.

Ich stelle »Fascinating Rhythm« leise, weil dieses Stück so gut gelaunt und fröhlich ist, dass man es kaum aushält, auch wenn die Verzerrung es ausbremst.

»Weißt du denn, wer ich bin, John?«

»Sicher«, sagt er und schenkt mir ein Lächeln.

»Wer bin ich denn?«

»Weißt du denn nicht, wer du bist?«

Das hat er schon mal versucht. »Aber ja, ich weiß es«, erwidere ich. »Ich wollte nur wissen, ob du es weißt.«

»Ich weiß es.«

»Und wer bin ich?«

»Du bist meine Geliebte.«

»Das ist richtig.« Ich lege die Hand auf sein Knie. »Und wie heiße ich?«

Er lächelt wieder. Seine Lippen bewegen sich, aber es kommt kein Ton. Stattdessen erklingt »'S Wonderful‹«, das sich anhört, als würde es auf einer Tuba gespielt.

»Wie bitte?«, hake ich nach.

»Ist es Lillian?«

Ich ziehe die Hand weg. Mistkerl. *Lillian?* »Wer zum Teufel ist Lillian?«

Er antwortet nicht. Ich weiß, dass er verwirrt ist, aber das ist mir jetzt egal. »Du hast mich verstanden. Wer ist Lillian?«

»Ich weiß es nicht.«

Ich weiß nicht, was das wohl bedeutet, aber ich möchte ihm an die Gurgel gehen. Immer wenn ich John früher gefragt habe, ob er jemals fremdgegangen sei, hat er darauf geantwortet, dass er nicht hier wäre, wenn er nicht treu wäre. Jetzt kommen mir Zweifel. »Wer ist Lillian?«, wiederhole ich.

»Ich bin mit Lillian verheiratet.«

»Nein, das bist du nicht. Du bist mit mir verheiratet. Ich bin Ella.«

»Ich dachte, du heißt Lillian.«

»Wir sind nun seit fast sechzig Jahren verheiratet. Und du

kannst dich nicht an meinen gottverdammten Namen erinnern?«

»Ich dachte …«

»Ach, hör doch auf«, sage ich, drücke auf den Aus-Knopf und reiße die Kassette aus der Anlage. Mit einem letzten Stottern der Musik quillt das Band aus dem Schlitz.

John seufzt und lehnt sich schmollend in seinen Sitz zurück. Ich mache es genauso.

Schweigend legen wir Kilometer um Kilometer zurück. Der Mond geht auf, es ist ein Dreiviertelmond, der das Painted Desert schemenhaft enthüllt: silbern schimmernde geäderte Hügel, gefurchte, ziegelrot gestreifte Plateaus und bauschig glimmende Gebüschknäuel. Ich bin erleichtert, als wir in Holbrook abfahren, um zu tanken. Mir fällt ein, dass es hier angeblich etwas zu sehen gibt, aber mir ist nicht danach, es in meinen Büchern nachzuschlagen. Aber gleich nachdem wir die Stadt erreicht haben, sehe ich vor einem Mineralienladen eine Ansammlung riesiger prähistorischer Kreaturen – Dinosaurier, Brontosaurier, Stegosaurier – in allen Farben und Größen zwischen Brocken versteinerten Holzes neben der Straße herumlungern.

»Nun sieh dir das an«, spreche ich John an, obwohl ich noch immer sauer auf ihn bin.

»Da ist Dino«, freut er sich.

Der größte sieht wirklich aus wie der alte Sinclair-Dinosaurus. Das steinerne Reptil überragt die anderen mit seinem Schwanenhals und guckt uns neugierig vom Straßenrand aus an. Er erkennt seine Verwandten, wenn er sie sieht.

Wir biegen ab in diese verlassene Stadt und fahren die Mainstreet hinunter. Da fällt mir ein, welche Sehenswürdigkeit sich in Holbrook befindet, und das sind bestimmt nicht die Dinosaurier. Es dauert nicht lange, da sehe ich ein grünes Neonschild vor dem Wüstenhorizont.

WIGWAM MOTEL
Haben Sie schon mal in einem Wigwam geschlafen?

Hinter dem Schild und dem Büro schimmern im Halbkreis glänzend weiße Tipis, jedes mittig mit einer umlaufenden roten Zackenlitze geschmückt und mit einem einzelnen Scheinwerfer oben an den Stangen.

»Erinnerst du dich, John, dass wir auf unserer ersten Reise nach Disneyland hier übernachtet haben?«

»Wir haben hier nie übernachtet«, widerspricht mir John.

»Doch, das haben wir. Drinnen war es eng, aber gemütlich. Die Kinder waren begeistert.«

Einen kurzen Moment lang überlege ich, hier anzuhalten und um der alten Zeiten willen die Nacht in einem dieser Beton-Wigwams zu verbringen, aber wir sind nun schon so tief in Arizona und kommen gut voran, dass ich nicht anhalten möchte. Außerdem habe ich noch die Dias vor Augen, die wir vom Inneren unseres Wigwams und seinem schäbigen Rundholzmobiliar und dem engen Badezimmer gemacht haben. Es war winzig. Da können wir genauso gut im Wohnmobil schlafen.

Ein Stück weiter halten wir an, um mit der Kreditkarte zu tanken und kurz die Toiletten aufzusuchen. Wir sprechen mit keiner Menschenseele.

Zwanzig Kilometer in samtener Dunkelheit. Wir folgen ein kurzes Stück der 66 und kommen an einem riesigen Hasen vorbei, der auf einem Parkplatz Wache schiebt. Mir läuft es kalt über den Rücken. Da blickten die Dinosaurier freundlicher drein.

Als wir dann später in der Nähe von Winslow wieder auf der I-40 sind, flitzt ein Roadrunner vor uns über die Straße. Ich habe diese kleinen Vögel noch von früheren Reisen in Erinnerung. Aber offen gestanden waren sie damals schneller als der heute. John hat ihn nicht mal wahrgenommen, als er unsere Scheinwerferkegel kreuzte. Und auch ich habe ihn nur ganz kurz gesehen. Wenn wir das arme Ding überfahren haben, dann dürfte das kaum ein nennenswertes Geräusch gegeben haben, nur ein *Plopp*, als wären wir über einen Milchkarton gefahren.

»Was war das?«, will John wissen.

»Ich denke, wir haben einen Vogel überfahren«, sage ich mit gebrochener Stimme. »Einen Roadrunner.«

»Einen was?«

»Einen *Roadrunner*. Du weißt schon, die hat doch Wile E. Coyote immer gejagt?« Mir tut das arme Geschöpf leid. Es ging alles so schnell, dass es gar keine Chance mehr hatte, Piep zu machen. Das scheint mir ein schlechtes Omen zu sein. Plötzlich fühle ich mich wie einer dieser Matrosen, der einen Albatros um seinen Hals tragen musste, nachdem er ihn getötet hatte. Ich versuche, an etwas anderes zu denken.

Die Phase meines verzweifelten Unwohlseins ist vorüber, und ich bin nicht mehr in blinder Panik, so rasch wie möglich nach Disneyland zu kommen. Ein kurzer Blick in die Reiseführer sagt mir, dass bis ans Ende der Straße noch mal fast tausend Kilometer vor uns liegen, dazu noch mal achtzig bis Anaheim. Es war verrückt von mir anzunehmen, wir könnten es heute Nacht bis dorthin schaffen.

Es ist fast 22:30 Uhr. John gähnt ständig und reibt sich das Gesicht.

»Möchtest du eine Pepsi, John?«, frage ich ihn. »Ich denke, irgendwo haben wir noch eine.«

Er schüttelt den Kopf. »Hab keinen Durst.«

John könnte den ganzen Tag Tee, Kaffee und Limo trinken, aber hier mitten in der Wüste hat er keinen Durst.

»Möchtest du irgendwo für die Nacht anhalten, John?«

Er sagt nichts.

»Möchtest du noch ein bisschen fahren?«

»Ja.«

»Dann sollten wir Flagstaff ansteuern und dort vielleicht was essen?« Ich sage das zwar, ohne zu wissen, ob dort so spät noch was offen hat, aber wir versuchen es.

Wir erreichen Wendys, als sie das Lokal gerade schließen wollten. Die Stimme der Frau am Drive-in ist die erste, die wir außer unseren eigenen während des ganzen Abends vernehmen. Wir stehen auf dem Parkplatz und beobachten, wie der Himmel und die Berge heller werden, als sie die Neonanzeigen ausschalten und gleich darauf auch die Lichter im Lokal erlischen. Der Mond und eine Straßenlampe sind hell genug, damit wir einander im Wohnmobil erkennen können.

John kaut eifrig an seinem Hamburger. Ich sauge kräftig am Strohhalm des Frostys, aber nichts passiert. Durch die Windschutzscheibe kommt mir die Welt heute ganz fremd vor. Ich bin schon viele Jahre nicht mehr um diese nachtschlafende Zeit durch die Gegend gefahren, schon gar nicht in mir unbekanntem Terrain. Das sind die Dinge, die Menschen verängstigen, die älter werden. Man versteht die Nacht und ihre Begleiterscheinungen nur zu gut. Du versuchst, sie zu meiden, sie zu umschiffen, sie daran zu hindern, in dein Haus zu gelangen. Dein müder, aber widerspenstiger Körper rät dir dazu, lange aufzubleiben, weniger zu schlafen, die Lichter anzulassen und nicht ins Schlafzimmer zu gehen – wenn du schon schlafen musst, dann schlaf in deinem Stuhl, am Tisch. Es geht immer nur darum, der Nacht aus dem Weg zu gehen. Und deshalb sollte ich mich vermutlich hier draußen im Dunkeln fürchten, aber ich bin inzwischen wohl auch schon darüber hinweg.

John räuspert sich, als er seinen Burger mit Käse verputzt hat. Er leckt sich Ketchup von den Fingern und schielt auf den Burger auf der Konsole, von dem ich nur zweimal abgebissen habe.

»Nun nimm schon«, fordere ich ihn auf.

John greift sich den Burger und beißt hinein. Ich nehme den Deckel des Frostys ab und versuche es mit einem Plastiklöffel. Schon kühlt die Eiscreme meinen trockenen Hals und beruhigt meinen Magen.

Immer mal wieder zischt ein Auto vorbei.

John hört auf zu kauen. Er legt seinen Hamburger ab, wischt sich die Lippen an der Serviette ab und legt eine Hand auf meinen Schenkel. »Hallo, Liebes«, sagt er zu mir, ohne jede Erinnerung an das, was vorher war.

Er weiß, wer ich bin. Er weiß, dass ich die Person bin, die

er liebt, immer geliebt hat. Keine Krankheit, kein Mensch auf der Welt kann ihm das nehmen.

Die Lobby des Flagstaff Radison ist wunderhübsch. Als ich auf die Rezeption zurolle, frage ich mich, ob das Hotel womöglich frisch renoviert wurde. Heute Abend habe ich mir den Rollator herausgeholt. Er verfügt über Handbremsen, einen Korb für meine Handtasche und einen Sitz für den Fall, dass ich müde werde, und ist komplett in »Liebesapfelrot« gehalten, wie Kevin es nennt. Ich bin so weit, etwas Hilfe anzunehmen, um mich auf den Beinen zu halten. Wir können uns keine weiteren Stürze mehr erlauben.

»Was haben Sie denn für Zimmer? Haben Sie was Hübsches?«, frage ich den Mann am Empfang. Das sieht mir gar nicht ähnlich. Sehr viel eher frage ich: »Was kostet hier das billigste Zimmer?«

Der Angestellte, ein Mexikaner mit Stirnglatze und einem Unterlippenbärtchen von der Größe einer Briefmarke blickt von seinem Buch auf und sieht mich traurig an. Sein Namensschild weist ihn als »Jaime« aus.

»Ich habe ein Standarddoppelzimmer, Nichtraucher, und eine Suite, ebenfalls Nichtraucher«, zählt er auf. Sein Akzent verleiht seinen Worten eine Rundheit, die meinem Ohr schmeichelt.

»Wir nehmen die Suite«, beschließe ich, weil ich das Knausern leid bin.

»Das macht hundertfünfundfünfzig die Nacht plus Steuern«, sagt er.

Ich halte die Luft an. »Jesus, ich will das Hotel ja nicht kaufen, sondern nur hier schlafen.«

Jaime quittiert das mit einem Achselzucken.

»Verzeihung.« Ich gebe ihm meine Visakarte. Und nehme mir vor, dass wir diesen kleinen Lümmel in den nächsten Tagen mal richtig auf Trab bringen. Trotzdem fehlt mir die Übung darin, unser Geld aus dem Fenster zu schmeißen. In meinem ganzen Leben habe ich noch nie so viel für ein Hotelzimmer ausgegeben.

Als er unsere Karte in die Maschine steckt, macht sich unangenehmes Schweigen breit.

»Verzeihung«, sage ich. »Wie spricht man Ihren Namen aus?«

Er sieht mich einen Moment lang mit großen Augen an. »Chei-Meh«, sagt er dann.

»Oh, wie im Jüdischen?«

»Nicht ganz, Ma'am.«

»Also, dann bin ich froh, dass ich Sie nicht Jamie genannt habe.«

»Ich auch«, erwidert er amüsiert.

Wir lassen unser Wohnmobil auf dem Behindertenparkplatz stehen. Jaime holt unsere Reisetaschen – die wir extra dafür gepackt haben, falls wir in Hotels übernachten – und begleitet uns hoch auf unser Zimmer. Ich bin erfreut. Es ist ganz in Gold- und Beigetönen gehalten, und alles sieht sehr neu aus. Es gibt einen Wohnraum und ein Schlafzimmer, und ich versuche, nicht an den vielen Platz zu denken, den wir gar nicht benötigen. Ich gebe mir Mühe, mir wegen der Prasserei keinen Tritt zu verpassen, sondern sage mir: *Was soll's, hör auf, dir Sorgen zu machen, lass es dir gut gehen.*

»Da ist die Minibar«, sagt Jaime, der umherläuft und auf

Dinge zeigt. »Sie haben hier auch einen DVD-Spieler und eine Stereoanlage. Hier drüben befindet sich die Küchenzeile. Es gibt einen Kaffeekocher und einen Korb mit Snacks. Die Preise sind alle auf diesem Blatt hier aufgeführt.«

»Das ist ein schönes Zimmer«, sagt John. »Können wir uns das leisten?«

Ich wende mich ihm zu. »Sei still, John. Natürlich können wir das.« Ich lächele Jaime an und suche dann in der Tasche nach Trinkgeld.

Er hält seine Hand hoch, wie um zu sagen, das sei nicht nötig. »Genießen Sie Ihren Aufenthalt«, sagt er noch, als er geht.

Ich fahre mit dem Rollator zur Stereoanlage, schalte sie ein und suche nach einem Sender, von dem ich kein Kopfweh bekomme. Mich verlangt noch immer nach Geräuschen, um die Gedanken in Schach zu halten. Ich finde einen dieser Sender mit sanfter Saxofonmusik und bleibe dabei. Dann steuere ich die Minibar an. »Lass uns einen Cocktail nehmen, John. Das hilft uns beim Einschlafen.«

»Na gut.«

In der Minibar stehen winzige Flaschen Crown Royal, aber es gibt keinen süßen Wermut, also müssen wir improvisieren. Nachdem ich unsere Drinks eingeschenkt habe, hole ich eine Packung Süßstoff aus der Tasche, schütte jeweils die Hälfte davon in jeden Drink und rühre mit dem Finger um. Eine umsichtige Seele hat das kleine Eiswürfeltablett gefüllt. Ich werfe keinen einzigen Blick auf die Preistafel. Vielleicht ist es doch einfacher, als ich dachte, auf großem Fuß zu leben.

John und ich setzen uns an den kleinen Tisch im Wohnzimmer und genießen unsere Cocktails. Er sieht sich im Zimmer um und stößt einen Pfiff aus. »Wow, wo sind wir denn hier gelandet?«

»Das ist unser schickes Hotelzimmer. Ziemlich nobel, was?«

»Kann man wohl sagen«, erwidert er und prostet mir zu. »Das ist das Leben.«

»Was noch davon übrig ist«, erwidere ich und hebe das Glas, um mit ihm anzustoßen.

Zwei Manhattans später liegt John im anderen Zimmer in seinen Kleidern im Bett und schnarcht wie eine Kettensäge. Hoffentlich gibt es kein weiteres Malheur heute. Ich sitze da und überlege, den Fernseher einzuschalten, kann mich aber nicht dazu aufraffen. Mir schwimmt der Kopf, vielleicht weil der Blutzuckerspiegel zu niedrig ist, sehr wahrscheinlich aber wegen des Alkohols und der Pillen. Endlich verstehe ich den Ausdruck *keinen Schmerz spüren*. Das ist okay. So funktionieren wir Junkies eben.

Am zweiten Morgen in Folge wache ich neben meinem Ehemann auf. Anstatt in dem bequemen Sessel zu schlafen, wie ich das normalerweise tun würde, habe ich mich im letzten Moment ins Schlafzimmer gerollt, um bei John zu schlafen. Soweit ich sehen oder fühlen oder riechen kann, gab es kein weiteres Blasen-Malheur, und als ich nach ein paar verstohlenen Stunden, die man Schlaf nennen könnte, aber vielmehr ein ständiges Switchen durch tausend verschiedene Kanäle im Kabelfernsehen sind, die jeder einem anderen Moment in deinem Leben gewidmet sind, meine Augen aufschlage, werde ich belohnt.

»Guten Morgen, Ella«, sagt John zu mir, die Augen klar und funkelnd.

»Hallo, John.«

»Hast du gut geschlafen?« Er nimmt seine Brille vom Nachtkästchen und setzt sie auf.

»Nicht wirklich. Was ist mit dir?«

»Ich habe geschlafen wie ein Stein. Ich fühle mich wunderbar.«

»Das freut mich.«

Er sieht sich mit großen Augen im Zimmer um. »Jesus, das sieht hier ja großartig aus. Hast du sauber gemacht?«

Ich bin verblüfft. Ausnahmsweise erlebt Johns Geist keinen heruntergekommenen Campingplatz oder ein schäbiges Motel als Zuhause. Endlich ist Zuhause ein Viersternehotel. Genau das habe ich hören wollen.

»Ja, ich habe aufgeräumt«, sage ich und streiche über seine Wange. »Erinnerst du dich noch, John, als wir in New York zum Lake George gefahren sind?«

»Waren die Kinder dabei?«

»Dieses Mal nicht. Cindy war da schon verheiratet und Kevin alt genug, um allein zu Hause zu bleiben. Wir waren allein unterwegs.«

John grinst. »Ich erinnere mich an eine Sache am Lake George. Wir hatten doch das Zimmer mit dem Whirlpool? Und wir sind da nackt rein.«

Ich muss auch lächeln. »Damals waren wir beide noch rank und schlank.«

John blickt mir in die Augen. Es ist der alte John, der mir in die Augen blickt, seinen Kopf schief hält und mich dann küsst. Er küsst mich so fest, wie er mich schon lange Zeit nicht mehr geküsst hat. Wir küssen, wie Mann und Frau sich küssen – und nicht wie zwei alte Leute, die einander Mom und Dad nennen. Aber als er mich küsst, schmeckt sein Mund so sauer, dass es mir den Magen aufwühlt und umdreht und der Alkohol von letzter Nacht zusammen mit all den Medikamenten zu schäumen beginnt und die wenigen Bissen des Hamburgers von den Eingeweiden hinauf in meine Kehle spült. Und dort als Säureschwall landet. Es ist nicht viel, brennt aber höllisch. Ich löse mich von John gerade noch rechtzeitig, um neben dem Bett auf den Fußboden zu spucken.

»Ella. Was ist los?«, wundert sich John.

Ich muss abwarten, bevor ich mich ihm wieder zuwende, um sicherzugehen, dass es mir nicht wieder hochkommt. Ich keuche jetzt, versuche aber, es nicht allzu laut zu tun, um John nicht zu beunruhigen. Allerdings bin ich nicht sehr erfolgreich darin.

»Ella!« Er steht auf, um ins Badezimmer zu gehen. »Ich hol dir ein Glas Wasser.« Nach einem Atemzug drehe ich mich um, weil ich sehen möchte, wohin er geht. Er findet das Bad auf Anhieb, problemlos. Wenn man einen Ort als sein Zuhause ansieht, weiß man vermutlich auch, wo das Badezimmer ist. Er kommt mit einem Glas Wasser zurück.

»Trink das. Vielleicht hilft es dir, dich besser zu fühlen.«

»Ist es kalt?«

»Lauwarm. Es ist gut. Trink es.«

Ich trinke das warme Wasser. Anfangs denke ich, es gleich wieder erbrechen zu müssen, aber es bleibt drin. Die Übelkeit lässt nach.

»Geht es besser?«

Ich nicke. Ich mag es, wenn er so bekümmert und besorgt

um mich ist. Es ist schon lange her, dass er sich um mich gekümmert hat anstatt andersherum.

»Was glaubst du, woher das kam?«

»Einfach nur das gestrige Abendessen«, sage ich. »Das hat mir wohl den Magen verdorben.«

Er erinnert sich nicht an letzte Nacht oder was wir aßen oder sonst etwas. Er legt sich wieder neben mich, und für ein paar Minuten schweigen wir.

Noch immer ein wenig zittrig, stehe ich auf, fülle den Eiskübel mit warmem Wasser, gebe einen Spritzer Lysol dazu, das ich immer in meiner Reisetasche habe, raffe unsere restlichen Handtücher zusammen und versuche, mein Malheur aufzuwischen.

Obwohl ich gut und gern noch einen weiteren Tag in diesem wunderbaren Hotel verbracht hätte, war mir klar, dass wir weitermussten. Ich rief an der Rezeption an, um Hilfe für unser Gepäck zu rufen. Check-out war bereits um elf Uhr, aber ich ließ den Charme der alten Dame spielen (»Oh, es tut mir so leid. Wir haben es einfach vergessen. Das geht Ihnen auch so, wenn Sie mal in unser Alter kommen.«) und schaffte es auf diese Weise, dass wir keine weitere Nacht mehr bezahlen mussten. Ich war versucht, darauf hinzuweisen, dass der Teppich neben dem Bett eine Sonderreinigung vertragen könnte, befand dann aber, dass wir einfach abreisen sollten, solange die Gelegenheit günstig war.

In Flagstaffs »Historic Railroad District« stoßen wir wieder auf die 66. Und gleich darauf wird sie zur Nebenfahrbahn der Autobahn. Gestern Abend war ich noch ganz wild darauf, nach Disneyland zu kommen, und hatte überlegt, dass wir den ganzen Weg auf der Schnellstraße zurücklegen sollten, aber heute bin ich der Ansicht, wir könnten auch so weiterfahren, eine Weile jedenfalls. Nachdem ich ein wenig Schlaf bekommen habe, fühle ich mich einfach besser. Doch den Grand Canyon werden wir wohl doch nicht aufsuchen.

Anstatt also rechts auf den Highway 64 abzubiegen, der uns zum Canyon führen würde, biegen wir links ab zu einer kleinen Spritztour durch Williams, nur um der alten Zeiten willen. Die Stadt wirkt heute ein wenig heruntergekommen, aber es freut mich zu sehen, dass es Rod's Steak House noch immer gibt. Auf unserem Weg zum Canyon haben wir hier mal auf ein Steak angehalten. Noch immer steht diese überdimensionale Plastik eines braun-weißen Stiers auf dem Gehweg davor. Das ist das Markenzeichen des Ladens. Sogar ihre Speisekarten haben die Form einer großen Kuh. Im Geiste füge ich ihn zu meiner Liste der Riesen hinzu, die sich uns hier auf der Mother Road offenbart haben.

Gute dreißig Kilometer weiter kommen wir durch eine Kleinstadt namens Ash Fork, wo ich – *tada!* – endlich wieder ein nach der Route 66 benanntes Diner erblicke. Wir entdecken auch einen Schönheitssalon namens Desoto's mit einem violett-weißen Auto auf dem Dach. Warum das da steht, erschließt sich mir nicht. Hauptsächlich sehen wir von der Sonne verbrannte und mit Steinen besetzte Grundstücke, die sich kilometerweit eins neben dem anderen erstrecken – gemaserte Feldsteine, beige und silbern ausgebleicht, roh behauen und platt gemeißelt. Sie türmen sich auf Paletten, auf dem Boden, sind sogar vertikal geschichtet, wobei ihre ungleichen Kanten in die Höhe ragen, als hätte man die Skyline von mehreren Großstädten zusammengepresst. In einem der Reiseführer steht, dass Ash Fork den zweifelhaften Titel »Welthauptstadt der Feldsteine« trägt. Auf einem Grundstück stehen nur riesige übergroße Stelen. Darunter sind zwei gewaltige blanke Tafeln, die das grelle Sonnenlicht einfangen und fast absorbieren. Dieses Strahlen ist zu viel für meine Augen, selbst mit Sonnenbrille. Ich muss mich abwenden.

John ist still, wie ich dankbar feststelle. Ich greife nach dem Mobiltelefon und wähle Kevins Nummer. Er sollte inzwischen von der Arbeit zu Hause sein.

»Hallo?«

»Kevin. Ich bin es, deine Mutter.«

»Mom. Gott sei Dank. Bist du okay?«

Er klingt so besorgt. Ich habe Gewissensbisse, weil er meinetwegen derart leiden muss, aber es gibt keine andere Wahl. »Uns geht es gut, Liebling«, sage ich und schlage einen besonders fröhlichen Tonfall an. »Alles ist *großartig*.«

Mein Gott, was bin ich nur für eine elende Lügnerin.

Kevins Stimme, sonst ein solider Bariton, hebt sich beim Sprechen. »Mom, Dr. Tomaszewski findet, du solltest sofort nach Hause kommen.«

»Oh, tut er das«, erwidere ich. »Nun, dann sag Dr. Tom, er solle sich um seine eigenen Angelegenheiten kümmern.«

»Bitte, Mom«, bedrängt Kevin mich verzweifelt. »Du kannst nicht so weitermachen.«

»Ich bin es leid, Kevin, das zu tun, was ich nach Meinung aller tun sollte.«

Kevin holt tief Luft. »Dr. Tom meint, wenn du nicht nach Hause kommst, wirst du nicht lange ...«

»Verdammt noch mal, Kevin, *hör auf*!« Diesmal kreische ich ins Telefon. Ich habe ihn nicht angerufen, um mich derart aufzuregen. Ich atme selbst tief durch, um wieder ruhiger zu werden. »Schatz, dieser Urlaub ist eine gute Sache, ganz ehrlich. Wir haben eine wunderbare Zeit.«

»Nein, ihr kommt jetzt nach Hause. *Es ist mir ernst damit.*«

Diese Haltung überrascht mich bei Kevin. Normalerweise ist er nicht so. Vor allem nicht bei mir. »Nein, Kevin. Und mir gefällt dein Ton nicht.«

»Das ist mir egal. Wir haben mit der Bundespolizei gesprochen.«

Ich bin nicht erfreut über meinen Sohn. »Kevin Charles Robina, was treibt dich, so etwas zu tun?«

»Wir wussten uns nicht mehr zu helfen, Mom. Deshalb.«

Ich kann es nicht sehen, aber ich weiß, dass er jetzt diesen wütenden schmollenden Ausdruck im Gesicht hat, den er bekommt, wenn er mir die Stirn bietet.

»Nun, sie können nichts machen«, entgegne ich frohgemut. »Wir haben keine Gesetze gebrochen. Dein Vater hat eine rechtmäßige Fahrerlaubnis.«

Kevin sagt nichts. Vermutlich hat ihm die Polizei das Gleiche gesagt. Alt zu sein verstößt nicht gegen das Gesetz. Jedenfalls noch nicht.

»Wir haben deine Kreditkarte verfolgt, Mom. Ich weiß in etwa, wo ihr seid. Ich komme, um euch abzuholen.«

»Wag das ja nicht, Kevin. *Und es ist mir ernst damit.*« Das sage ich mit all der mütterlichen Autorität, die ich aufbringen kann. »Jetzt möchte ich aber, dass du aufhörst, dir Sorgen zu machen. Es geht uns beiden einfach gut.«

»Das glaube ich dir nicht.«

Ich höre, wie seine Stimme zu brechen beginnt. Er versucht, stark zu sein, John hat Kevin immer gesagt, er solle nicht weinen, kein großes Baby sein, aber er konnte nicht anders. Ich erwiderte dann immer: *Hör auf, ihn anzubrüllen, John. Er kann nichts dafür. Er ist einfach sensibel.*

»Es ist egal, ob du mir glaubst oder nicht, Schätzchen.«

»Wenn du zurückkommst, Mom, geht es dir vielleicht besser.« Seine Stimme schwankt und ist jetzt feucht von Tränen, eine Stimme, die mir nur allzu vertraut ist.

»Jetzt redest du aber Blödsinn, mein Lieber«, erwidere ich erschöpft.

Es knackt in der Leitung, und ich fürchte schon, ich hätte die Verbindung verloren, aber dann steht sie wieder.

John wendet sich an mich. »Mit wem sprichst du?«

»Ich spreche mit Kevin, unserem Sohn.«

»Hallo, Kevin!«, brüllt John plötzlich sehr vergnügt. Ich halte das Telefon an Johns Ohr. »Wie geht's meinem Großen?«, fragt er. John lauscht eine Sekunde und lächelt dann. »Ach, uns geht's gut. Sprich mit Mom.«

»Wir müssen aufhören, Kevin«, sage ich, als die Verbindung wieder steht. »Sag deiner Schwester, dass wir angerufen haben.«

Eine lange Pause. Ich höre, wie sich mein Sohn die Nase schnäuzt.

»Wirst du das tun?«, frage ich.

Wieder eine Pause. »Ja, Mom.«

Er sagt noch etwas, aber ich kann es nicht verstehen. Seine Stimme ist weit weg. »Wir lieben euch beide«, sage ich. »Denk immer dran.«

»Mom? Ich kann dich nicht hören.«

»Kevin? Kevin? Bist du da?« Ich nehme das Telefon vom Ohr und versuche, einen Lautstärkeregler zu finden. Aber als ich auf das Display schaue, steht da:

KEIN EMPFANG

Nun, dieses Telefonat hätte ich mir sparen können.

Mir fällt ein Vorfall ein, als Kevin vor ein paar Jahren bei uns zu Hause war und das Sturmfenster an unserer Haustür eingesetzt hat. Er schnitt sich dabei versehentlich an der Türangel, die zum Glück nicht rostig, aber scharf war. Mit blutenden Fingern ging er in die Küche. Sobald ich sah, was passiert war, sprang ich auf und holte ein Pflaster für ihn. Ich gab eine Desinfektionslösung auf die Wunde und wickelte dann das Pflaster so fest wie möglich um seinen Finger. Dann drückte ich noch einmal sanft und hauchte, ohne nachzudenken, einen kleinen Kuss darauf. *Das wird helfen*, sagte ich, blickte hoch und sah auf einmal einen vierundvierzigjährigen Mann vor mir stehen. Es war Jahrzehnte her, dass wir eine ähnliche Situation erlebt hatten, doch nichts hatte sich jemals so vertraut angefühlt.

Das sind die Dinge, bei deren Erinnerung mir die Luft wegbleibt. Immer wenn ich klarzukommen glaube mit dem, was geschieht, kommt so etwas dazwischen und lässt mich niedergeschmettert zurück.

Nach dem Anruf sind wir beide eine Weile ganz still. Ich gebe mir alle Mühe, an etwas anderes zu denken. »Hör mal,

John, in Seligman soll es gute Hähnchen geben. Klingt das gut für dich?«

»Ne.«

Ich seufze. »Da gibt es auch Hamburger.«

»Das hört sich doch schon besser an.«

Gütiger Gott. Ich weiß nicht, warum ich mir überhaupt noch Mühe gebe. Auf dieser Reise hatte ich so viele Hamburger, dass ich langsam anfange zu muhen.

Als wir Seligman erreichen, wirkt der Ort nicht weniger deprimierend als die anderen, aber dann kommen wir zu Delgadillo's Snow Cap Drive-in. Ich habe gelesen, es soll was Ausgefallenes sein, bin aber nicht darauf vorbereitet, *wie* ausgefallen.

»Wie verrückt ist das denn hier?«, staunt John.

»Es soll Spaß machen«, erwidere ich, aber er hat recht, es sieht verrückt aus. Die Außenwände sind rot und orange und blau und gelb gestrichen, und überall um das Lokal herum stehen bunt zusammengewürfelte Möbel – alte Zapfsäulen, Banner und sogar ein Plumpsklo. Neben der Tür hat man eine alte Blechkiste geparkt und mit Hupen, Flaggen, Plastikblumen und blinkenden Lichtern geschmückt. Überall hängen Schilder.

TOTE HÜHNER
CHEESEBURGER MIT KÄSE
ESST HIER UND TANKT
MERRY CHRISTMAS!
HABEN LEIDER GEÖFFNET

Ich erwäge, das Ganze zu vergessen, aber vor dem Lokal steht ein Reisebus – dann kann es wohl so schlecht nicht sein? Außerdem brauchen wir eine Pause. Vielleicht macht es ja Spaß.

Drinnen sieht es nicht weniger verrückt aus. Nachdem uns die Leute aus dem Reisebus ausgelacht haben, als wir versuchten, durch eine Tür mit einem vorgetäuschten Türgriff zu kommen (John konnte darüber nicht lachen), rolle ich uns beide in den Raum, dessen Wände und Decke mit Visitenkarten, Notenblättern, Postkarten und ausländischer Währung tapeziert sind. Es wirkt nicht so sauber, wie ich es gern hätte, aber vielleicht liegt das nur an der Dekoration.

Am Tresen steht ein gebräunter Mann in den Fünfzigern, der nur aus Augenbrauen und Zähnen und Brillantine im Haar zu bestehen scheint, und lächelt, als könnte er es kaum erwarten, uns anzusprechen. »LOOK!«, brüllt er und wirft einen Schokoriegel auf die Theke.

John und ich sehen beide hin. LOOK ist der Name des Schokoriegels. Ich setze ein höfliches Lächeln auf. Von den Leuten hinter uns in der Reihe höre ich Gelächter.

»Was, *verflucht,* ist das denn für ein Laden?«, brummt John nicht gerade in einem höflichen Ton.

Was jedoch den Mann am Tresen nicht aus der Fassung bringt, dessen Lachen sich irgendwo zwischen Jaulen und Bellen bewegt. »Unser heutiges Special ist Hühnchen!«, verkündet er und schwingt ein großes Plastikhuhn.

»Fuchteln Sie mir nicht mit diesem verdammten Ding vor der Nase herum«, grummelt John.

Ich sehe, dass sich auf dem Gesicht des Mannes hinter dem Tresen Unbehagen abzeichnet.

»John«, versuche ich zu beschwichtigen. »Er macht doch nur Spaß. Ich glaube, das ist hier so üblich.«

»Das ist kein McDonald's«, zischt John. Ich verfolge, wie sich die Röte, die sich erst auf seiner Stirn zeigt, dann auch über seine Wangen ausbreitet. Seine Oberlippe zuckt.

»Beruhige dich, John.« Ich meide die Blicke der Leute hinter uns, eine Familie mit einem kleinen Mädchen.

Aber er ist verärgert. »Was ist das für ein beschissenes Lokal, in das du mich da gebracht hast?«, brüllt er und schlägt mit seiner flachen Hand auf den Tresen. Der Schokoriegel wackelt.

Der Mann hinterm Tresen lächelt nicht mehr. Er wirkt geschockt und verängstigt. »Sie müssen das Lokal verlassen, Sir.«

»Stecken Sie sich das sonst wohin!«, brüllt John.

Ich packe Johns Arm und ziehe ihn Richtung Tür. »Tut mir leid«, sage ich zu dem Mann. »Es geht ihm nicht gut.« Aber der Mann zeigt kein Mitgefühl, nur Verletzung und Wut. Er sieht aus, als kämen ihm gleich die Tränen. Heute bringen wir jeden zum Weinen. John und Ella versprühen Freude, wohin sie auch gehen.

John starrt ihn einfach nur an und richtet dann seinen tödlichen Blick auf mich. So schnell ich kann, rolle ich davon, dränge mich an dem kleinen Mädchen vorbei, das etwa sieben Jahre alt sein dürfte, große hellbraune Augen und kurze aschfarbene Haare hat und eine Haarspange mit einem Cartoon-Katzenkopf darauf trägt. Sie kaut an ihrer Lippe und sieht mich flehend an, weiß nicht genau, was sich da gerade abgespielt hat.

»Tut mir leid, dass du dir das hast anhören müssen, meine Kleine«, sage ich und versuche, sie dabei anzulächeln. Sie rennt voraus und öffnet die Tür für uns. Kurz berühre ich ihren zarten Arm und gehe weiter. Draußen auf der Veranda lachen die Leute aus dem Reisebus, ohne zu ahnen, was drinnen gerade vorgefallen ist.

Ich flüstere John zu: »Wir gehen woanders essen.«

»Und ob wir das tun werden«, knurrt er.

Selbst als wir wieder im Wohnmobil sitzen, hört John nicht auf zu grummeln. Ich sage nichts. Im Moment habe ich Angst vor ihm. Ich vertiefe mich in einen meiner Reiseführer. Lese über die Strecke der 66, die vor uns liegt, von McConnico bis Topock und weiter nach Kalifornien. Allen Berichten zufolge ist dies der authentischste Teil, der von der alten 66 noch übrig ist – lange Strecken durch einsame Wüste, Geisterstädte, umherstreifende Gruppen ausgehungerter wilder Esel, unbefestigte Seitenstreifen und kurvenreiche Serpentinenstraßen durch Canyons.

Ich lotse uns auf die Autobahn.

ZEHN

KALIFORNIEN

Wir haben unseren letzten Bundesstaat erreicht. Nach vielen in angespanntem Schweigen zurückgelegten Kilometern fühle ich mich beim Anblick des Colorado Rivers und des WELCOME TO CALIFORNIA-Schilds gleich besser, ungeachtet der Tatsache, dass ich verdammt müde bin. Ich denke, das sind wir beide. Die Zeitverschiebungen und die aberwitzigen Stunden, die wir durchgefahren sind, haben uns eingeholt. Die sengende Hitze tut ihr Übriges, ganz zu schweigen davon, dass die Klimaanlage nun überhaupt nicht mehr funktioniert. Und natürlich fahren wir wegen der Abgase nach wie vor mit halb geöffneten Fenstern. Dennoch lastet das Unwohlsein nicht allzu sehr auf uns. Dafür haben die zuverlässigen kleinen blauen Pillen gesorgt. Ella, die durchgeknallte Drogenabhängige, schlägt wieder zu.

»Heute schlafen wir in einem Hotel«, teile ich John in zuversichtlichem Ton mit, obwohl ich nach der Episode im Snow Cap noch immer Angst vor ihm habe.

»Ja. Gute Idee«, erwidert er freundlich.

Wir erreichen die trostlosen Vororte von Needles. Ich will zwar nicht allzu pingelig sein, was das Motel betrifft, aber in einer Absteige möchte ich auch nicht landen.

»John, da drüben ist was. Da steht *Zimmer frei.* Fahr da rein.«

Und wortlos biegt John ab. Als ich die Tür des Wohnmobils öffne, weht mich die heiße Wüstenluft fast um, ich schwör's.

John holt den Rollator, in dessen Korb ich meine Handtasche fallen lasse, bevor wir uns auf den Weg in die Lobby machen. Schon beim Eintreten rieche ich etwas, das mir nicht gefällt. Ich weiß nicht, ob es Essen oder ein Körpergeruch oder sonst etwas ist, aber es gefällt mir nicht.

»Kann ich Ihnen helfen?«, erkundigt sich die junge Frau von der Rezeption.

»Nein, danke«, sage ich und mache kehrt. John hält mir die Tür auf.

Wir versuchen es in drei weiteren Hotels mit demselben Ergebnis. Ich frage mich, wie ein Hotel, das nicht mal seinen Empfangsbereich gepflegt hält, seine Zimmer sauber halten kann. Es ist schon kurz vor sieben Uhr abends, als wir im Best Western einchecken und ich fast aus den Latschen kippe. Es ist keiner da, der uns mit unserem Gepäck helfen könnte, also stelle ich meins auf den Rollator, der sich dadurch natürlich schwerer schieben lässt. Glücklicherweise gibt es direkt vor dem Hoteleingang einen Behindertenparkplatz.

Im Zimmer liegt die Speisekarte eines Lieferservices gleich um die Ecke. Ich bestelle für uns Roastbeefsandwiches und Milchshakes, nehme dann meine Medikamente und eine kleine Pille und lasse mich aufs Bett fallen. Als das Essen kommt, fühle ich mich schon viel besser. Und weil John zum Essen den Fernseher anstellt, dauert es auch nicht lange, bis ich einschlafe.

Ich träume von unserem alten Bungalow in Detroit. Es ist schön, mal wieder dort zu sein. Alles ist noch so wie immer. Ich erkenne unser altes Esszimmer im Danish Modern-Stil von Hudon's, unsere alte Couch, die Tapete mit dem Gänseblümchenmuster, mit der John die Küche tapeziert hat. Im Souterrain, das John mit Holz verkleidet hat, betrachte ich das Mobiliar im Stil der Kolonialzeit, das ich bei Arlens gekauft hatte. Ich weiß nicht mal, ob ich diese Dinge im Traum vor mir gesehen habe, aber ich weiß, dass sie dort sind.

Im Traum sitze ich in Cindys altem Zimmer, aus dem sie bereits ausgezogen war, weil sie geheiratet hatte. Wir haben nie wirklich was aus diesem Zimmer gemacht, aber es gab darin genug Platz für einen Fernseher und ein paar alte Stühle. Es ist schon spät, und John schläft oben. Ich sitze zusammen mit Kevin, der etwa dreizehn ist, vor dem Fernseher, und wir sehen uns Johnny Carson an. Wir sind beide Nachteulen und schauten uns jeden Abend *The Tonight Show* an. Ich vermisste Cindy und genoss es deshalb, Zeit mit meinem Sohn zu verbringen, obwohl der vermutlich so spät nicht hätte auf sein sollen. Aber wir liebten beide die Komiker – Buddy Hackett, Bob Newhart, Shecky Greene, Alan King, Charlie Callas.

Im Traum verfolgen wir, wie Johnny in seine Rolle als Carnac the Magnificent schlüpft, in der er sich wie ein Swami kleidet und sich einen Briefumschlag an seine Stirn hält und die Antworten zu den Fragen im Umschlag errät. Kevin und ich lachen über etwas, das Johnny zu seinem Sidekick Ed über einen toten Yak in seinem Schlafsack sagt.

Es ist ein wunderbarer stiller kleiner Traum. Einfach nur mein Sohn und ich beim Fernsehen in einem Raum voll alter Möbel. Wir essen Käsecracker und lachen. Das einzig Seltsame daran ist die Antwort auf eine von Carnacs Fragen.

»Mickey Mouse, Donald Duck und Ayatollah Khomeini«, sagt Johnny und hält den Umschlag an seinen Turban.

Ed sieht John an und wiederholt: *»Mickey Mouse, Donald Duck und Ayatollah Khomeini.«*

Carnac durchbohrt Ed mit seinem Blick, reißt den Umschlag auf und liest vor: »Wen wirst du in Disneyland in der Hölle treffen.«

Ich habe keine Ahnung, wie spät es ist, als das Telefon läutet. Ich weiß nicht mal genau, wo ich schlafe. Ich versuche, einen Blick auf den Wecker zu werfen, aber ich habe die Brille nicht auf. Das Telefon klingelt und klingelt genauso wie zu Hause, weil die Kinder wissen, dass wir lange brauchen, um dranzugehen. Schließlich gelingt es mir, abzunehmen.

»Hallo?«

»Mrs. Robina? Hier ist Eric, der Nachtportier vom Empfang. Äh, Ihr Ehemann ist hier unten und äh … wirkt ein wenig verwirrt.«

»Ist alles gut mit ihm?«

»Es geht ihm gut. Er ist nur ein wenig durcheinander. Erst ging er raus und stand eine Weile vor Ihrem Wohnmobil, kam wieder rein, ging wieder raus und kam dann wieder rein und fragte mich, wo seine Schlüssel seien. Und da schaute ich dann nach, in welchem Zimmer er wohnte.«

Ich hole tief Luft und reibe mir den Schlaf aus dem linken Auge. Wenigstens ist er wohlauf.

»Jetzt fragt er mich ständig, wo der Kaffee ist. Ich sagte ihm, dass es bei uns nicht vor 6:30 Uhr Kaffee gibt, aber er besteht darauf, dass es irgendwo bei uns welchen geben muss. Er wird immer unruhiger.«

»Das tut mir sehr leid«, sage ich. »Ich komme sobald wie möglich runter.«

Ein Glück, dass ich gestern Abend daran gedacht habe, ihm die Schlüssel wegzunehmen.

»Wo warst du?«, fragt John im Aufzug auf dem Weg zurück in unser Zimmer.

Ich mache eine Handbewegung über dem Rollator, bin noch immer benommen, weil ich so abrupt geweckt wurde. »Ich war oben und habe geschlafen, John.«

»Ich möchte losfahren.«

Ich bringe uns vom Aufzug in unser Zimmer. »Dazu ist es noch zu früh. Lass uns doch ein bisschen schlafen, in Ordnung?«

»Lass uns aufbrechen.«

»John, es ist halb fünf Uhr morgens. Es ist zu früh. Wir kommen doch ganz durcheinander.«

Ich kann John dazu bringen, sich mit einer kleinen Tüte Kartoffelchips aus dem Snackkörbchen vor den Fernseher zu setzen. Es läuft eine alte Folge von *Cheers*, die ihn bei Laune hält. Ich lege mich zu ihm aufs Bett, den Kopf auf den großen Kissenberg gestützt, den wir aus sämtlichen zur Verfügung stehenden Kissen gebaut haben. Es erübrigt sich zu erwähnen, dass ich wohl auf keinen Schlaf mehr hoffen kann. Für eine weitere Pille ist es zu früh. Ich trage mich mit dem Gedanken an einen Drink, aber dazu ist die Nacht schon zu weit fortgeschritten.

Die Titelmelodie von *Cheers* setzt ein, während der Abspann läuft. John wischt sich die fettigen Finger an seinem Hemd ab. »Okay«, sagt er. »Lass uns losfahren.«

»Es ist zu früh, John. Es ist fünf Uhr morgens.«

»Wollen wir denn nicht zeitig los?«

»Nein, wir wollen noch ein wenig schlafen. Wir haben viel Geld für dieses Hotelzimmer gezahlt, und ich würde gern was davon haben.«

Zwei Minuten später meldet John sich wieder. »Okay, lass uns fahren.«

»Ach, scheiß drauf«, erwidere ich. »Na schön, dann fahren wir eben.«

Bevor wir aufbrechen, mache ich mich im Badezimmer frisch, indem ich mich sämtlicher Handtücher und Waschlappen bediene und mich überall dort wasche, wo ich mich schon während der ganzen letzten Woche waschen wollte. Ich bete zu Gott, nicht zu den alten Damen zu gehören, denen ein Altweibergeruch anhaftet. Meine Tante Cora war so eine. Wenn sie den Raum verließ, tränten den Leuten die Augen. Und da sagte ich mir, dass ich niemals so sein wollte.

Als wir das Hotel verlassen, ist unser Hotelzimmer ein einziges Chaos. Noch nie im Leben habe ich einen Raum so hinterlassen. Ich habe immer mehr oder weniger noch das Bett gemacht, bevor ich ging, aber nicht dieses Mal. Zum einen reichte meine Kraft dazu nicht aus. Außerdem können sie für das Geld, das wir für dieses Zimmer gezahlt haben, auch bitte schön hinter uns aufräumen.

Nachdem wir den Leisure Seeker vollgetankt haben, sind wir schon wieder unterwegs. Der zeitige Aufbruch erweist sich als gute Idee, da wir gleich westlich von Needles durch die Mojave auf der ursprünglichen 66 fahren. Frühmorgens ist die beste Zeit, um eine Wüste zu durchqueren.

Als die Sonne aufgeht, sind wir die Einzigen auf der Straße. Ich sitze in meinem Kapitänssitz des Leisure Seekers, einen Styroporbecher lauwarmen Tankstellenkaffee in der Hand, und verfolge die sich am Nachthimmel lichtenden Farben – Violett, das zu Kirschrosa explodiert, Dunkelgrau, das zu einem hellen Blau verschwimmt. Die Sterne verblassen, während die Umrisse der stacheligen Aloe und verschlungenes Buschwerk und die aufragenden Sacramento Mountains am Horizont auftauchen, als würde vor meinen Augen eine Fotografie von Ansel Adams entwickelt.

Vielleicht liegt es daran, dass das Ende unserer Reise naht und ich sentimental werde, aber ich habe das Gefühl, es war mir bestimmt, genau das heute zu sehen. Und John in seinem Wahn hat es mir ermöglicht.

Ich strecke die Hand aus und berühre ihn am Arm. »Danke.«

John reagiert darauf mit einem besorgten Blick.

Es dauert nicht lange, bis sich die Gastlichkeit der Mojave in ihr Gegenteil verkehrt. Sobald die Sonne ihren brutalen Aufstieg beginnt, verändert sich die Landschaft. Eine Trostlosigkeit dringt durch die Augen in uns ein und legt sich auf unseren innersten Kreislauf. Ich starre auf nackte Berge und eine leere Landschaft mit matten Farben. Überall steht Gestrüpp bar jeder Farbe, große leblose Ballen als Schmuck der gestampften Erde. Immer wieder fahren wir an einer bestimmten Kakteenart mit langen stacheligen Zweigen vorbei, die sich wie arthritische Finger aus dem Boden schrauben im Bemühen, sich an etwas festzuklammern. Aus *Früchte des Zorns* ist mir noch die Szene in Erinnerung geblieben, in der Tom Joad diese Wüste mit ihren Bergen als das Rückgrat des ganzen Landes bezeichnet hat. Da stimme ich ihm zu, aber diese Knochen fühlen sich heute eher an wie meine, morsch und unversöhnlich.

In der Nähe von Chambless fummele ich mir zwei Pillen gegen das Unwohlsein in den Mund und spüle sie mit bitterem kaltem Kaffee hinunter. In meiner Tasche finde ich noch eine halbe und nehme auch diese. Ich möchte, dass wir bis Santa Monica kommen, ans Ende der Straße. Jetzt liegen nur noch vierhundert Kilometer vor uns, und John wird hoffentlich noch weitere fünf Stunden durchhalten.

Nach einer Weile fängt die Landschaft an zu schwimmen. Aus dem Himmel wächst Gestrüpp heraus, ohne dass dieses die Sonne verdeckt, die jetzt hoch steht und unerbittlich herabbrennt. Ich schließe die Augen, versuche, die Benommenheit abzuschütteln. Als ich wieder in den Himmel blicke, sehe ich das Bild einer schimmernden Frau. Anfangs erkenne ich sie gar nicht, aber dann fällt mir ein, dass es die Jungfrau von Guadalupe ist. Nur sieht sie nicht genauso aus wie diese. Sie ist von einem goldenen Strahlenkranz umgeben wie die Jungfrau, trägt einen hellgrünen, mit Sternen geschmückten Schal, darunter aber einen beigen Hosenanzug, der mir irgendwie vertraut vorkommt. Sie hat auch ganz schön an Gewicht zugelegt. Tatsächlich sieht die Jungfrau von Guadalupe mir sehr ähnlich, nur ist sie jünger. Sie lächelt mir heiter zu, winkt und hält sich dann einen Finger vor den Mund, als gäbe es ein Geheimnis zu wahren.

Noch immer benommen, schlucke ich den Rest Kaffee hinunter, den ich seit einer Stunde in der Hand halte, und hoffe, dass das Koffein mich wach hält. Meine Hand verströmt einen beißenden, rauchigen Gestank. Ich sehe mir den Becher an und sehe dort, wo ich ihn gehalten habe, Einkerbungen von den Fingernägeln im Styropor. Ich blicke wieder hinauf zum Himmel, den nichts anderes als blendendes Licht erfüllt. Ich lasse den Becher auf den Fußboden des Wohnmobils fallen.

Als wir Ludlum erreichen, fühle ich mich besser. Ich halte es für das Beste, den Vorfall von eben zu vergessen. Ich bin schläfrig und kurbele die Scheibe ganz herunter. Das Fahrtwindgeräusch verstärkt sich, und warme Luftschwaden strömen in den Wagen, anfangs wohltuend, aber gleich darauf komme ich mir vor, als taumelte ich in einem Wäschetrockner umher, den Kopf voller Flusen und voller Fitzeln eines alten mitgewaschenen Papiertaschentuchs. Ich schließe das Fenster bis auf einen kleinen drei Zentimeter großen Spalt.

»Was ist nur mit der Straße los?«, fragt John mich, den die vom Asphalt aufsteigende Hitze immer wieder dazu verleitet, auf die Bremse zu treten.

»Da ist nichts, John«, sage ich, erschrocken von den Autos, die ausscheren, um uns auszuweichen, und deren Insassen uns hinter geschlossenen Scheiben lautlos anbrüllen.

Zwei Minuten später stellt er mir die gleiche Frage wieder. Und wieder und wieder.

In Barstow halten wir an, um zu tanken, und dann noch an einem McDonald's, damit John was zu essen bekommt. Ich nuckle an einer kleinen Cola, um die Übelkeit zu dämpfen und einen klaren Kopf zu bekommen. Nachdem John seine zwei Hamburger verputzt hat, rülpst er und wirft das Wohnmobil wieder an, als wäre er darauf programmiert. Wir kehren zurück auf die 66, aber eigentlich auch wieder nicht. Die alte Straße liegt unter uns vergraben, bedeckt vom Asphalt der I-15. Es ist traurig, dass sie nicht mal dieses Stück in Ruhe lassen konnten, aber der Fortschritt, dieser Mistkerl, ist in solchen Dingen unerbittlich.

Jetzt sehen die Bäume anders aus. Sie sind knorrig und krumm, stecken wie Korkenzieher in der Erde und tragen dunkle Stacheln an den Enden haariger, verwelkter Zweige, die wie riesige Flaschenbürsten in die Luft ragen. Sie erinnern mich an Bilder mutierter Zellen, die ich im Fernsehen gesehen habe. Meinem Buch zufolge handelt es sich um Josuabäume, und da ich diesen Weg schon mal gefahren bin, würde man doch meinen, dass ich sie wiedererkenne, aber dem ist nicht so.

Bald schon kommt die 66 wieder zum Vorschein, aber ich beschließe, dass es Zeit für eine Abkürzung ist. Wir bleiben auf der I-15, die uns über den Cajon Pass bringt, sodass wir San Bernadino umfahren, das nicht gerade umwerfend sein soll, wie man hört.

Aber leider erweist sich die Straße, die bergabwärts über den Pass führt, als sehr steil und breit und dicht befahren. Sechs Fahrspuren, die alle viel zu schnell abwärtsführen. Vielleicht wäre San Berdoo doch nicht so schlecht gewesen. Es dauert nicht lange, bis die Schwerkraft die Führung übernimmt und der Leisure Seeker schneller und schneller das steile Gefälle hinunterrast.

»John«, bemerke ich besorgt, weil ich sehe, wie der Tachometer sich Richtung hundertzwanzig Stundenkilometer bewegt. »Wir fahren etwas schnell.«

John geht nicht darauf ein.

Schon bald steht der Zeiger auf hundertzwanzig, dann auf hundertdreißig. Ein solches Tempo haben wir während dieser ganzen Fahrt nie erreicht. Der Leisure Seeker fängt sogar an zu vibrieren.

»John«, mahne ich. »Bitte, John. *Fahr langsamer.*«

Aber was macht John? Er wechselt auf die linke Spur. Wir schießen an den Autos auf meiner Seite vorbei, die mit einem Seufzer wie angehaltener Atem zurückbleiben. Ich beiße die Zähne zusammen, aus Angst, mir sonst den Zahnersatz anzuschlagen. Jetzt graut es mir doch noch. Vor uns taucht ein Schild auf:

NOTFALLSPUR

»John! Verdammt noch mal!«

John sagt nichts. Hundertvierzig. Dann passiert etwas. Ich höre auf, Angst zu haben. Eine tiefe innere Ruhe erfasst mich. Ich atme tief durch. Meinem Magen geht es besser. Der Knoten im Nacken löst sich, und das Unwohlsein lässt nach. Der Luftzug am Fenster steigert sich zum Schrei. Hundertfünfundvierzig. Das Fahrgestell rattert wie eine Maschinenpistole.

Ich schließe die Augen.

Dann höre ich ein lautes *Plonk*. Ich spüre, wie das Wohnmobil um etwa zehn Stundenkilometer langsamer wird. Ich öffne die Augen und sehe Johns Hand auf dem Übertragungshebel, den er in die Position L 2 bringt. Ein weiteres, sogar noch lauteres *Plonk* und ein Ruck, als unser Gefährt noch langsamer wird. Die Vibration lässt nach, wohingegen der Motor des Leisure Seeker aufheult wie ein Geist, der sich befreien möchte. Ich höre Gegenstände, die hinten in Bewegung geraten, während der Tachometer auf unter hundert absinkt. Er setzt den Blinker und wechselt auf die rechte Spur. Jemand hupt uns an.

Ich drehe den Kopf und betrachte die Bäume.

Völlig unvermittelt befinden wir uns wieder auf der alten Straße. Ich bin so glücklich, die Autobahn und die Wüste hinter mir zu lassen. Und ich bin überrascht, wie hübsch Cucamonga ist. (Dazu fällt mir das alte Jack Benny-Programm ein – »Anaheim, Azusa and Cuc-a-monga!«) Nach einer zauberhaften Verwandlung in eine ausgedehnte üppig grüne Geschäftsstraße mit schicken Einkaufszentren, Restaurants und Bürogebäuden nennt sich die Route 66 hier auch Foothill Boulevard. Es tut so gut, dass es Orte gibt, die nach Veränderung streben. Als wir in Claremont eintreffen, begrüßt uns ein Schild:

LOS ANGELES COUNTY LIMITS

Ich bin erleichtert, erstaunt, überwältigt und auch ein wenig traurig darüber. Es bedeutet, dass uns nur noch achtzig Kilometer vom Ozean trennen. Und mir ist klar, dass wir einen Plan brauchen. Alles, was ich über Los Angeles gelesen habe, lässt mich befürchten, dass uns nichts als höllischer Verkehr erwartet. Ich bin mir nicht sicher, ob der Nachmittag die richtige Zeit ist, sich da hineinzuwagen. Und komme zu dem Schluss, dass wir einen Platz für die Nacht benötigen. Ich lotse John zu einer Tankstelle.

»Lass uns hier anhalten und tanken, John. Ich brauche einen Boxenstopp.«

Ich überlasse es John, sich um den Wagen zu kümmern, während ich mir den Schlüssel schnappe und mich in die Tankstelle rolle. Auf der Toilette herrscht die übliche unbeschreibliche Sauerei. Nachdem ich mich wieder zurechtgemacht habe, begebe ich mich zur Kasse. Dort sitzt eine Frau mittleren Alters mit struppigen braunen Haaren und liest in einer *US Weekly*. Sie trägt ein blaues Jeanshemd mit dem Abzeichen von Shell und ihrem Namen darauf.

»Na, haben Sie einen schönen Tag, Norma?«, frage ich.

»Ach, teils heiter, teils wolkig«, erwidert sie mit einem Lächeln.

Ich versuche, nicht auf die Löcher in ihrem Mund zu schauen, wo eigentlich Zähne sein sollten. »Könnten Sie mir vielleicht gute Campingplätze in der Gegend hier empfehlen?«

Sie kneift das Gesicht zusammen, während sie überlegt. Und da fällt mir auf, dass Norma auch keine Augenbrauen hat. An den Stellen, wo sie wachsen müssten, hat sie sich dünne, geschwungene blaue Linien aufgemalt. Ich frage mich, ob sie diese farblich an ihre Kleidung anpasst.

»Folgen Sie ein paar Kilometer dem Foothill Boulevard, dann taucht ein Schild für einen Trailer Park auf. Biegen Sie dort ab, dann ist es nicht mehr weit. Es ist eine hübsche kleine Anlage.«

»Ja gut, besten Dank.«

»Kein Problem, meine Liebe. Passen Sie auf sich auf.« Norma lächelt wieder, breiter jetzt, und schreckt nicht davor zurück, etwas zu zeigen, was nicht mehr da ist.

Auf Norma konnten wir uns verlassen. Der Foothill Boulevard Mobil Home Park ist eine reizende, kleine, saubere Anlage, umgeben von Bäumen und nicht allzu dicht an den Geschäftsstraßen gelegen. An der Eingangstür zum Büro des Managers hängt ein geschnitztes Schild mit der Aufschrift:

GOTT SEGNE UNSEREN TRAILER PARK

Kaum vorgefahren, kommt sofort jemand mit einem Klemmbrett ans Fenster des Leisure Seekers und weist uns für die Nacht ein, einfach so. Als wir im Schritttempo durch den Park zu unserem Stellplatz kriechen, habe ich das Gefühl, die Leute würden schon lange Zeit hier leben. Ein paar Trailer sind in hübschen Farben wie Türkis oder Altrosa gestrichen. Manche haben einen winzigen Vorgarten angelegt oder Fahnenmasten neben der Eingangstür aufgestellt. Einer hat sogar einen kleinen Brunnen mit fließendem Wasser. Es ist ein Wohnviertel. Kurz gesagt, ich komme mir vor, als wären wir zu Hause. Beinahe jedenfalls.

»Wie schön«, sagt John.

Kurze Zeit später haben wir uns eingerichtet. Nachdem ich John angewiesen habe, das Vordach auszuziehen und die Stühle aufzustellen, verschwindet er im Wohnmobil und zieht die Tür hinter sich zu. Meine Tasche habe ich versteckt, also gibt es nicht viel, was er anstellen könnte. Ich werde mir keine Gedanken machen.

Ich sollte vielleicht erwähnen, dass ich mir einen Plan zurechtgelegt habe. Wir werden eine Weile hierbleiben. Natürlich fahren wir morgen nach Santa Monica, damit wir uns sagen können, es auch wirklich bis ganz ans Ende geschafft zu haben. Das ist mir wichtig. Wir werden zeitig aufstehen, um dem Verkehr ein Stück voraus zu sein, und diese letzten achtzig Kilometer überwinden. Ich möchte noch einmal den Ozean sehen. Und bei Gott, wir werden natürlich Disneyland besuchen.

Ich döse in unserem stabilsten Gartenstuhl vor dem Wohnmobil vor mich hin, als John die Tür aufmacht und zu mir kommt. Ich höre ein vertrautes Geräusch, ein perlendes weiches *Pffft*.

»He, Mister«, sage ich und drehe mich halb zur Seite. »Wo hast du denn dieses Bier entdeckt?«

Er bleibt stehen, betrachtet die Dose in seiner Hand und schielt. »Im Kühlschrank.«

»Würdest du mir auch eins holen?«

»Ich teil das mit dir.«

»Na gut.« An Johns Hals entdecke ich ein Dreieck aus Schaum. Ich packe ihn am Arm und ziehe ihn zu mir herunter, damit ich hochlangen kann, dann wische ich den Schaum mit den Fingern ab. »Was hast du gemacht? Hast du dich rasiert?«

Ich streiche über seine Wange. »Ja.« Er beugt sich über mich und gibt mir einen Kuss, halb auf die Wange, halb auf die Lippen. Weiter schafft es keiner von uns. Ich rieche Rasiergel und Old Spice Aftershave.

»Du riechst zur Abwechslung mal gut, alter Mann.« Ich nehme ihn genauer in Augenschein. Er hat sich sogar umgezogen. »Was ist in dich gefahren? Du hast dich ja in Schale geschmissen.«

»Nicht doch«, erwidert er, als wäre all seine Senilität eine Finte gewesen, ein wirklich guter Scherz, den er mir da in den letzten vier Jahren gespielt hat.

»Nun, ich finde es gut.« Ich weiß nicht, was der Auslöser dafür war, aber immer mal wieder packt es ihn, und er tut tatsächlich die Dinge, die er tun soll.

John nimmt neben mir auf dem Stuhl Platz. Er gibt mir seine Dose Milwaukee's Best, und ich trinke einen Schluck. Die Kälte treibt mir das Wasser aus den Augen. Das Bier kommt sicher aus der hintersten Ecke des Kühlschranks. Ich betrachte ihn, zum ersten Mal seit Tagen frisch rasiert, ohne Big-Food-Bart, in einem anständigen karierten Hemd und gelbgrüner Jerseyhose, die er, wenn sie auch nicht frisch ist, doch immerhin nicht während der letzten vier Tage ständig getragen hat. Er sieht wieder aus wie mein Ehemann.

Was ist nur los mit diesem Ort? John hat sich hergerichtet, und ich fühle mich körperlich besser als in den ganzen letzten zwei Wochen. Ich weiß nicht, ob es an dem greifbar nahen Ziel liegt, aber ich fühle mich gesund. Natürlich weiß ich, dass das eine Illusion ist, aber im Moment genieße ich sie.

Im Kühlschrank findet sich kaum noch etwas Essbares, und so steht für mich fest, dass wir uns auf den Weg machen. Ich weiß zwar noch nicht, ob ich in einen Supermarkt oder in ein Restaurant gehen möchte, aber ich fühle mich tatsächlich so gut, um eine vollständige Mahlzeit zu mir zu nehmen, und das möchte ich nutzen. Also packen wir alles wieder zusammen, um loszufahren, nur unsere Stühle und ein paar andere Dinge lassen wir auf unserem Stellplatz zurück.

In der Nähe gibt es kein vielversprechendes Lokal. John möchte zu McDonald's, aber das schlage ich ihm aus dem Kopf. Bevor wir uns zu weit wegbewegen, sage ich ihm, dass er an einem Supermarkt anhalten soll. Wir parken auf dem Behindertenparkplatz und finden glücklicherweise sofort einen Einkaufswagen, den jemand stehen gelassen hat. Ich halte mich daran fest, und wir gehen hinein.

Ralph's Supermarket ist groß und hell und verwirrend. Nachdem wir eine Weile umhergestreift sind, finden wir endlich den Gang mit den Getränken. Während John Pepsi holt, packe ich eine große Flasche Carlo Rossi Dago Red in den Einkaufswagen und einen Sechserpack Hamm's Bier. Ich könnte mir vorstellen, dass John noch mal eins möchte. Nachdem wir noch was zum Knabbern eingepackt haben, spüre ich, wie die Erschöpfung zurückkehrt, und so rollen wir zur Fleischtheke, aus der ich mir ein paar schmackhaft aussehende Steaks nehme, dazu italienisches Brot und Ofenkartoffeln von der heißen Imbisstheke. Auf dem Weg zur Kasse greife ich noch bei der Stapelware zu – aber dann nichts wie raus hier, bevor ich zusammenbreche.

»Ich bin fix und fertig«, sage ich, nachdem wir alles in den Wagen gepackt haben, uns selbst eingeschlossen. »Lass uns nach Hause fahren.« Eine seltsame Formulierung, wenn man bedenkt, dass wir es ja bei uns haben.

Verdammt soll ich sein, aber sobald wir zurück in den Trailer Park kommen, fühle ich mich gleich wieder besser.

Ich habe noch immer das Gefühl, etwas essen zu können. Also braten wir die Steaks in der Elektropfanne, wärmen die Kartoffeln und das Brot auf und schenken uns ein Glas Wein ein. Es ist eine köstliche Mahlzeit. Ausnahmsweise esse ich mal meinen Teller leer. Ich bin satt und zufrieden.

Anschließend einigen wir uns darauf, Dias anzuschauen. Diesmal machen wir es uns einfacher und sicherer. Ich lasse John den Projektor (der erstaunlicherweise noch immer funktioniert) auf einem Klapptisch neben der Tür aufstellen. Das Laken befestige ich seitlich am Wohnmobil, und wir projizieren aus der Nähe. Die Bilder sind etwa sechzig auf sechzig Zentimeter groß. Es ist wie fernsehen, nur dass die Show dein Leben ist.

Da wir ihn diesmal nicht besuchen, sehen wir uns Dias von einer früheren, lang zurückliegenden Reise zum Grand Canyon an. Auf dem ersten bin ich zu sehen, wie ich am Rande des Canyons stehe. Die Sonne geht gerade unter und eröffnet die »magische Stunde«, wie John sie zu nennen pflegte, in welcher der ganze Canyon in sattem Zinnoberrot erglüht. Um das Foto zu schießen, hat sich John weit weggestellt, und da ich orange gekleidet bin, kann man mich kaum erkennen, aber ich weiß, dass ich mich dort am Rand dieses Bildes befinde, unter mir zerklüftete Felswände, die sich röten, eine feurige Silhouette, die vor diesem gewaltigen, klaffenden Spalt in der Erde klein und unbedeutend wird.

Ich weiß noch ganz genau, was ich auf diesem Foto anhatte. Es war wirklich chic – eine Hose und eine Bluse mit Blumenmuster, beides in gebranntem Siena. Selbst John meinte, nachdem er das Foto geschossen hatte, wie gut ich meine Kleidung auf den Canyon abgestimmt hätte. Ich weiß noch, dass ich darauf »Ich bin eins mit der Natur« gesagt habe. John lachte, die Kinder haben's nicht verstanden.

Es folgte eine ganze Reihe Sonnenuntergänge am Canyon. Ich drücke nach jedem Dia ein weniger schneller auf den Knopf und erschaffe mir so mein eigenes Zwielicht. Die Farben werden satter und dunkler – Rotgold verbrennt zu Blutrot – und füllen den Canyon ganz aus. Nach fünf oder sechs Dias reicht es mir – die Sonne braucht einfach viel zu lange, um unterzugehen. Ich klicke weiter, bis wir wieder ein Foto mit Tageslicht sehen. Der Canyon sieht ganz anders aus.

Im Licht der hellen Morgensonne, die sich über den schroffen Rand des Abgrunds schiebt, erkennt man die Farbenvielfalt, das Regenbogenspektrum auf dem Gestein, das Schattenspiel, die Illusion der Bodenlosigkeit, die gar keine Bodenlosigkeit ist, sondern nur der Colorado River, der seinen Job macht und sich durch Äonen harten Gesteins frisst. Auf diesem Foto ist der eigentliche Fluss nur ansatzweise erkennbar, aber ich frage mich, ob ein Fluss, der über Tausende von Jahren ein so tiefes Bett in die Erde schneiden kann, die Erde nicht auch einfach in zwei Teile zerschneiden kann. Könnte es so weit kommen?

Ich denke an all das nicht aufzuhaltende Wasser. Mein ganzes Leben entspräche gerade mal dem Fünfundsechzigstel eines Zentimeters dieses Canyons. Und das ist vermutlich noch eine großzügige Schätzung, aber mich tröstet diese imaginierte Zahl. Schon komisch, wie das Gefühl meiner völligen Unwichtigkeit mich dieser Tage beruhigt.

»Das ist ein tolles Foto, John.«

»Ich werde zu Bett gehen«, meint John und gähnt.

Ich möchte noch nicht hineingehen. Es ist ein schöner Abend, und ich bin glücklich hier mit John. Ich halte ihm mein Glas zum Nachschenken hin. »Nur noch eins, John.«

Wir sehen uns noch eine weitere halbe Kassette an, von einer Reise, die wir in den Pazifischen Nordwesten unternommen haben. Es gibt Bilder von uns in einer reizenden Kleinstadt namens Victoria, die vor Vancouver in British Columbia liegt. Ich war begeistert von dieser Stadt. Sie war so sauber und idyllisch und unschuldig. Kein Vergleich zu der Gegend von Detroit, in der ich auf der Tillman Street aufgewachsen bin, aber so, wie die Welt damals aussah. Nicht so gefährlich, so belastet, so traurig.

Das letzte Dia ist ein hübsches Foto von John und mir, wie wir in Victoria vor einem Schloss stehen, aufgenommen von unseren Freunden Dorothy und Al.

»Das ist das letzte«, verkünde ich, und bevor ich noch was sagen kann, steht John bereits auf und nimmt den Projektor vom Tisch.

»John«, rufe ich. »Um Himmels willen, lass mich ihn doch erst mal ausmachen.«

Er achtet gar nicht auf mich. Ich folge unserem Bild, das wie ein Taschenlampenstrahl hin und her zuckt, auf die Tür des Trailers fällt, der neben uns steht, dann über die Straße, dann auf die Bäume, bevor es schließlich hinauf zum Himmel projiziert wird, wo es schließlich in einem Nebel aus Licht zerfällt.

»Stell ihn *ab*, John!«, fordere ich ihn auf.

John sieht mich entschuldigend an und stellt den Projektor dann zurück auf den Tisch.

Der Wecker meldet sich um 4:30 Uhr. Im trüben Licht der Herdbeleuchtung über unserer Küchenzeile kämpfe ich mich aus dem Bett und taste mich zum Badezimmer vor. Vorher stelle ich jedoch den Wasserkocher an, um für mich und John einen Instantkaffee aufzubrühen, obwohl ich noch gar nicht richtig wach bin. In letzter Zeit schrecke ich immer aus dem Schlaf hoch, weil unter dem Brustbein mein Herz tobt. Und dennoch gelingt mir fast ein Lächeln, nachdem ich Luft geholt habe. Heute Morgen machen mich die Benommenheit im Kopf und der Schlaf in den Augen froh, denn es fühlt sich an wie das frühe Aufstehen in den alten Zeiten im Leisure Seeker.

Nachdem ich im Badezimmer war, öffne ich die Tür des Wohnmobils und spähe nach draußen. Es sieht noch immer nach Nacht aus, aber die Dunkelheit hat bereits eine Sepiafärbung angenommen, die mir sagt, dass das erste Licht des Tages nicht mehr lange auf sich warten lässt. John hustet stotternd und schlägt die Augen auf. Er trägt noch immer die Klamotten von gestern Abend.

»Steh auf, John«, sage ich. »Wir müssen los.«

Er hustet wieder. »Warum?«

»Weil wir nicht im dichten Verkehr durch Los Angeles fahren wollen, deshalb.«

Er grunzt, und einen kurzen Moment lang fürchte ich, er könnte es mir schwer machen, aber er steht auf. Mein Mann hat sein ganzes Leben lang versucht, Dinge wie Schlange stehen oder im Verkehr festzustecken zu vermeiden. Das liegt also ganz auf seiner Linie.

Inzwischen kocht das Wasser. Ich bereite einen Becher Kaffee zu und gebe ihm diesen.

Um 5:15 Uhr sitzt John hinterm Steuer und ich neben

ihm. Wenn wir Glück haben, kommen wir heute Abend wieder hierher zurück, sage ich mir, als wir den Foothill Boulevard Trailer Park verlassen. Hoffentlich kriegen wir dann wieder unseren Stellplatz.

San Dimas, Glendora, Azusa, Irwindale, Monrovia – alles kleine, sehr gepflegte Städtchen, eins nach dem anderen. Der Foothill Boulevard ändert ständig seinen Namen, sodass ich immer wieder die Reiseführer zurate ziehen muss, um sicherzustellen, in der richtigen Richtung unterwegs zu sein. Interessant ist ein Hotel in Monrovia, das laut einem der Reiseführer in einer Stilmischung aus Art déco und Anleihen bei den Azteken und Mayas erbaut wurde. Ganz ehrlich, ein solches Gebäude habe ich noch nie gesehen, weiß aber auch nicht, ob ich so etwas sehen möchte.

Kurz vor Pasadena wird die Straße zum Colorado Boulevard, und ich will verdammt sein, wenn der Verkehr nicht genau in dem Moment, als wir in die Stadt einfahren, zunimmt, selbst so früh am Tag. Pasadena sieht hübsch aus im zarten Morgenlicht, aber ich bin zu sehr damit beschäftigt, mir Gedanken über das zu machen, was vor mir liegt, um die Gegend zu genießen. Ich versuche, mich zu entspannen und mir die Palmen und die Geschäfte und die entzückenden alten Häuser anzusehen. John macht seine Aufgabe gut. Er sagt nicht viel, aber er fährt wie ein Weltmeister.

Der Reiseführer lenkt uns auf den Arroyo Parkway, dann auf den Pasadena Freeway, wo wir an der Figueroa Street abbiegen. Von da aus fahren wir auf dem Sunset Boulevard in westlicher Richtung.

Wir sind in Los Angeles.

Ungeachtet meiner vorangegangenen Bemerkungen über die Gefahren, die alte Menschen in großen Städten erwarten, muss ich zugeben, dass ich es spannend finde, über den Sunset Boulevard zu fahren. Nachdem ich mein ganzes Leben lang von dieser Straße gehört habe, freut es mich, sie endlich mit eigenen Augen zu sehen. Der Verkehr wird immer dichter, und es gibt Abschnitte, die erinnern an Slums, doch die Straße hat eine aufregende Ausstrahlung, der ich mich nicht entziehen kann. Wie es scheint, werden wir immer mutiger, je länger diese Reise dauert. Das – oder dümmer. Wie auch immer, wir sind hier.

Die Sonne steht jetzt hoch und strahlt hell. Es wird ein schöner Tag, das kann ich jetzt schon sagen. Ich sehe eine hübsche junge Frau in einem sehr kurzen Rock und schulterfreiem Oberteil vor einem Discountladen stehen und auf das Wohnmobil starren.

»John«, sage ich, »war das eine Nutte?«

Dann sehe ich eine weitere Frau, die älter ist und müde wirkt, an der Scheibe eines verlassenen Restaurants lehnen. Mir tun diese Frauen leid, weil sie offenbar keine andere Wahl hatten und dies tun müssen, um davon zu leben. Die Frau sieht uns an, als wir vorbeifahren. Ich hebe die Hand. Sie wendet sich ab.

Eigentlich sollten wir auf den Santa Monica Boulevard abbiegen, aber der Sunset ist so interessant, dass ich ihn nicht verlassen möchte. Die Straßenkarte zeigt mir, dass er nach ein paar weiteren Kilometern den Santa Monica Boulevard erneut kreuzt, und so beschließe ich, ihm noch ein wenig länger zu folgen.

Auf den Schildern wechseln sich die Sprachen ab – Spanisch, Armenisch, Japanisch. Wir fahren an kleinen Einkaufszentren voller ausländischer Restaurants vorbei. Ich sehe Hollywood-Reinigungen und Hollywood-Pizzerien und Hollywood-Perückenläden. Wir kommen an Fernsehsendern und Radiostationen und Kinos und Gitarrenläden und netteren Restaurants vorbei. Inzwischen wird der Verkehr immer schlimmer, aber das stört mich nicht, weil es so viel zum Schauen gibt.

An der Ecke Sunset und Vine sehe ich ein Schild, bei dem mir der Atem stockt. »John, sieh nur! Das ist Schwab's Drug Store. Da wurde Lana Turner entdeckt.«

John sieht mich an. »Oh Mann, an der war wirklich alles an der richtigen Stelle.«

»Sie saß am Tresen, als irgend so ein hohes Hollywood-Tier sie sah und beschloss, sie zum Film zu bringen.«

»Der wollte ihr vermutlich ans Höschen«, wirft John ein.

Ich lache. »Ja, da hast du vermutlich recht.« Ich halte Ausschau nach dem Drugstore, kann ihn aber nirgendwo sehen. Vermutlich existiert nur noch das Schild. Wir fahren an einem alten Cinerama-Kuppelbau vorbei, dann an einem Einkaufszentrum mit dem Namen Crossroads of the World.

Wir kommen näher.

West Hollywood ist sehr protzig. Entlang der Straße stehen überall große Anzeigetafeln, die meisten davon mit Bildern von Frauen, die genauso gekleidet sind wie die vom Straßenstrich. Es gibt schicke Hotels, teuer aussehende Restaurants, gigantische Heldenstatuen von Kermit dem Frosch und Bullwinkle dem Elch. Mein Blick fällt auf Nightclubs mit Namen wie »The Laugh Factory« und »The Body Shop«, aber die sehen mit Sicherheit nicht so aus wie die Fabriken oder Karosseriewerkstätten bei uns in Detroit. Mich beschleicht das Gefühl, die Leute in Hollywood möchten einen glauben machen, dass sie für ihren Lebensunterhalt tatsächlich arbeiten. Ich sehe jede Menge Limousinen, die mit Sicherheit Leute zu ihrem angeblichen Job bringen.

Als wir wieder auf den Santa Monica Boulevard treffen, läuft der Verkehr Stoßstange an Stoßstange, und das Unwohlsein meldet sich aufs Heftigste zurück. Ich zerbeiße eine kleine blaue Pille mit den Zähnen und spüle sie mit Kaffeesatz hinunter.

John lehnt sich frustriert in seinem Sitz zurück und atmet geräuschvoll durch die Nase. Ich verfolge, wie er einem Cabrio vor uns im Schritttempo immer näher kommt.

»Bleib locker«, sage ich. »Wir haben nur noch ein kleines Stück vor uns.« Aus dem Fenster sehe ich ein einladendes kleines Restaurant mit grünen Markisen namens »Dan Tana's«.

»Das scheint mir ein nettes Lokal zu sein«, sage ich zu John. »Wie Bill Knapp's, diese alte Restaurantkette.«

Er atmet wieder geräuschvoll, sagt nichts, starrt stur geradeaus auf den Verkehr. Ich schiele hoch zu einer Anzeigetafel mit dem riesigen Bild zweier halb nackter Männer, die sich turtelnd in der Brandung umarmen, darunter folgende Worte:

GAY CRUISES AB $ 899!

Wir sind in Hollywood, o. k.

Nach einer langen und langweiligen Strecke mit Einkaufszentren, Ladenfronten und Baustellen erreichen wir endlich Santa Monica. Es scheint eine hübsche Stadt zu sein, aber wir sind nicht wegen der Sehenswürdigkeiten hergefahren. Wir sind nur einer Sache wegen hier – um das Ende der Straße zu sehen. Je kleiner die Straßennummern werden, desto stärker nehme ich den reinen Salzgeruch des Ozeans wahr. Obwohl er sich mit den Abgasen mischt, verschafft er mir einen klaren Kopf und ersetzt das Unwohlsein mit prickelnder Vorfreude. Ein Stück vor uns steht auf einem Schild über der Straße:

OCEAN AVENUE

Gleich hinter den Palmen, die vor uns in einem Park stehen, sehe ich schon das flirrende Leuchten des Pazifiks, über den strahlend blauen Himmel. Der Anblick ist genauso herrlich, wie ich ihn mir immer vorgestellt habe.

»John. Sieh nur. Da ist er«, sage ich und zeige nach vorn.

»Da ist was?«

»Der Ozean, Blödian.«

»Oh verdammt. Wir haben es geschafft.«

Es überrascht und freut mich, dass John begreift, was wir getan haben. Die ganze Zeit dachte ich, er sei sich allein seiner Aufgabe als Fahrer bewusst und würde alles andere ausblenden. Ich strecke die Hand aus und lege sie auf seinen Arm. »Ja, das haben wir. Wir haben es geschafft.«

»Das ist ja *irre*«, sagt er und kratzt sich am Kopf.

»Du hast uns hierhergebracht, John. Das hast du gut gemacht, mein Schatz.«

John schenkt mir das breiteste Lächeln, das ich seit Jahren in seinem Gesicht gesehen habe. Ich überlege, ob ich mit dem alten Jungen womöglich zu hart umgesprungen bin. Vermutlich habe ich ihm in letzter Zeit nicht allzu oft mein Lob ausgesprochen.

»Bieg hier links ab, John.«

Entlang der Avenue wird der Küstenpark immer breiter, und mir fallen die Penner auf, die hier ziellos herumschwirren. Obwohl sie perfekt gebräunt sind, wirken sie hier an diesem sauberen, endlosen Ozean ein wenig deplatziert.

Ein paar Häuserblocks weiter erreichen wir den Santa Monica Pier. Das Schild sieht genauso aus wie in allen meinen Büchern, als wäre es seit Jahren dasselbe: ein altmodischer Bogen mit Lettern wie aus einem alten Fred-Astaire-Film.

SANTA MONICA
JACHTHAFEN
SPORTFISCHEN * BOOTSVERLEIH
Cafés

»Bieg hier rechts ab, John. Und fahr langsam.«

Wir fahren unter dem Schild durch, und mein Herz beginnt freudig zu flattern. Ich war mir nicht sicher, ob wir das schaffen würden, aber wir haben es geschafft. Wie stolz ich auf uns bin. Vor uns ragt ein gelb-violettes Riesenrad auf, das angeblich im Film *Der Clou* zum Einsatz kam. Ich finde, dass dies ein passender Abschluss für die heutige Fahrt wäre.

»Komm, John. Lass uns eine Runde fahren.«

Wir finden einen Parkplatz, und John holt den Rollator aus dem Wohnmobil. Wir müssen nicht weit gehen. Der Sonnenschein, die Meeresluft und die Tatsache, unter Leuten zu sein, festigen meinen Schritt, lassen meinen Rücken ein wenig gerader werden und schärfen meinen Verstand. Aber vielleicht liegt es auch nur an den Drogen.

Zum Glück ist die Warteschlange kurz. Der Schausteller am Riesenrad, ein ungekämmter Mann, der aussieht, als hätte er einen Dreitageskater hinter sich, verspricht uns, den Rollator im Auge zu behalten, während wir hochfahren. Da ich gar keine andere Wahl habe, glaube ich ihm.

»Keine Sorge«, sagt er. »Der landet schon nicht auf dem Flohmarkt.« Er lacht und entblößt dabei seine strahlend weißen Zähne, die unmöglich echt sein können. Ich rieche Schweiß und den billigen Fusel, den seine Poren ausdünsten. Der Kragen seines lavendelblauen Nylonhemds ist speckig. Er reicht sowohl John als auch mir seine feuchte Hand, an der wir uns festhalten, als wir in unsere kleine Zweisitzergondel wanken. Ich frage mich, ob er sich dafür ein Trinkgeld erhofft.

»Viel Spaß euch beiden«, wünscht er uns und lässt seine Hollywood-Hauer blitzen. »Und keine Knutscherei.«

Er zieht einen Sicherheitsbügel herunter. Wir sind eingeschlossen.

Unseren langsamen Aufstieg begleitet das Ra-ta-ta des Riesenrads, das ich ein wenig verstörend finde, aber John offenbar nicht. Ich sehe ihn an und stelle fest, dass er schläft.

»John«, spreche ich ihn leise an.

Er hebt den Kopf, reißt die Augen auf, schließt sie wieder und lässt den Kopf sinken. Ich lasse ihn schlafen, beobachte die sich im sanften Wind aufrichtenden und biegenden Palmen. Dank der schaukelnden Wellen verzerrt und kräuselt sich das gespiegelte Sonnenlicht und zieht tintige Furchen in das Meer. Wir steigen immer weiter hinauf. Diese Höhe und der luftige Himmel hätten mich vor nicht allzu langer Zeit noch in Angst und Panik versetzt, aber nicht heute. Heute bin ich eine Draufgängerin. Heute bin ich Stuntfrau Evel Knievel. Ich bin dieser Intimidator von den NASCAR-Autorennen. Ich blicke nach unten und mache den Leisure Seeker auf dem Parkplatz ausfindig.

Sämtliche Geräusche des Vergnügungsparks verstummen nach und nach. Ich höre nur noch den Wind und das Knacken der Maschinerie, die uns hier hält. Die Haare habe ich mir im Nacken wieder zum kleinen Zwergenknoten zusammengebunden, aber ein paar lose Strähnen fliegen mir ins Gesicht. Je höher wir kommen, umso heftiger trommelt der Wind auf mich ein und hindert mich daran, tief Luft zu holen. Kurz bevor mir schwindelig wird, lässt er jedoch nach.

Jetzt kann ich das Schild des Santa Monica Piers sehen. Mir fällt ein, dass das offizielle Ende der Route 66 eigentlich nicht der Pazifik war, sondern eine andere Stelle in Santa Monica, am Olympic Boulevard. Der Santa Monica Pier wurde später als das inoffizielle Ende anerkannt, weil es den Leuten sinnvoller erschien, wenn die Straße am Pazifik endete. Und dem kann ich nur zustimmen.

Ich atme tief die klare Meeresluft ein, als unsere Riesenradgondel den höchsten Punkt erreicht. Und in dem Moment erwacht John aus seinem Nickerchen.

Er sieht sich um und fängt an zu schreien.

Als wir später wieder im Wohnmobil sitzen und auf der Autobahn den Rückweg zum Trailer Park antreten, kann ich wegen des in voller Stärke zurückgekehrten Unwohlseins ein Keuchen kaum unterdrücken. Auf einer Skala von eins bis zehn liegt es etwa bei vierzehn.

»Sind wir auf der I-10, John?«

»Natürlich.«

Ich glaube ihm nicht. Verzweifelt halte ich Ausschau nach einem Autobahnschild, obwohl ich mir fast sicher bin, dass wir uns auf der richtigen Autobahn befinden. Unser kleines Missgeschick auf dem Riesenrad hat mich wohl ein wenig erschöpft, ganz zu schweigen davon, dass es mir momentan schlecht geht.

Kurz bevor wir wegen eines weiteren Verkehrsstaus abbremsen müssen, entdecke ich ein Schild, auf dem *I-10 East* steht. Ich würde ja einen Seufzer der Erleichterung ausstoßen, wenn ich noch dazu in der Lage wäre.

Schließlich hole ich Luft. Geräuschvoll. John wendet sich mir zu und sieht mich an, obwohl er lieber den Verkehr im Auge behalten sollte.

»Was ist los?«, will er wissen. »Hast du Bauchschmerzen?«

»Ja, ich werde mal ein paar Tums nehmen.« Ich öffne meine Tasche und fische zwei kleine blaue Pillen heraus. Die hätte ich schon früher nehmen sollen, aber ich wollte einen einigermaßen klaren Kopf haben, wenn wir endlich unser Ziel erreichten. Ich versuche, sie mit einem Schluck schaler Pepsi hinunterzuspülen, das ich unter dem Sitz finde, aber die Pillen bleiben mir im Hals stecken. Beinahe muss ich mich übergeben. Ich nehme noch einen Schluck, und es gelingt mir irgendwie, sie runterzuwürgen.

»Das waren keine Tums«, stellt John fest.

»Die sind besser als Tums. Pass auf die Straße auf.«

Toll. Jetzt auf einmal achtet er darauf.

Erst als ich wach werde, merke ich, dass ich überhaupt geschlafen habe. Mir geht es ganz gut. Ich hebe leicht den Kopf, um zu John hinüberzuschauen, der in seiner eigenen Trance auf die Straße starrt. Der Verkehr staut sich wieder, und wir kriechen mit vierzig Stundenkilometern dahin. Ich frage mich, wie lange ich wohl weggetreten war, wie weit wir inzwischen gekommen sind.

»Wo sind wir?«, frage ich noch immer benommen.

John sagt nichts. Ich werfe einen Blick auf ein Schild neben der Autobahn und stelle fest, dass wir uns gar nicht mehr auf der I-10 befinden. Wir sind auf der I-5 und nähern uns einer Ausfahrt, die zu einem Ort namens Buena Park führt.

»Wie sind wir auf diese Straße gekommen?«

»Du sagtest, ich soll drauffahren.«

»Das habe ich nicht, John. Ich habe geschlafen. Lüg mich nicht an.«

»Oh Scheiße.« Ich weiß nicht, ob er wegen des Verkehrs flucht oder meinetwegen.

»Verdammt, John.« Ich würge noch einen Schluck Pepsi hinunter und sehe auf der Straßenkarte nach. Als ich die I-5 ausmache, stelle ich fest, dass er es nicht allzu schlimm vermasselt hat. Wir sind kurz vor der Ausfahrt nach Anaheim. Und obwohl ich es mir fest vorgenommen habe, noch mal in dem guten Trailer Park zu übernachten, muss ich jetzt zugeben, dass es womöglich mehr Sinn macht, hier abzufahren. Nach Anaheim wollen wir ja ohnehin.

»Nimm die nächste Ausfahrt, John«, sage ich und muss in Anbetracht dessen, was ich gleich sagen werde, lächeln. »Wir fahren nach Disneyland.«

Natürlich werden wir Disneyland nicht *heute* besuchen. Erst suche ich uns eine Übernachtungsmöglichkeit. Was sich als erstaunlich einfach erweist. Disneyland liegt nicht weit von der Autobahn entfernt, und es gibt überall Anzeigentafeln für Motels, Campingplätze und so weiter. Ich wähle einen aus, und wir fahren einfach von der Autobahn ab, so leicht geht das.

Der Best Destination RV-Park liegt nur etwa fünf Kilometer von Disneyland entfernt, aber doch abseits von dem Verkehr, der sich in dessen Nähe staut. Los Angeles war schon schlimm genug, aber in dieser Ecke hier hat jeder nur ein Ziel. Uns eingeschlossen.

Beim Einchecken (hier gibt es keinen Service an der Bordsteinkante – ich falle beim Aussteigen fast auf den zugedröhnten Hintern) erwähnt die zuständige Dame einen Shuttleservice nach Disneyland. Genau das Richtige für uns.

Nachdem wir unseren Stellplatz gefunden haben, weise ich John an, das Wohnmobil so zu parken, dass die Rückseiten unseres Fahrzeugs und das unseres Nachbarn zueinanderzeigen, dann setze ich mich an den Picknicktisch und gebe ihm Anweisungen, während er unseren Lagerplatz herrichtet.

Die Örtlichkeiten sind nicht so schön und gut wie im Trailer Park in Claremont, aber auch nicht schlecht. Mich stören nur die vielen Kinder, die überall, wohin man auch schaut, wie wilde Indianer herumrennen (oder amerikanische Ureinwohner, wie man sie heute nennt). Es dauert etwas, bis ich mich an sie gewöhne.

Nachdem ich alles in Augenschein genommen habe, blicke ich zufällig nach oben und sehe, dass wir uns direkt im Schatten eines riesigen Wasserturms mit Doppelbehälter befinden, dessen runder Sockel über und über von Punkten überzogen ist. Seine Hässlichkeit spottet jeder Beschreibung. Doch ein genauerer Blick darauf offenbart das Geheimnis: Seine Silhouette erinnert verdächtig an eine gewisse Cartoonmaus.

Als John fertig ist, nehme ich den Rollator und drehe eine Runde um das Wohnmobil, um sicherzustellen, dass alles in Ordnung ist.

»Gut gemacht, John«, lobe ich.

»Ich möchte ein Bier«, sagt er.

Wir haben 15:20 Uhr. Spät genug. »Okay, das hast du dir verdient.«

John steht einfach da.

»Dann hol es dir«, fordere ich ihn auf. »Du bist nicht behindert.«

»Wo hast du es denn?«

»Es ist im Kühlschrank. Wo es immer ist.«

John verschwindet im Wohnmobil.

»Bring mir auch eins mit«, rufe ich ihm hinterher. Ich denke kurz nach, und mir wird bewusst, dass ich diesen Satz mein ganzes Leben lang gesagt habe: »Du bist nicht behindert.« Das hat schon meine Mutter zu mir gesagt. Und jetzt sind wir an dem Punkt angelangt, wo wir tatsächlich behindert *sind*.

Aber ich werde John dennoch kein Bier holen.

Als die Dunkelheit einbricht, kehrt auf dem Campingplatz wieder Ruhe ein. Vorher war die Meute überzuckerter und überstimulierter Kinder, die einen großartigen Tag in Disneyland erlebt hatten, offensichtlich nicht zu beruhigen gewesen. (So ging es auch Kevin, als wir mit ihm hier waren. Wir mussten ihm ein Mittel gegen Sodbrennen verabreichen, damit der Arme überhaupt schlafen konnte.) Jetzt sind sie alle mit übersäuerten Mägen ins Bett gefallen, wo sie in ihren Träumen von hoch aufragenden Riesennagern heimgesucht werden.

Nach unseren Sandwiches (ich zwinge mich dazu, was zu essen, damit meine Kraft für morgen reicht) stellen wir den Projektor neben dem Wohnmobil auf, um Dias zu schauen. Die heutige Show dreht sich um Disneyland 1966. Es war nicht unser letzter Besuch dort, aber der beste. Die Kinder waren beide noch jung genug, um den Park als den wunderbarsten Ort auf Erden anzusehen. Und John und ich waren ebenfalls noch jung genug, um den Fahrgeschäften etwas abgewinnen und alles durch die Augen unserer Kinder genießen zu können.

Auf dem ersten Dia sieht man die von Menschen wimmelnde Main Street, im Hintergrund das Schloss. Im Vordergrund stehe ich mit Kevin und Cindy, halte beide an der Hand, und wir zeigen alle unser breitestes Lächeln. Mir fällt auf, wie hübsch wir alle gekleidet waren.

Der Eingang ins Tomorrowland, Fahnenstangen und ein kleiner Eiswagen. Seitlich davon steht ein Pavillon mit einem riesigen Atom darauf, aber mein Blick wird von einem riesigen rot-weißen Raketenschiff angezogen, das direkt vor uns liegt. Das muss damals sehr futuristisch gewirkt haben.

Jetzt erscheint es selbst meinen alten Augen lächerlich und altmodisch. Ich bezweifele, dass es noch dort steht. Gibt es überhaupt noch ein Tomorrowland?

Auf dem nächsten Foto kniet Goofy hinter Kevin und Cindy und drückt sie beide, die völlig aus dem Häuschen sind deswegen. Mir fällt auf, wie Goofy seine übergroße Hand hinter Kevins Kopf hält, als würde er ihm gerade eine schöne Ohrfeige verpassen.

»Ist das ein Hund?«, will John wissen.

»Ja, das ist Goofy, John. Die Comicfigur.«

»Das ist nicht der trottelige Goofy«, beharrt er.

Ich sehe ihn an. »*Du* bist hier der Trottel.«

Auf einem der nächsten Dias sitzen die Kinder in einem Karussell aus kleinen fliegenden Untertassen. Bestimmt ist das Bild wieder in Tomorrowland entstanden, denn ich sehe im Hintergrund ein futuristisch anmutendes Haus – einen großen Pilz mit Fenstern.

Kevin und ich in Frontierland, beide mit Waschbärmützen. Er sieht zum Anbeißen aus. Ich mache keine so gute Figur. Die Mütze erinnert mich an eine meiner weniger gelungenen Perücken.

Das nächste Foto zeigt John und Cindy. Von John gibt es nicht allzu viele Urlaubsbilder, also muss ich es aufgenommen haben. Cindy sieht reizend aus, aber Johns Kopf wurde abgeschnitten. Er hat es wohl vor langer Zeit der Auflockerung wegen ins Magazin gesteckt. Offenbar wirkt es noch immer. John lacht neben mir wie ein Verrückter.

Das letzte Dia zeigt Main Street bei Nacht mit dem silberblau beleuchteten Schloss im Hintergrund. Der Himmel ist ein einziges Feuerwerk, Raketen steigen auf, platzen im

Dunkeln auf und lassen lange Tentakel farbigen Lichts auf die Gebäude herabregnen, viel länger, als ich das sonst bei einem Feuerwerk gesehen habe.

»Ich habe hier eine besonders lange Belichtungszeit gewählt«, erklärt John.

»Hast du?«, staune ich, überrascht, was er noch immer aus seinem Gedächtnis hervorkramt.

Bei diesem Dia verweile ich. Ich studiere das blaue Schloss und das Feuerwerk, bis mir aufgeht, dass ich all die Jahre genau dieses Bild von Disneyland im Kopf hatte. Genauso wie den Anfang der Fernsehsendung *The Wonderful World of Disney*. Vielleicht ist das der Grund, weshalb ich dieses Mal hierherkommen wollte. Ich weiß, es ist lächerlich, aber etwas in mir würde gern daran glauben, mit meinem Tod in eine Welt einzutreten, die so ähnlich aussehen könnte.

Wie schon gesagt, ich habe vor langer Zeit aufgehört, mir Vorstellungen von der Religion oder dem Himmel zu machen – Engel und Harfen und Wolken und den ganzen Quatsch. Doch mein albernes, kindliches Ich würde gern an so etwas glauben. Eine strahlende Welt aus Energie und Licht, in der keine Farbe denen der Erde entspricht – alles noch blauer, grüner, roter ist. Oder vielleicht werden wir einfach zu Farbe wie das Licht, das sich aus dem Himmel über das Schloss ergießt. Vielleicht ist es aber auch ein Ort, an dem wir bereits gewesen sind, ein Ort, an dem wir vor unserer Geburt waren, zu dem wir nach unserem Sterben zurückkehren. Vielleicht verfolge ich genau dies mit dieser ganzen Reise – eine Suche nach etwas, woran ich mich in den Tiefen meiner Seele erinnere. Wer weiß? Vielleicht ist

Disneyland der Himmel. Haben Sie schon mal so was Blödes und Verrücktes gehört? Das kann nur an den Drogen liegen.

In dieser Nacht schlafe ich ganz schlecht, eigentlich nie richtig, sondern immer nur träumend. Nach all den Auslassungen über die Kinder, die zu viel Süßes abbekommen haben, bin am Ende ich diejenige, die von Mäusen träumt. Hunderte von ihnen fallen über mich her, knabbern an mir, reißen Stücke aus mir heraus und hinterlassen offen liegende Wunden, aus denen Bäusche von Füllmaterial und Wattetupfen hervorquellen.

Wieder und wieder werde ich aus meinem Dämmerschlaf gerissen. Auch so ein Begriff, den ich von meinen Ärzten habe. Immer wieder haben sie mir berichtet, dass ihre Prozeduren es erforderlich machten, mich mittels Narkose in einen »Dämmerschlaf« zu versetzen –ein Begriff, der sich so friedlich anhört, dass keiner wirklich Einwände erheben kann. Und doch fand ich, dass ihr lieblicher Sonnenuntergangsschlummer für mich immer mit Schrecken und Albträumen besetzt war.

Leider tauchen die Mäuse nur im Vorfilm auf. Der Star des Hauptfilms ist ein spezielles Pflegeheim, das ich nur allzu gut kenne, obwohl John und ich viele davon besucht haben. Man macht dies aus Liebe und Verpflichtung, aus Zuneigung für die Familie und weil man sonst nichts Besseres zu tun hat. Es ist eine spröde Unterhaltung, aber sie bereitet einen auf das vor, was einen erwartet.

In dem Pflegeheim, von dem ich heute träume, hat unser Freund Jim seine letzten Monate verbracht. Nachdem seine

Frau Dawn ein Jahr davor gestorben war, brachten seine Kinder ihn dorthin. Jim und Dawn waren unsere besten Freunde, also mussten wir ihn besuchen. Zweimal im Monat humpelten wir durch diese übel riechenden Gänge, um ihn zu sehen, aber Jim erkannte uns nicht mal. Uns, John und Ella, Mitreisende, Leute mit denen er in den vergangenen zweiundzwanzig Jahren Campingurlaube gemacht hatte. Wir waren nicht die Leute, die er sehen wollte. Er wollte Dawn sehen. Das Personal berichtete uns, dass er den ganzen Tag nichts anderes tat, als in seinem Rollstuhl herumzufahren und nach seiner Frau zu rufen. »Dawn«, sagte er. »Dawn? Wo bist du?«

In meinem Traum ging es um unseren letzten Besuch bei Jim. John empfand es immer als Qual, seinen Freund so zu sehen, aber an diesem Tag war es noch viel schlimmer als sonst. Diesmal konnte Jim gar nicht mehr sprechen, konnte nicht mal mehr *Dawn* rufen. Er saß, das Kinn auf seiner Brust gelegt, in seinem Stuhl und sabberte. Immer mal wieder bewegten sich seine Lippen, als spräche er eine lautlose Sprache, die nur er verstehen konnte. Als wir versuchten, mit ihm zu reden, blickte er nur zu uns auf und reagierte auf den Klang unserer Stimmen mit einem endlosen leeren Starren.

Nachdem wir aufgebrochen waren, wandte John sich im Wagen an mich und sagte das, was er jedes Mal zu mir sagte, wenn wir Jim besucht hatten: »Bevor ich so ende, erschieße ich mich lieber.« Aber bei diesem letzten Mal sagte er auch noch etwas anderes. Er ergriff meine Hand und sagte: »Ella, versprich mir, *versprich* mir, dass du mich nie in eine solche Einrichtung bringst.«

Und ich sah meinen Mann an und gab ihm dieses eine Versprechen.

Kurz nach sechs Uhr schlage ich die Augen auf und gebe jeden Versuch auf, noch Schlaf zu finden. An diesem schrecklich hellen kalifornischen Morgen fühle ich mich so schwach, dass ich kaum den Kopf halten kann.

John schnarcht. In der Nacht hat er sich eine Häkeldecke genommen, die nun fast seinen ganzen Kopf bedeckt. Ich sehe nach, ob er nicht eingenässt hat. Hat er nicht, aber er ist wieder fällig.

Ich versuche, mich im Bett aufzusetzen, schaffe es aber nicht ganz. Kurz überlege ich, mich rollend hinauszubewegen, fürchte aber, dann auf dem Boden zu landen. Mir fällt ein, dass ich eine der kleinen blauen Pillen in der Tasche meines Sweatshirts zurückgelassen habe, also tauche ich mit der Hand in die Falten meiner Kleider, krame zwischen den zusammengeknüllten Papiertaschentüchern und werde schließlich ganz unten fündig. Nachdem ich so viel Speichel wie möglich im Mund angesammelt habe, was nicht viel ist, schlucke ich die Pille. Entweder bringt sie mir den Schlaf zurück oder erlaubt mir, tatsächlich aufzustehen –das eine oder das andere.

Als ich um 8:30 Uhr wach werde, hat das Unwohlsein ein wenig nachgelassen. John liegt mit geöffneten Augen neben mir und starrt an die Decke des Wohnmobils. Ob er bei Verstand ist, vermag ich nicht zu sagen.

»John? Bist du wach?«

Anfangs reagiert er nicht, und einen schrecklichen Moment lang stelle ich mir vor, dass er tot und ich allein bin.

»John?«

Er dreht sich auf die Seite und sieht mich ganz nüchtern an. »Was ist?«

»Ich habe mich nur gefragt, ob du wach bist.«

»Ich bin wach.«

»Gut. Ich will nicht allein sein.«

Er legt seine Hand an meinen Hinterkopf und streichelt mir Kopf und Hals. Seine Hand fühlt sich wunderbar an, so, wie sie sich früher angefühlt hat, aber doch anders. Das liegt wohl daran, dass meine Haare jetzt so dünn sind. Als wir jünger waren, hat er das immer getan, aber dann fing ich an, Perücken zu tragen, und er hörte beinahe ganz auf damit, außer wir waren zu Hause und unter uns.

»Du bist nicht allein, Liebling«, sagt er.

»Ich möchte nicht, dass wir getrennt werden, John.«

»Das werden wir nicht.«

Er lässt seinen Blick durch das Wohnmobil wandern. Ich denke, jetzt wird er gleich fragen, ob wir hier zu Hause sind. Doch stattdessen sagt er: »Das ist ein gutes altes Wohnmobil.«

»Ja, das ist es«, bestätige ich. Während wir schweigen, sieht John mich so zärtlich an, dass ich all das Schlechte vergesse, das mich belastet. Was auch immer passieren wird, es kann nur gut sein.

Ich lächele ihn an. »Deine Haare stehen ab wie bei Bozo, dem Clown.«

Auch er lächelt mich an, bis seine Augen sich trüben und im Grau verlieren. Ich beginne, schneller zu sprechen, mehr Worte zu sagen, als ich auf einmal über die Lippen bringe.

»Bist du bereit für Disneyland?«, frage ich lauter als beabsichtigt. »Du weißt doch, wir wollen heute dahin. Wir werden richtig Spaß haben, John.«

Ich mache ihm ein wenig Angst, wobei ich versuche, ihn wieder zurückzuholen. Ich möchte nicht, dass er sich entfernt. Er soll verstehen.

»Tun wir das?«, fragt er.

»*Ja*, John. Das ist der Abschluss unseres Urlaubs. Der war doch schön, oder?«

Er weiß nicht, was er sagen soll. Er nickt nur, gefangen in etwas, das er nicht wirklich begreift.

»Es war richtig gut«, sagt er.

Ich lege die Hände auf Johns Gesicht, die Finger über seine Lippen. Seine Wangen sind kratzig, aber das macht mir nichts aus. Ich streiche mit dem Daumen über eine Unebenheit seiner Unterlippe.

»Es war alles richtig gut«, bestätige ich.

»Ich bin froh, dass wir weggehen«, sagt er.

Er ist verwirrt. Ich glaube, er denkt, dass wir jetzt in den Urlaub aufbrechen. Ich könnte ihn korrigieren, tue es aber nicht.

»Ich auch«, sage ich stattdessen. »Ich auch.«

»Sind Sie sich sicher, dass Sie einem Parkbesuch heute gewachsen sind, Ma'am?«, erkundigt sich der junge Mann, der unseren Shuttlebus fährt.

Ich möchte antworten: *Nein, verdammt, ich bin dem heute gar nicht gewachsen, aber ich werde es dennoch machen.* Sage aber: »Oh ja, ich bin mir sicher, wir schaffen das.«

»Es gibt dort Elektrorollstühle, mit denen Sie herumfahren können, das würde es Ihnen erleichtern.«

»Tatsächlich?«, erwidere ich schroff. »Nun, ich mag keine Rollstühle. Ich glaube nicht, dass wir so was brauchen werden.

Er blickt im Rückspiegel auf mich und den Rollator und sagt nichts dazu.

Allerdings stelle ich kurz nach unserer Ankunft fest, wie recht er hat. Alles wirkt so viel weitläufiger als vor zwanzig Jahren. Sie wissen doch sicher, dass Orte, die man aus seiner Kindheit kennt und als Erwachsener wieder besucht, viel kleiner wirken? Nun, wenn man sie als alter Mensch wieder aufsucht, ist es das Gegenteil. Alles sieht so verdammt riesig aus.

Doch ich bin entschlossen, es dennoch zu tun. Wir müssen eine Trambahn nehmen, um vom Parkplatz zum Ticketschalter zu kommen. Ich habe allergrößte Mühe, in dieses Ding einzusteigen, und schaffe es erst, als ein aufmerksamer junger Mann uns beiden zur Hand geht.

Als wir den Ticketschalter erreichen, bin ich bereits erschöpft. Wir nehmen jeweils ein Tagesticket, das ein Vermögen kostet. Was jetzt aber vermutlich auch schon egal ist. Ich zahle sie, wie alles andere auch, mit der Kreditkarte.

»Haben Sie für uns denn einen dieser Elektrorollstühle?«, erkundige ich mich, weil mir inzwischen klar geworden ist, dass keiner von uns in der Lage sein wird, sich in diesem Park großartig zu bewegen, schon gar nicht so schwach, wie ich mich heute fühle.

»Die sind inzwischen womöglich bereits alle vermietet«, erklärt mir die junge Frau im Ticketschalter mit unerbittlicher Fröhlichkeit. »Dazu müssen Sie mit einem der Mitarbeiter vor Ort sprechen. Die Rollstuhlvermietung befindet sich auf der rechten Seite, hinter den Drehkreuzen.«

»Vermietung? Mir hat man gesagt, die seien kostenlos.«

»Die Elektrorollstühle kosten dreißig Dollar. Dazu zwanzig Dollar Pfand.«

»Jesus Christus.« Ich sehe John an, der aber nur mit den Schultern zuckt. Ich kann mich nicht erinnern, dass wir in Disneyland jemals so kräftig zur Kasse gebeten wurden.

Während ich mich von diesem Schrecken erhole, hebe ich den Blick zur Einschienenbahn, die gerade vorbeigleitet.

»Nun, sieh dir das an! Menschenskind!«, staunt John und zeigt, hin und weg vom Anblick der schnittigen orange-gestreiften Schwebebahn, in die Luft. Die Verwandlung ist vollkommen. Er ist wieder Kind.

Ich blicke dem in die Ferne davongleitenden Heck hinterher. Für mich wirkt es noch immer wie eine Zukunftsvision, jedoch ist es heute eine, für die ich viel zu müde bin.

Nachdem wir durchs Drehkreuz sind, steuere ich mit John im Schlepptau die Mietstation an. Er wirkt schon jetzt desorientiert von all der Aktivität.

»Kommen Sie wegen eines E-Rollis?«, spricht ein gepflegter junger Mann mich an. Ich bin es nicht gewohnt, jemanden, der chinesisch aussieht, Südstaatenakzent sprechen zu hören.

»Ein was?«, hake ich nach.

»Einen elektrisch betriebenen Rollstuhl. Wir sagen dazu E-Rolli.« Er deutet auf die beiden noch verbliebenen Flitzer.

»Das werden wir wohl.« Ich hole die Kreditkarte heraus.

Er ist inzwischen der Fünfte, der mich seit meiner Ankunft in Disneyland mit diesem »Sie sind aber eine süße klapprige alte Dame«-Grinsen ansieht. Sie lächeln dir ins Gesicht, während sie ihre Hand nach deiner Brieftasche ausstrecken.

»Na los, John«, sage ich. »Lass uns übers Gelände fahren.«

Als John das Wort *fahren* hört, erhellt sich seine Miene. »Können wir das Wohnmobil hier reinholen?«

»Nein, wir werden einen von denen da fahren.« Ich zeigte auf die kleinen blauen Flitzer.

Der junge Mann erklärt uns die Bedienungselemente. Anfangs bin ich vorsichtig, aber nach einer schnellen Runde unter seiner Aufsicht bin ich mir ziemlich sicher, damit zurechtzukommen. John kann sich wie bei allem Fahrbaren sofort dafür begeistern. Auf Anhieb flitzt er wie ein Verrückter herum.

»Ich möchte nicht, dass du dich weit von mir entfernst, John«, ermahne ich ihn, während ich meine Tasche im vorne angebrachten Korb verstaue. »Hörst du mich?«

Nein, er kann mich nicht hören, weil er bereits davongedüst ist.

HIER VERLASSEN SIE DAS HEUTE
UND BETRETEN DIE WELT
VON GESTERN, MORGEN UND
DER FANTASIE

Das steht auf dem Schild vor der Brücke, durch der wir den Park erreichen. Darunter ist es schummerig, die Menschen drängeln sich, und ich bin froh, dass wir auf unseren Flitzern sitzen. Sie geben uns Stabilität, außerdem können wir nicht umgestoßen werden, was zur Abwechslung mal ein gutes Gefühl ist. Als wir auf der anderen Seite wieder auftauchen, stelle ich zu meinem Erstaunen fest, dass sich Disneyland gar nicht sehr verändert hat, nur ist es mit Sicherheit überfüllter, als ich es in Erinnerung habe, zumal kurz vor der Mittagszeit. Ich mag mir gar nicht ausmalen, wie es hier in vier oder fünf Stunden aussehen wird. Aber bis dahin sind wir längst wieder weg.

Überall sieht man Familien, scharenweise Kinderwagen, gleich zwei oder drei nebeneinander. Ich sehe eine Horde Jugendliche, bestimmt an die dreihundert, und sie alle tragen die gleichen blauen T-Shirts. Herumrennende, laut schreiende Kinder. Während wir auf der Main Street U.S.A. dahinbrausen, bin ich ein wenig überfordert. Eine alte, von Pferden gezogene Straßenbahn überholt uns, dahinter fährt eine Blechkiste und erschreckt uns mit einer aggressiven Dreiklanghupe. Hinter mir höre ich das Scheppern einer Dampflok, eine Blechblaskapelle, die einen Sousa-Marsch spielt. Links von mir schreien Leute. Eine hektische Gruppe von sieben oder acht kleinen Kindern nähert sich mir lachend und kreischend von rechts. Nachdem ich mich vergewissert habe, dass meine Tasche sicher im Korb liegt, ist John plötzlich wieder verschwunden. Ich schaue nach links, dann nach rechts, kann ihn aber nirgendwo entdecken. Langsam mache ich mir ernsthafte Sorgen.

Ich weiß nicht, was genau in dem Moment passiert, aber als ich schließlich wieder nach vorn schaue, steuere ich direkt auf einen riesigen Winnie Puuh zu, der aus dem Nichts aufgetaucht ist. Ich gerate in Panik, vergesse, was ich tun muss, um dieses Ding anzuhalten.

»Aufpassen!«, brülle ich seinem orangenen Fellrücken zu.

In allerletzter Sekunde dreht er sich um.

Ich blicke in Winnies Maul und sehe Panik in den Augen der Person aufblitzen, die in diesem Kostüm steckt. Ich höre sie »Oh!« sagen, bevor sie zur Seite springt.

Endlich löse ich den Todesgriff ums Steuerelement, und der E-Rolli bleibt sofort stehen. Ich hätte nur loslassen müssen. Ich schreie Winnie Puuh eine Entschuldigung entgegen. Er winkt, aber in seinem Kostüm zeigt er mir womöglich den Stinkefinger.

John rollt neben mich und lacht. »Du hättest fast den Bären umgefahren«, krächzt er zwischen schallendem Gelächter.

»Fast hätte ich einen Herzanfall bekommen«, sage ich, fange nun aber selbst auch zu kichern an. Bestimmt war es ein toller Anblick.

Main Street U.S.A. ist einem alten Marktplatz nachempfunden. Wir kurven eine Weile herum, sehen uns das Rathaus, das Kino, die Spielhalle an und rollen an einem kleinen Café vorbei. Draußen stehen Tische, ein Mann spielt auf einem alten Ragtimepiano. Wir düsen hin, um ein wenig zu verweilen. Als eine Kellnerin kommt, sagen wir ihr, dass wir nur ein wenig hier sitzen und zuhören möchten. Sie erklärt uns, wir müssten dann etwas bestellen, und so nehmen wir jeder eine Cola. Der Mann am Klavier spielt »I Don't Know Why« und »California, Here I Come«. Da wünsche ich mir, wir hätten die Kinder und alle Enkel hierher mitnehmen können, aber in Anbetracht dessen, dass sie uns diesen Urlaub allesamt verbieten wollten, wäre es vermutlich niemals dazu gekommen.

Wir befinden uns vor »The Enchanted Tiki Room«, als es passiert. Gerade noch stand ich in der Schlange und lauschte den Vögeln, die »In the Tiki, Tiki, Tiki, Tiki, Tiki Room« sangen, und gleich darauf liege ich, flankiert von Disneyland-Sanitätern und umrundet von Gaffern, auf dem Boden. Ich habe keine Ahnung, wie es dazu kam.

»Wer sind Sie?«, frage ich einen der jungen Männer, der mir gerade ein grässlich riechendes Inhalationsmittel unter die Nase hält.

»Wie fühlen Sie sich?«, fragt er mich.

»Ein wenig benommen, mehr nicht.« Den beißenden Schmerz in der Seite, auf die ich gestürzt sein muss, lasse ich genauso unerwähnt wie die Tatsache, dass sich mein ganzer Körper wie ein Sack Kartoffeln anfühlt, der vom Lastwagen gefallen und sieben Häuserblocks weit gerollt ist.

»Wir bringen Sie ins Krankenhaus, Ma'am«, sagt dieser vor Selbstvertrauen strotzende Muskelprotz mit seinen künstlich geglätteten blonden Haaren zu mir. Er muss Gewichtheber sein. Sein Kopf setzt direkt an den Schultern an. Ich suche seinen Nacken, aber der ist nirgendwo zu entdecken in seinem Sanitäteroverall. Er erinnert mich an Jack LaLanne, den Begründer der Fitnessbewegung, kommt mir aber größer und dämlicher vor.

Ich werfe einen kurzen Blick auf den anderen Kerl, einen älteren Schwarzen, der eher schwerfällig wirkt. Er sagt nichts, also wende ich mich wieder an Jack LaLanne.

»Sie bringen mich nicht in so ein verdammtes Krankenhaus«, brülle ich.

Um mich herum kollektives Luftschnappen. All diese feinen Disney-Bürger, die ihre morbide Neugier befriedigen, indem sie um mich herumstehen und sich die alte Kuh ansehen, die in Ohnmacht und auf ihren Arsch gefallen ist, sind entsetzt über meine Wortwahl. Ich blicke hoch und sehe eine riesige Mickey Mouse. Sie dreht ihren Kopf den anwesenden Kindern zu und hält sich dann die riesigen Mauseohren mit den Händen zu.

»Das müssen wir aber, Ma'am. Das ist Vorschrift in Disneyland.«

Ich entziehe ihm den Arm, versuche, mich aufzusetzen, doch er hält mich zurück. Einen heftigeren Kampf kann ich ihm nicht liefern, weil mir alles so wehtut.

»Das ist mir egal, ich lasse das nicht zu«, beharre ich. »Mir geht es gut. Mir war nur ein wenig schwindelig. Ich bin die Rollstühle nicht gewohnt, die Sie hier im Einsatz haben.« Ich kann nirgendwo John entdecken. »Wo ist mein Mann?«

Jack LaLanne sieht mich an, als wolle er sagen: *Die wird uns Schwierigkeiten machen.* Und er sagt die Wahrheit. Ich werde mich in kein Krankenhaus bringen lassen. Ich bin durch mit Krankenhäusern.

»Der ist drüben bei unserer Ambulanz«, antwortet er endlich. »Er wirkt desorientiert. Hat er etwa Alzheimer, Ma'am?«

»Er ist nur ein wenig dement«, gebe ich zu, bis jetzt eine meiner schlimmsten Notlügen auf dieser Reise. Wenn ich sage, John sei ein wenig dement, könnte ich auch sagen, ich hätte ein wenig Krebs.

Jetzt rege ich mich auf, und noch mehr rege ich mich auf, als ich jemanden mit einer Tragbahre auf mich zukommen sehe. »Ich lasse mich nicht auf dieses blöde Ding legen!«, brülle ich, wobei ich keine Ahnung habe, woher ich die

Kraft für so ein lautes Geschrei nehme. Alle Leute um uns herum wirken erschrocken, aber nicht so sehr wie Jack und sein Kumpel.

Ich bin mir bewusst, dass alles verloren ist, wenn ich dort liege. Dann werden sie mich ins Krankenhaus bringen, und diese Reise wird kein angemessenes Ende finden. Ich weiß nicht, woher ich das hole, aber sobald ich die Worte ausspreche, wird mir klar, dass ich an sie glauben muss.

»Wenn Sie mich da drauflegen, werde ich Disneyland auf eine Million Dollar verklagen.«

Es geht nichts über den Ausdruck von Angst im Gesicht eines muskelbepackten Mannes.

»Das werde ich tun, so wahr mir Gott helfe, sofern Sie mich auf dieses Ding legen.« Ich verschränke die Arme vor der Brust und gebe mir alle Mühe, nicht zusammenzuzucken. »Und es wird *Ihre Schuld* sein«, ergänze ich und kneife die Augen zusammen.

Jack winkt die Männer mit der Trage erst mal weg. »Ihnen fehlt etwas, Ma'am«, sagt er mit angespannter Stimme. »Wir müssen herausfinden, was es ist.« Ich erkenne einen Anflug echter Besorgnis hinter diesem Kürbiskopfkinn, aber das ist mir egal. Ich werde diese Karte ausspielen.

»Ich weiß, was mir fehlt, und ich brauche kein Krankenhaus, um das herauszufinden. Mir geht es gut. Helfen Sie mir einfach auf, setzen Sie mich wieder in den Rolli, und wir werden Disneyland verlassen. Sie werden nie wieder von uns belästigt werden.«

Jetzt erwägt er seine Möglichkeiten. Er atmet ein, schielt auf seinen Partner, tauscht einen Blick mit ihm und wendet sich dann wieder mir zu. »Sie werden uns eine Verzichtserklärung unterschreiben müssen, mit der Sie bestätigen, jegliche medizinische Hilfe abzulehnen.«

»Das kümmert mich nicht. Ich unterschreibe, was immer Sie möchten. Nur bringen Sie uns verdammt noch mal weg von hier.«

»Schön«, erwidert Jack LaLanne schroff.

Er ist entrüstet. Natürlich ist er das.

Ich habe gewonnen.

Nachdem das Taxi uns am Leisure Seeker rausgelassen hat, nehme ich die beiden letzten kleinen blauen Pillen ein, gebe John ein Valium, und dann schlafen wir beide erst mal richtig lange. Meine Schmerzen machen sich immer wieder bemerkbar und lassen mich immer wieder aufwachen und einschlafen, und ich träume von meinen Kindern, von gemeinsamen Urlauben und von denen, die wir ohne sie unternommen haben. Ich träume von Kevin, dessen Augen immer eine Traurigkeit spiegeln, die Traurigkeit, die ihn erwartet. Ich träume von Cynthia, die stark sein und ertragen wird, was auch immer geschieht, wie das bei ihr immer der Fall war. Sie werden damit klarkommen, das sagt mir mein Traum-Ich. Sie wissen, dass ihre Mutter und ihr Vater sie immer geliebt haben und das, was auch immer am Ende eines Lebens geschieht, nicht für das ganze Leben steht.

Als ich aufwache, sind die Schmerzen noch immer da, aber sie sind ein wenig erträglicher. Der Wecker im Wohnmobil zeigt 20:07 Uhr. Die Luft ist stickig, und es riecht widerlich süß. Ich brauche nicht lange, um festzustellen, dass unser kleiner Kühlschrank den Geist aufgegeben hat.

Es ist dunkel im Wohnmobil, deshalb will ich ein Licht

einschalten. Bevor wir uns hinlegten, war ich so geistesgegenwärtig, unsere batteriebetriebene Laterne mitzunehmen. Als ich danach zu greifen versuche, werde ich fast wieder ohnmächtig. Keuchend warte ich etwa eine Minute ab, bevor ich einen zweiten Versuch unternehme. Ich wische mir die Stirn ab, knipse die Laterne an. Die Glühbirne flackert und leuchtet dann bedächtig auf, bis sich ein bräunliches Dämmerlicht einstellt, das kaum den Raum erhellt. Die Batterien lassen nach, aber es sind die perfekten Lichtverhältnisse für meine Augen. Ich lege mich wieder hin, weil ich noch immer erschöpft bin, aber es wird besser. Mein Körper hat auf dieser Reise erstaunlich viele Misshandlungen ertragen, mehr, als ich je auszuhalten geglaubt hätte, und gewiss auch mehr, als meine Ärzte mir zugetraut hätten.

Es war alle Mühen wert. Trotz all der widrigen Erlebnisse hat sich diese Reise gelohnt. Es tut mir leid, wenn ich die Kinder beunruhigt habe, aber da ich das ganze Erwachsenenleben in Sorge um sie zugebracht habe, würde ich sagen, dass wir damit quitt sind.

Das Schnarchen meines Mannes neben mir klingt, als würden Laken in Fetzen gerissen werden. Auf jeden dritten oder vierten Schnarcher folgt eine lange Phase, in der sein Atem auszusetzen scheint. Nach einer dieser Phasen rasselt er so laut, dass er selbst davon wach wird. John schreckt hoch und betrachtet suchend mein Gesicht. Ich glaube nicht, dass er mich in diesem Moment erkennt.

»Sind wir hier zu Hause?«, fragt er verschlafen.

Ich nicke.

Ich sehe nach und stelle fest, dass er sich ein wenig eingenässt haben muss, aber das regt mich nicht auf, nicht in dieser Nacht. Ich nehme mir vor, ihn zu säubern und seine Unterwäsche zu wechseln, solange ich noch Kraft dazu habe. Die Regel jeder Mutter bei einem Unfall. Ich öffne Johns Hose und versuche, sie ihm auszuziehen. Und ausnahmsweise unterstützt er mich und hebt seinen Hintern an. Ich ziehe ihm die Hose mitsamt den Shorts herunter, aber selbst mit seiner Hilfe will es nicht so recht klappen. Bald schon finde ich den Grund dafür heraus. John hat eine Erektion, wie ich sie an ihm schon seit vielen Jahren nicht mehr gesehen habe.

»Sieh mal einer an!«, sage ich. »Da regt sich ja doch noch was.«

Ich bin mir noch immer nicht sicher, ob er mich erkennt, aber er lächelt mich an, ein Lächeln, das ich wiedererkenne.

Ich ziehe ihm die Schuhe aus, streife die Hosen ab, wobei ich durch den Mund atme und darauf achte, den Blick auf seine Unterhose zu vermeiden, die meinen momentanen Gefühlen mit Sicherheit keinen Gefallen tun würden. Nachdem ich seine Brieftasche herausgeholt und auf den Tisch geworfen habe, verstaue ich alles in einem Fach am Fußende unseres Betts und schalte die Laterne aus.

Als ich die Hand auf Johns Penis lege, stockt sein Atem für einen Moment, ein Geräusch, das ich völlig vergessen hatte, wie mir jetzt auffällt. Es lässt mich lächeln, befreit mich aus meinem alten geschwächten Körper. Verträumt betrachte ich seine halb geschlossenen Augen, deren Blick fest mit meinem verbunden ist. Ob das tatsächlich funktionieren kann?

Aber warum nicht? Warum nicht?

Wieder erfasst mich jenes lustvolle Ziehen, das ich vor Tagen bei Johns Berührung verspürte, als er mir ins Wohnmobil half, nur ist es jetzt noch stärker. Ich spüre es durch den Schmerz, durch die Prellungen meines Körpers, durch mein zuckendes Fleisch, auf dem mein langes Leben eingeschrieben ist. Ich spüre es, obwohl ich Schmerzen habe, obwohl ich bereit bin zu sterben.

»Ella«, sagt John zu mir, als ich ihn weiterhin streichele. Seine Haut ist jetzt trockener, seine Augen sind klarer. »Ella.«

Nichts könnte schöner sein, nichts hätte ich mir mehr wünschen können, als jetzt meinen Namen zu hören. Mein Mann sieht mich an, zieht sich hoch, bewegt sich auf mich zu und legt sich auf mich.

Das ist etwas, was der Körper niemals vergisst.

Als der Schmerz mich erneut weckt, ist es 1:17 Uhr. John schläft so fest von dem Valium, das ich ihm verabreicht habe, dass er nicht mal schnarcht. Im Moment scheint der Rhythmus seines Atems beliebig zu sein. Wenn er ausatmet, geschieht dies in einem langen, flachen *Schschsch*, als wolle er uns an einem Ort der Ruhe in den Schlaf wiegen. Nach einem ganzen Leben voller Zärtlichkeiten mit diesem Mann wohnt dem Ganzen etwas so süß Vertrautes inne, dass es mich fast von dem abhält, was ich tun muss.

Ich stehe dennoch auf.

Der Mond ist voll und steht hoch am Himmel, um einen opalisierenden Schleier in das Innere des Leisure Seekers zu werfen, der die Ränder der Gegenstände nur umso deutlicher hervortreten lässt. Beim Aufstehen suche ich Halt am

Tisch. Ich bewege mich ganz behutsam auf steifen Beinen, aber ohne zu zittern, auf unsere kleine Pappkiste zu. Was mich überrascht, wenn ich an die Betätigungen der letzten Nacht denke. Aus der Kommode hole ich für mich eins meiner liebsten Frotteenachthemden und frische Unterwäsche für John. Ich ziehe das Hemd über den Kopf und zupfe den weichen lockeren Stoff über den Hüften und Beinen zurecht.

John lasse ich sein T-Shirt, so schmuddelig es auch aussieht. Ich ziehe ihm die Unterhose über die Beine, schaffe es aber nicht, sie über das Hinterteil zu bekommen. Doch als würde er unterbewusst mithelfen, dreht er sich auf die Seite, und es gelingt mir, sie weit genug hinaufzuziehen, um den Anstand zu wahren. Dann decke ich John zu, um ihn warm zu halten, küsse seine salzige Stirn und sage meinem Liebsten Gute Nacht.

Für den Moment lege ich mein Kissen auf sein linkes Ohr. Er erwacht nicht aus seinem Schlaf, als ich nach meiner Tasche taste und die Schlüssel aus einer Seitenlasche ziehe. Dann knipse ich die Laterne an, aber sie ist noch schwächer geworden und reicht kaum aus, um mir den Weg zu beleuchten.

Ich öffne die Seitentür des Wohnmobils. Draußen liegt völlige Stille über dem Campingplatz. Die Nachtluft steigt mir kühl um die Beine. Man sieht keine Sterne, nur rasch dahinziehende Wolken. Noch nie habe ich Wolken so rasch ziehen gesehen, lange silberne Gestalten, die über den blauschwarzen Himmel gleiten, bis sie von der kolossalen Silhouette des Mickey-Mouse-Wasserturms verschluckt werden. Ein bitterer Hauch von Ringelblumen erfüllt die Luft.

Leise lasse ich die Türe einrasten, schließe sämtliche Fenster und steuere dann den Fahrersitz an. Mit zusammengepressten Augen werfe ich den Leisure Seeker an. Ich war in Sorge, das Anfangsbrummen des Motors könnte John aufwecken, aber das tut es nicht. Und es dauert nicht lange, da beruhigt sich der Leerlauf zu einem gedämpften Rumpeln. Wie nebulöse Tentakel strömen die Auspuffgase in den Wagen.

Ich verlasse den Fahrersitz und bewege mich vorsichtig zurück in den Wohnbereich, wo die Laterne nun braun schimmert, eine Art Antilicht. Ich fühle mich wohl in diesem Dämmer. Noch bin ich nicht schläfrig, aber ich komme mir bereits ein wenig wie John vor, unfähig, Traum und Wirklichkeit voneinander zu unterscheiden.

Solange es mir noch möglich ist, krame ich in der Handtasche nach meinem Personalausweis, den ich auf den Tisch lege. Dasselbe mache ich mit Johns Führerschein, ehe ich von der Bank aufstehe, um mich neben ihn zu legen.

Ich bin bereit, mich schlafen zu legen.

Kurze Zeit später erfasst mich eine Benommenheit. Es ist ein Gefühl wie nach einer langen schlaflosen Nacht – in jenem Moment, wenn einem bewusst ist, tatsächlich bewusst wird, dass man in den Schlummer hineingezogen wird. Du spürst, wie du in das Reich des Schlafs eintrittst, siehst dich selbst dort liegen und richtest dich angenehm im Nichts ein. Der Lichtspalt der geschlossenen Schlafzimmertür wird schmaler.

Doch der Moment des Gewahrwerdens, der dich normalerweise wieder aufweckt und zurück ins Bewusstsein holt, bleibt dieses Mal aus. Ich weiß jetzt, dass wir jenen Ort zwischen Dunkel und Licht, zwischen Wachen und Schlaf gefunden haben.

Unsere Reisen enden hier. Es ist eine Erleichterung –um es einfach auszudrücken. Ich bin an einem Punkt, da ich bedauere, was ich den Kindern damit antue. Doch ich habe alles in einem Brief erklärt, den sie erst lesen können, wenn das hier vorbei ist. Anwälte sind offenbar doch für etwas gut. Vorkehrungen wurden getroffen, Angelegenheiten geregelt. Verdammt, vielleicht kommen wir sogar darum herum, die mit Sicherheit himmelschreiende Visaabrechnung bezahlen zu müssen.

Ich weiß, das klingt alles schrecklich und schockierend und reißerisch, aber dem ist wirklich nicht so. Schon vor langer Zeit haben John und ich unsere eigenen Regeln entwickelt, die aus ganz banalen Dingen erarbeitet wurden: Hypotheken, Jobs, Kinder, Streitigkeiten, Krankheiten, Alltag, Zeit, Angst, Schmerz, Liebe, Heim. Wir haben uns gemeinsam ein Leben aufgebaut und werden uns auch gemeinsam dem stellen, was danach kommt. Ich sage, wenn die Liebe uns im Leben verbunden hat, warum kann sie uns nicht weiterhin verbinden und über unseren Tod hinaus vereinen?

Ich sage immer, man sollte aufhören, wenn es am schönsten ist. Dies war ein ganz wunderbarer Urlaub. Ich hatte wirklich eine gute Zeit. Wären wir zu Hause geblieben, hätte mein Zustand sich sehr viel schneller verschlechtert, das dürfen Sie mir glauben. Ich hätte viel, viel mehr gelitten. Ich hätte mich all den Demütigungen ausgesetzt, die der modernen Medizin zur Verfügung stehen, ohne dass sich etwas geändert hätte. Und schließlich hätte man mich zum

Sterben nach Hause geschickt. Danach hätten sie John gegen seinen Willen in einem Pflegeheim untergebracht, in dem er nach einem oder zwei oder sogar drei Jahren, von denen eines schlimmer gewesen wäre als das andere, zugrunde gegangen wäre.

Und es wäre ein trauriges Ende gewesen. Einer ohne den anderen. So hätte es ausgesehen, wenn ich die Geschichte nicht auf diese Weise beendet hätte. Vielleicht fällt es nicht leicht, es zu verstehen. Aber das hier? Das ist das Happy End, mein Freund. Was wir uns alle wünschen, aber nie bekommen.

Liebe kann vieles bedeuten, aber für uns bedeutet sie heute das.

Das kann uns keiner nehmen.

DANKSAGUNGEN

Große Dankbarkeit sowie Zuneigung und Respekt an:

Meine Frau Rita Simmons, die mir während der langen stillen Phase beiseitestand, mir Kraft und Erkenntnis gibt und immer noch dafür sorgt, dass all das so viel Freude macht.

Meine Schwester Susan Summerlee für ihre Liebe und Unterstützung in schweren Zeiten.

Allen meinen Detroiter Freunden, die gelesen und geholfen und mich ermutigt und sich viel Gejammer angehört haben: Tim Teegarden, Keith McLenon, Jim Dudley, Brother Andrew Brown, Nick Marine (ein bombastisches Lachen), Donna McGuire, Buck(eye) Eric Weltner, Holly Sorscher, Jim Potter, Russ Taylor, Jeff Edwards, Dave Michalak und Louis Resto.

Lynn Peril und Roz Lessing für ihre Hilfe, mich geistig fit zu halten. Dave Spala bei T. C. für seine Ermutigung und dafür, dass er nie auf mich gehört hat. Cindy, Bill und Laura bei C-E für guten mütterlichen *Rat*. DeAnn Ervin für ihre unentwegte Hilfsbereitschaft. Tony Park für schriftstellerische ausländische Intrige. John Roe für tolle Fotos trotz der offensichtlichen Belastung. Randy Samuels für den richtigen Tipp. Michael Lloyd, Barry Burdiak und Mark Mueller für ihr ständiges Kümmern um das weibliche Familienoberhaupt.

Meine wahrhaft wunderbare und talentierte Agentin Sally van Haitsma und ihrem Vater Ken van Haitsma zum Gedenken. Meiner Lektorin Jennifer Poole und ihrer unermüdlichen Begeisterung und nicht endender Hingabe an dieses Buch und die Ausrufezeichen, die für den Geist des Schriftstellers ein höchst notwendiger Balsam waren. Meinem Freund und Lehrer Christopher Leland, einem Mann, der nie aufhört, seinen Schülern unter die Arme zu greifen.

Und vor allem der Erinnerung an meine Mutter und meinen Vater, Rose Mary und Norman Zadoorian. Ihre Leben dienen mir weiterhin zur Inspiration.

Schließlich noch an die Route 66, den Menschen und Orten, ob real oder ausgedacht.

Die Straße führt immer weiter.